L'épouse d'Alejandro Sabato

*

Un scandale argentin

SHARON KENDRICK

L'épouse d'Alejandro Sabato

Traduction française de
LOUISE LAMBERSON

HARLEQUIN

Titre original :
BOUGHT BRIDE FOR THE ARGENTINIAN

Ce roman a déjà été publié en 2020

HARPERCOLLINS FRANCE
83-85, boulevard Vincent-Auriol, 75646 PARIS CEDEX 13
Service Clients — www.harlequin.fr
ISBN 978-2-2805-0739-4

Édité par HarperCollins France.
Composition et mise en pages Nord Compo.
Imprimé en juin 2024 par CPI Black Print (Barcelone)
en utilisant 100% d'électricité renouvelable.
Dépôt légal : juillet 2024.

FSC www.fsc.org
MIXTE
Papier issu de sources responsables
FSC® C159065

Pour limiter l'empreinte environnementale de ses livres, HarperCollins France s'engage à n'utiliser que du papier fabriqué à partir de bois provenant de forêts gérées durablement et de manière responsable.

1

— Mon pauvre Joya, murmura Emily en enfouissant le visage dans la crinière rêche et emmêlée du vieux cheval. Dans quel état tu es…

Lorsque l'animal poussa un faible hennissement, elle se mit à sangloter comme une enfant, elle qui n'avait pas pleuré depuis une éternité. Parce que les larmes ne résolvaient rien. Elles ne *changeaient* rien. Une bonne fée n'allait pas surgir de nulle part et tout arranger d'un coup de baguette magique.

Emily s'écarta du cheval pour ne pas qu'il ressente davantage la détresse qui l'avait saisie en arrivant au ranch. Puis elle regarda l'environnement dans lequel elle avait grandi et fut envahie par un flot de souvenirs doux-amers. D'un homme au corps ferme et aux chaleureux yeux verts. L'être merveilleux qui l'avait révélée à elle-même, lui avait fait découvrir sa propre sensualité avec ses lèvres et ses mains, qui lui avait appris tant de choses.

Quand elle avait renoncé à Alejandro Sabato, Emily avait eu l'impression que son cœur se déchirait. À ce moment-là, et durant les mois qui avaient suivi, elle avait vraiment compris ce que c'était que d'avoir le cœur brisé. Mais elle n'avait pas eu le choix. Ou du moins l'avait-elle cru à l'époque.

Elle essuya une larme d'un geste brusque, furieuse de se laisser aller à des pensées aussi vaines. Elle n'était pas venue là pour se vautrer dans la tristesse, ni pour s'appesantir sur le passé. Encore moins pour se laisser aller aux regrets et s'imaginer que tout aurait pu se passer autrement. Quand on faisait un choix, il fallait en assumer les conséquences, aussi lugubres paraissaient-elles parfois.

Entendant un bruit de pas, elle se retourna et regarda Tomas s'avancer lentement vers elle. Il avait tellement changé durant ces huit dernières années. Après l'avoir rejointe en fin de matinée chez le notaire, le vieux palefrenier, maintenant à la retraite, et sa femme Rosa avaient accepté de l'accompagner au ranch, insistant pour emporter des provisions. Lorsqu'elle s'était retrouvée confrontée à la hideuse réalité, Emily avait été heureuse de les avoir avec elle, de ne pas être seule.

Au moment de son départ, le ranch était florissant et la moindre parcelle en était entretenue avec soin. Mais plus maintenant. L'élégante bâtisse ressemblait à une épave. Il n'y avait plus aucune trace de sa gloire d'antan. Partout où Emily posait les yeux, elle ne voyait que décadence et abandon, depuis la magnifique véranda où, certains soirs, l'élite de la région se rassemblait, et désormais envahie par la végétation, jusqu'à la maison elle-même. Ou du moins ce qu'il en subsistait. Quelques vestiges de peinture s'écaillaient çà et là sur les murs au bas desquels poussaient autrefois des fleurs blanches et parfumées. À l'étage, plusieurs vitres de fenêtres étaient brisées et les cadres sortis de leurs gonds. Dans les pièces vides, les souris avaient manifestement élu domicile. Quant à l'état des écuries...

Emily déglutit. Des box déserts et sales, dont un seul était encore occupé par le cheval autrefois si fier qu'elle avait aimé de tout son cœur et qui n'était plus que l'ombre de lui-même.

— C'est si *horrible*, Tomas...

— Oui, *señorita*, répondit tristement le vieux palefrenier.

— Comment est-ce arrivé ? Que s'est-il passé ?

— Il restait encore un peu d'argent pour son entretien et j'ai fait ce que j'ai pu, jusqu'au dernier peso, répondit Tomas avec un haussement d'épaules. Mais les nouveaux propriétaires ne veulent pas de lui – ni de moi. Je l'aurais bien gardé, mais nous vivons dans une petite maison, avec un simple jardinet, alors je ne peux pas le prendre chez moi, même si ça me fend le cœur.

— Mais pourquoi mon beau-père me l'a-t-il légué ?

En fait, Emily connaissait déjà la réponse. Pour la punir. Pour lui faire du mal par-delà la tombe. Pour avoir été le témoin encombrant de son mariage passionné et tumultueux avec la mère d'Emily. Il n'avait jamais voulu de cette belle-fille qui, en plus, avait commis l'erreur impardonnable de s'éprendre du fils d'une employée.

— Parce que vous l'aimiez, répondit lentement Tomas.

Elle hocha la tête en silence. Oui, elle avait aimé Joya. Elle l'avait adoré, même. C'était sur lui qu'elle avait appris à monter sous le regard attentif et affectueux de l'homme aux beaux yeux verts. Elle avait oublié l'hystérie de sa mère en galopant pendant des heures dans la pampa argentine. Aussi lui était-il insupportable de retrouver son cheval bien-aimé aussi négligé et en mauvaise santé.

Pourtant, elle ne s'était pas beaucoup souciée de lui après le divorce de sa mère, puis la mort de celle-ci. Emily avait rompu résolument tous ses liens avec l'Argentine jusqu'à ce que le destin l'amène à revenir sur ces vastes terres et la confronte à une réalité atroce.

— Je ne supporte pas la pensée que Joya puisse être... *abattu*, Tomas, chuchota-t-elle. J'ai réfléchi dans tous les sens pour essayer de trouver une solution, mais je n'en vois aucune.

À sa grande surprise, Tomas sourit et leva les yeux vers le ciel.

— Et pourtant, il y en a une, *señorita*. Comme quoi il ne faut jamais désespérer !

Emily l'imita et scruta le ciel bleu, avant de repérer au loin une petite tache noire qui grossissait à vue d'œil en même temps qu'un bruit de rotor résonnait de plus en plus fort.

— Qu'est-ce que... ? murmura-t-elle en s'abritant les yeux de la main.

Elle n'acheva pas sa phrase et fut parcourue par un frisson glacé en voyant un hélicoptère étincelant se diriger vers eux.

— Mes prières ont été exaucées, dit Tomas d'une voix émue. C'est *El cóndor*, qui vient vers nous comme un oiseau de proie !

Un tremblement s'empara d'Emily, si violent qu'elle referma les bras autour de son buste pour tâcher de le dominer. Le cœur battant à tout rompre, elle regarda l'hélicoptère se rapprocher puis amorcer sa descente. Elle aurait voulu s'enfuir, le plus loin possible. Se protéger de la silhouette sombre installée aux commandes de l'appareil. Échapper au charisme impérieux auquel elle n'avait pu résister autrefois. Mais Alejandro n'avait pas été que cela. Il avait fait preuve d'une tendresse qui avait fait fondre toutes ses défenses. Il lui avait témoigné une affection qui avait été une révélation pour elle. C'était sans doute pour cette raison qu'elle était tombée follement amoureuse de lui, et que la souffrance de le quitter avait été aussi intense.

Depuis leur dernière entrevue, Alejandro était devenu une star, une idole internationale. Après avoir mis un terme brutal à sa carrière de joueur de polo – sans que personne ne sache pourquoi – alors qu'il était considéré comme le plus grand champion de tous les temps, il n'avait pas suivi la voie habituelle de ceux qui renonçaient à la compétition sportive de haut niveau. Ni école d'équitation ni club réputé pour le prodige du polo argentin. Au lieu de cela, il s'était lancé dans les affaires où il avait vite acquis une renommée de brillant entrepreneur à l'échelle mondiale, mais sans jamais parvenir à se débarrasser de la réputation sulfureuse engendrée par la publication du livre acrimonieux dont l'auteur n'était autre que son ex-maîtresse.

De son côté, Emily n'avait jamais pu l'associer aux riches et célèbres. Elle se souvenait de lui comme de l'homme qui suivait lentement le contour de ses lèvres du bout du doigt avant de pencher la tête pour l'embrasser. Celui qui lui avait fait découvrir l'amour.

Avant qu'elle lui jette tout cela à la figure.

D'une main mal assurée, elle repoussa une mèche échappée de la natte tressée à la hâte au saut du lit. En prévision du long voyage, elle avait choisi de porter un jean et un simple T-shirt. Et alors ? Comment pouvait-elle se soucier de son apparence dans un moment pareil ?

Parce qu'Alejandro avait été son amant.

Son seul et unique amant. Celui à qui elle avait offert son innocence, sans savoir que cet acte symbolique allait la condamner à une vie de solitude.

Si seulement elle avait pu dompter les battements sauvages de son cœur. Ainsi, il savait même piloter un hélicoptère... Cela n'aurait pas dû la surprendre. Le gamin pauvre possédant un don extraordinaire avec les chevaux n'était-il pas devenu l'un des hommes les plus riches du monde ? En revanche, sa vie privée semblait moins réussie. La presse le décrivait toujours comme un play-boy allergique au moindre engagement, un bourreau des cœurs aussi impitoyable qu'arrogant, collectionnant les conquêtes comme d'autres les timbres.

Le rotor ralentit puis s'immobilisa, et la porte de l'hélicoptère s'ouvrit. Alejandro Sabato sauta à terre avec l'agilité, la puissance et la précision qui lui avaient valu le surnom d'*El cóndor* du temps où il faisait des ravages sur les terrains de polo.

On le comparait à un oiseau de proie à cause de son allure ténébreuse et menaçante, la manière dont il fondait sur la balle avec la grâce d'un prédateur. Il avait été de ceux qui avaient remporté trois championnats du monde et c'était toujours lui que l'on voyait sur les photos, brandissant à bout de bras le trophée au-dessus de sa tête renversée en arrière, un sourire victorieux aux lèvres et le corps vibrant d'énergie.

Fils illégitime de la gouvernante du beau-père d'Emily, il avait grandi dès ses trois ans dans ce ranch, où il avait appris à monter à cheval presque aussitôt après avoir su marcher. Son talent ayant été repéré très tôt, il était parti rejoindre une écurie de polo située à l'autre bout du pays et y avait suivi un entraînement intensif. Aîné d'Emily de six ans, Alejandro revenait de temps en temps au ranch où elle l'avait rencontré pour la première fois à l'âge de douze ans. Un peu après le mariage de sa mère avec Paul Vickery.

Avait-il compris à quel point la jeune citadine anglaise se sentait seule et perdue dans ce pays immense, et si peu à sa place dans la maison d'un homme qui n'avait que faire d'une belle-fille ? Était-ce pour cela qu'il avait été aussi gentil avec elle ? Il lui avait appris à monter, et à reconnaître les étoiles. Il lui avait fait découvrir le maté et montré comment allumer un feu, puis comment l'éteindre en toute sécurité. Une belle amitié s'était développée entre eux, laquelle s'était inévitablement transformée en idolâtrie du côté d'Emily.

Elle avait dix-sept ans lorsque quelque chose avait changé. Le désir s'était insinué dans leur relation de camarades et, à partir de ce moment-là, plus rien n'avait été comme avant.

Mais des années avaient passé depuis. Ils avaient vécu des tas de choses chacun de leur côté et étaient devenus des adultes. Et pourtant, il suffisait à Emily de voir Alejandro repousser en arrière les cheveux lui tombant sur le front pour se rappeler tout ce qu'il avait représenté pour elle. En un instant, elle redevint la jeune ado gauche et empruntée qui l'avait vénéré.

Il devait bien l'avoir reconnue, mais il l'ignora complètement, se dirigeant vers Tomas et le serrant dans ses bras avec chaleur avant de se lancer dans un flot de paroles en espagnol, tandis que le vieux palefrenier souriait, aux anges. Emily ne pratiquait plus cette langue, mais s'en souvenait suffisamment pour comprendre qu'Alej disait qu'il boirait volontiers quelque chose. Après avoir acquiescé d'un hochement de tête, Tomas reprit lentement le chemin de la maison où était restée Rosa.

Au moment où il disparut, le soleil s'éclipsa derrière un nuage et ce fut comme si toute lumière et toute chaleur s'étaient évanouies. Avec une lenteur sans aucun doute délibérée, Alejandro se tourna alors vers Emily qui fut traversée par un nouveau frisson glacé.

Les beaux yeux verts autrefois si chaleureux la contemplèrent avec froideur tandis qu'une expression de mépris se dessinait sur la bouche dont elle se rappelait la fermeté et la douceur. Mais cela ne l'empêcha pas de sentir les pointes de ses seins durcir sous son T-shirt, ni d'être envahie par une sensation délicieuse qu'elle n'avait pas éprouvée depuis des années.

— Alej ! s'exclama-t-elle d'une voix mal assurée.

— Seuls mes amis et mes relations intimes m'appellent désormais ainsi, répliqua-t-il avec détachement. Alors nous allons nous en tenir à Alejandro, si tu veux bien.

Ces paroles lui firent mal, comme c'était le but, mais elle acquiesça d'un hochement de tête.

— Bien sûr. Excuse cette familiarité, sans doute due au choc de te revoir, *Alejandro.*

— S'agit-il vraiment de choc, Emily ? demanda-t-il, l'air soudain songeur. Ou n'est-ce pas plutôt du plaisir intense et incontrôlable ? À en juger par la façon dont ton regard s'est assombri et aux réactions manifestes de ton corps que je connais si bien, je pencherais pour la seconde hypothèse.

Travaillant dans les relations publiques, Emily savait parfaitement se concentrer sur l'aspect positif de toute chose, mais elle ne s'était jamais sentie aussi peu optimiste qu'à cet instant. Alejandro s'adressait à elle avec une sensualité inouïe, tout en la dévisageant avec une lueur de mépris glacial au fond des yeux, pourtant, elle continuait de réagir physiquement à sa proximité. Toutes les émotions, les sentiments, qu'elle croyait morts à jamais rejaillissaient en elle en dépit de ses efforts pour les endiguer. Elle ne pouvait s'empêcher de se repaître de la vue des cheveux noirs un tout petit peu trop longs sur la nuque, du visage aux traits nobles et virils, et à la peau hâlée. Elle aurait voulu le dévorer des yeux, comme un individu errant dans le désert depuis des jours se serait précipité sur une gourde d'eau fraîche. Et surtout, elle brûlait de se jeter dans ses bras et de l'embrasser.

Elle se força à se concentrer et soutint le regard hostile en affichant une expression calme et polie, alors qu'intérieurement elle était dans un état d'agitation extrême, comme si ses sens se réveillaient d'un long sommeil.

Autrefois, Alejandro portait toujours des pantalons d'équitation ou des jeans délavés qui moulaient ses hanches et ses cuisses de manière presque provocante, voire indécente. Mais pas aujourd'hui. Dans le superbe costume en lin blanc coupé sur mesure, il ressemblait au milliardaire qu'il était devenu. Disparu, le joueur de polo prometteur dont elle était tombée amoureuse et qui n'avait jamais plus de deux pesos en poche. Par conséquent, l'amour était bien la dernière chose à laquelle penser si elle voulait se sortir de cette situation impossible. Elle devait découvrir ce qui l'avait poussé à réapparaître ainsi, puis le laisser repartir au plus tôt – au lieu de réagir à ses provocations.

— Pourquoi es-tu venu, Alejandro ? demanda-t-elle en carrant les épaules. Pourquoi resurgir ?

— Cesse de jouer la comédie, Emily, répliqua-t-il d'une voix douce. Cela ne sert qu'à nous faire perdre du temps. Je suis venu parce que tu as besoin de moi.

Emily le regarda en battant des cils.

— Moi ? J'ai *besoin* de toi ?

— La jeune fille innocente et docile d'autrefois se serait-elle transformée en créature rouée ? répliqua-t-il d'une voix onctueuse.

Ne réagis pas. Tu n'as pas intérêt à te lancer dans une joute verbale avec lui. Tu n'es plus l'adolescente fascinée qui le suivait partout comme un petit chien et buvait la moindre de ses paroles. Ni la jeune femme pleurant chaque nuit durant des mois après s'être éloignée de lui. Tu as quitté cet homme il y a longtemps. Tu es devenue une autre. Une adulte équilibrée, bien dans sa peau.

Forte de cette certitude, elle redressa le menton pour bien montrer à Alejandro qu'elle n'avait pas l'intention de se laisser intimider.

— Échanger des insultes avec toi ne m'intéresse absolument pas, Alejandro, dit-elle avec calme. Je t'ai posé une question simple et inoffensive, et je la répète : pourquoi es-tu venu ?

Il la contempla un instant en silence.

— Tomas m'a envoyé un e-mail. Je pensais qu'il l'avait fait avec ton approbation.

— Et que disait cet e-mail ? demanda-t-elle en fronçant les sourcils.

— Que ton beau-père était décédé – ce que je savais déjà, évidemment – et qu'il t'avait légué Joya. Et que comme tu n'avais pas les moyens de t'en occuper, tu étais désespérée et te démenais pour tâcher de trouver quelqu'un qui puisse t'aider.

Il s'interrompit un instant et fouilla son regard.

— C'est vrai, Emily ?

Était-elle *désespérée* ? Elle n'était pas encore remise des événements récents qui avaient bouleversé son existence. Son détestable beau-père avait fini par payer son addiction à l'alcool et était mort seul, ce qui ne parvenait pas à attrister Emily. Ne l'ayant pas revu depuis qu'il avait divorcé d'avec sa mère, elle avait été très surprise d'apprendre qu'elle faisait partie de ses héritiers, et elle se demandait encore ce qui lui avait pris de supplier son associée de la laisser partir à Buenos Aires pour aller chez un vieux notaire dans le but de découvrir ce que lui avait légué le défunt. Simple curiosité, ou un soudain désir d'en finir une fois pour toutes avec les fantômes de son passé ?

Quoi qu'il en soit, une déception l'attendait. Paul Vickery n'avait pas souhaité se faire pardonner. Au contraire, il avait voulu infliger un ultime crève-cœur à son ex-belle-fille.

— C'est vrai en partie, répondit Emily d'une voix rauque. Mon beau-père m'a bien laissé Joya. Mais je n'ai jamais demandé à Tomas de prendre contact avec toi. Tu es vraiment le dernier à qui je me serais adressée.

Naturellement..., songea Alejandro en pinçant les lèvres. Après avoir profité de lui, ne l'avait-elle pas rejeté comme un vieux jouet devenu inutile ? Elle l'avait trouvé assez bon pour l'initier aux plaisirs de la chair, avant de lui tourner le dos comme si sa simple vue lui était insupportable. Emily Green l'avait pris pour un imbécile. Il avait été ébloui par ses grands yeux bleu saphir, ses cheveux blonds flottant au vent ou ruisselant dans son dos comme un flot d'or pâle. Il avait été fasciné par son teint de porcelaine, son anglais si british, son corps jeune et vigoureux. Ces longues jambes et ces bras minces dont il se rappelait encore le galbe ferme et moelleux à la fois, l'adorable derrière aux formes rebondies.

Elle l'avait rendu fou de frustration et de désir durant toutes ces chaudes nuits d'été. Allongé sur son étroit lit de camp installé dans une annexe jouxtant l'écurie, Alejandro se consumait littéralement de désir pour l'adorable jeune fille en fleur. Puis un jour, juste après que ses rêves les plus fous avaient été enfin exaucés, qu'il l'avait enfin goûtée tout entière, au plus secret de sa féminité, elle l'avait rejeté avec une cruauté inouïe. Elle avait bafoué son honneur, ses espoirs, avant de le quitter sans un regard en arrière.

Sur le moment, il avait été surpris par son comportement, mais son étonnement n'avait pas duré longtemps. Car il avait vite compris, à ses dépens, que toutes les femmes mentaient et trichaient. Cependant, c'était Emily qui l'avait blessé le plus profondément. Elle l'avait frappé en plein cœur.

Alejandro tourna les yeux vers le vieux cheval qui paraissait à bout de forces, puis regarda Emily.

— Très bien. Que comptes-tu faire ? Lui tirer une balle dans la tête ?

L'air horrifié, elle le dévisagea un instant en silence.

— Tu me conseilles de tuer mon cheval ? demanda-t-elle d'une voix tremblante. Toi qui aimais tant les animaux ?

— Oui, je les aimais et je les aime toujours. Plus que je n'ai jamais aimé aucun être humain, c'est certain, et beaucoup trop pour les laisser périr ou les achever sans pitié. Alors, qu'envisages-tu pour Joya ? Vas-tu attendre qu'un voile opaque recouvre ses yeux jusqu'à ce qu'il devienne complètement aveugle ?

— Bien sûr que non ! protesta-t-elle en secouant la tête.

Il suivit malgré lui le mouvement de l'épaisse natte aux reflets dorés.

— Mais je n'ai pas…

Il haussa les sourcils.

— Tu n'as pas… ? s'enquit-il lentement.

Les mâchoires serrées, Emily se retrancha dans le silence. Elle ne voulait pas lui avouer la vérité, mais à quoi bon se raccrocher à sa fierté dans une situation aussi dramatique ? Elle devait penser à Joya, au lieu de se soucier de l'opinion d'un milliardaire. Même si ce milliardaire était Alejandro.

— Je n'ai pas les moyens de m'occuper de lui, ajouta-t-elle. Je vis dans un petit appartement, en plein cœur de Londres…

— Je ne pense pas qu'il survivrait au voyage, de toute façon, l'interrompit Alejandro.

Elle hocha tristement la tête.

— Mon train de vie est par ailleurs assez modeste, continua-t-elle en rougissant. Et je ne pourrais pas me permettre de payer quelqu'un pour prendre soin de lui ici, en Argentine.

À cet instant, Rosa apparut dans la véranda avec deux gourdes à maté et Emily fut aussitôt envahie par une vague de nostalgie. C'était Alejandro qui lui avait fait découvrir cette boisson traditionnelle et lui avait montré comment la boire avec la bombilla. Il avait ajouté en riant que si elle n'y prenait garde et en buvait trop, elle ne pourrait pas fermer l'œil de la nuit à cause de la caféine. Lui, cela ne l'empêchait pas de dormir, avait-il précisé tandis que le simple frôlement de ses doigts sur ceux d'Emily la faisait frissonner.

— Et si nous allions continuer cette conversation à l'ombre de la véranda, pendant que Tomas ramène Joya dans son box ? reprit Alejandro d'un ton suave.

Elle le suivit sans dire un mot tandis qu'il se dirigeait vers la maison. Ils s'installèrent dans la véranda, dans les vieux fauteuils en rotin usés et percés par endroits, et burent le maté laissé par Rosa sur la table bancale et vermoulue.

Après avoir étanché sa soif, Emily se rendit compte qu'Alejandro la fixait et se redressa sur son siège, troublée par l'intensité de son regard. Il avait défait un troisième bouton de sa chemise et allongé ses longues jambes devant lui. Elle ne put s'empêcher de remarquer la façon dont l'étoffe s'étirait sur les cuisses musclées. Elle repensa à la sensation de la peau recouverte d'une toison un peu rugueuse contre la sienne. Leur relation charnelle avait beau avoir été très brève, elle avait marqué Emily à jamais.

— Tomas m'a appris que ta mère était décédée l'an dernier, dit-elle avec calme. J'en suis désolée.

Le visage d'Alejandro changea d'un seul coup. Son regard s'assombrit, et une rage formidable marqua ses traits virils.

— Tu *oses* me présenter tes condoléances ? Alors que c'est à cause de ta méchanceté que ma mère a perdu son travail ?

2

— Je ne comprends pas de quoi tu parles, murmura Emily, suffoquée. Comment aurais-je pu être responsable du renvoi de ta mère ?

— Ne me regarde pas de cet air faussement innocent, répliqua-t-il avec un geste impatient de la main.

— Je suis sincère. Je ne sais pas de quoi tu parles.

Le regard d'Alejandro s'assombrit encore.

— Après ton départ précipité pour l'Angleterre, ton beau-père a fait venir ma mère dans son bureau et lui a ordonné de quitter la propriété sur-le-champ et de ne plus jamais y remettre les pieds. Voilà comment elle a été remerciée de toutes ces années de bons et loyaux services.

Abasourdie, Emily secoua la tête.

— Je te jure que je n'en savais rien. Je croyais qu'elle était partie de son plein gré.

— Oh ! je t'en prie ! Les femmes qui sont dans une telle situation de dépendance ne partent pas *de leur plein gré*. Savais-tu que ton beau-père avait refusé de lui donner une lettre de recommandation, de manière à ce qu'elle ne puisse pas se faire embaucher ailleurs ? Je l'ai aidée sur le plan matériel, bien sûr, mais elle ne supportait pas l'inaction. Sans travail, sa vie lui paraissait vide et dénuée de sens.

Alejandro serra les mâchoires. Il n'avait pas seulement voulu aider sa mère en lui achetant une petite maison. L'ayant eu à dix-sept ans, elle était encore assez jeune pour changer de métier, se reconvertir et recommencer de zéro. Mais elle ne l'avait pas souhaité. Elle s'était contentée de fumer cigarette sur cigarette en lui resservant ces éternels mensonges. Avec le recul, il se demandait comment il avait pu croire au mythe pendant aussi longtemps, si bien que lorsqu'il avait fini par découvrir la vérité, il avait failli en être anéanti.

Il observa Emily. Peut-être était-elle sincère. Mais cela ne diminuait en rien sa colère. Parce qu'il l'avait aimée comme il n'avait jamais aimé aucune autre femme et qu'il avait cru qu'elle aussi l'aimait. Mais il se trompait. Elle était la seule à l'avoir rejeté et l'avait fait avec une cruauté inimaginable. Jamais il n'oublierait son regard ce jour-là. Comme si lui, Alejandro, n'existait pas. Comme s'il était invisible. *Comme s'il n'était rien.*

D'une main légèrement tremblante, elle reposa sa gourde sur la table en bois rongé par les vers et les insectes, puis tourna ses incroyables yeux bleus vers lui.

— Tu ne m'as toujours pas expliqué pourquoi tu étais venu au ranch, Alejandro.

Il s'appuya en arrière et la regarda, les yeux mi-clos.

— Je suis venu parce que je pense pouvoir t'aider. Ou plutôt, je pense que nous pouvons nous aider l'un l'autre.

— Tu crois vraiment que je pourrais accepter ton aide alors que tu viens de m'accuser d'être responsable du renvoi de ta mère ? répliqua-t-elle avec un sourire poli et crispé. Non, merci. Je n'ai pas besoin de ton aide.

— Oh ! là, je crois que tu te trompes ! dit-il doucement. Enfin, si tu désires sauver Joya. À toi de choisir, Emily : ou tu lui permets de finir ses jours en paix dans une prairie, au milieu des fleurs, avec un palefrenier affectueux et attentionné pour s'occuper de lui, ou tu le laisses dépérir jusqu'à ce qu'il atterrisse dans une décharge, comme ce sera inévitablement le cas si...

— Tu irais jusqu'à te servir d'un vieux cheval malade pour faire pression sur moi ?

— Pas du tout. Je ne fais que regarder la situation en face. Et te proposer un échange de services.

Encore choquée qu'il ait pu la considérer comme responsable du renvoi de sa mère, Emily le dévisagea avec stupeur. Que pouvait-il bien avoir à lui proposer ? À elle, une femme ordinaire ? Une femme *normale* qui s'efforçait de maintenir un équilibre dans sa vie après avoir tout fait pour accéder à l'indépendance dès sa sortie de l'université.

S'impliquer avec Alejandro Sabato représenterait un risque énorme parce que sa simple proximité faisait naître en elle des désirs dangereux. Alejandro était le danger incarné. Face à lui, elle ne pouvait s'empêcher de repenser à ses merveilleux baisers, ses délicieuses caresses, alors qu'il continuait de la toiser avec un dédain à peine voilé.

Sa propre mère avait vécu la même chose en s'éprenant d'un homme qui la méprisait en secret. Désirait-elle suivre ses pas ? Connaître le même destin tragique ? Non. Il lui suffisait de terminer son maté, de sourire poliment et de déclarer à Alejandro qu'elle trouverait bien une solution. Elle ne savait pas encore comment elle allait s'y prendre, mais elle se débrouillerait. Même si elle ne pouvait pas rester longtemps en Argentine et si, à présent, ce pays lui paraissait étranger alors qu'elle y avait passé de nombreuses années.

En revanche, Alejandro y était chez lui, aussi serait-il la personne idéale pour sauver un vieux cheval d'un destin tragique en lui trouvant un lieu où finir ses jours en paix.

— À quel genre d'échange de services penses-tu ?

Il aspira une gorgée de maté avec la bombilla avant de lever les yeux vers elle.

— Que sais-tu sur moi, au juste ? demanda-t-il lentement.

La question la désarçonna. Elle connaissait Alejandro de

la façon la plus intime qui soit. Elle se souvenait de la fermeté de son corps viril, de la longue plainte rauque qui s'échappait de sa belle bouche sensuelle lorsqu'il s'abandonnait à l'extase, encore et encore cette nuit-là. Leur seule nuit.

— Je... Je sais que tu viens d'une famille pauvre et que ta mère...

— Non, je ne parle pas de mes origines, l'interrompit-il avec impatience. Fais-moi grâce de l'histoire du pauvre gamin devenu milliardaire, s'il te plaît. Je parle d'aujourd'hui. De la réalité *présente*...

Devait-elle avouer qu'elle savait toutes sortes de choses sur lui pour l'avoir épié à distance, comme une ex délaissée par son amant incapable de lâcher prise et suivant ses moindres faits et gestes dans les médias ?

Mais Alejandro Sabato n'était pas n'importe qui. Il faisait souvent la une de la presse, professionnelle et people, et le buzz sur les réseaux sociaux. Aussi était-il logique qu'elle ait entendu parler de lui.

— Je sais que tu as mis brutalement un terme à ta carrière de joueur de polo, dit-elle d'un ton neutre. Et que ta décision a surpris tout le monde.

Il acquiesça d'un hochement de tête.

— Quoi d'autre ? demanda-t-il en continuant de la regarder droit dans les yeux.

Après tous les drames, et leurs conséquences, qui avaient ponctué sa vie, Emily s'efforçait de ne pas accorder trop d'importance à l'argent. Mais comment ignorer ce facteur alors qu'elle se trouvait face à l'un des hommes les plus riches du monde ?

— Je sais aussi que tu as investi dans une boisson énergétique qui est consommée quasiment partout dans le monde et que tu t'es servi d'une partie des bénéfices pour aider un ami à créer un réseau social. Tu as également investi dans une écurie de Formule un qui a remporté un bon nombre de grands prix. Tu es passé d'un sport de haut niveau à un autre, au fond.

— Bien résumé, commenta Alejandro en haussant ses

sourcils noirs. Je devrais sans doute être flatté que tu te sois intéressée d'aussi près au développement de mes activités.

— Non, ce n'est pas vraiment le cas, répliqua-t-elle sèchement. Étant donné que je travaille dans les relations publiques, me tenir au courant de l'actualité fait partie de mon travail. Et comme tes exploits occupent pas mal de place dans les médias internationaux, ce n'est pas très étonnant que j'aie lu quelques articles te concernant au fil des années.

— Tu as entendu parler de Colette, alors ? demanda-t-il, le regard toujours rivé au sien.

Une douleur vive la traversa. Comme si elle était en droit de ressentir de la jalousie envers l'ex d'Alejandro ! Décidément, elle réagissait comme une idiote.

— Comme tout le monde, non ? Dans le domaine de la mode, cette femme est une véritable icône, et son nom apparaît souvent dans les magazines people – sans parler de ses photos. J'ai cru comprendre que vous aviez rompu, ajouta-t-elle d'un ton détaché. Et qu'elle avait publié une biographie non autorisée de toi.

— Tu l'as lue ?

Emily secoua la tête, interloquée. Bien sûr que non ! Voir le titre du livre lui avait suffi. Elle ne s'était pas senti le courage de jeter ne serait-ce qu'un coup d'œil rapide au contenu. Il aurait fallu qu'elle soit maso pour avoir envie de découvrir les détails de la vie sexuelle d'Alejandro, relatés en plus par l'une des top models les plus célèbres du monde !

— Non. Mais j'ai cru comprendre que le portrait qu'elle y dresse de toi n'est pas très flatteur.

Alejandro faillit sourire. Il avait oublié le penchant des Anglais pour l'euphémisme, tout comme il avait oublié la beauté rafraîchissante d'Emily, ce mélange de charme inné et de naturel qui, encore aujourd'hui, conservait le pouvoir de l'émouvoir au plus profond de lui-même. Il ne l'avait pas vue depuis huit ans, mais le désir qui pulsait en lui demeurait aussi intense qu'autrefois. À l'époque, elle avait été un fruit défendu pour bien des raisons. Trop jeune, pour commencer, et surtout, elle était la belle-fille de l'employeur de sa mère. Aucun homme censé n'aurait osé toucher à la famille du patron.

Mais le désir avait consumé Alejandro corps et âme. Il l'avait tourmenté, dévoré comme une fièvre brûlante, le contraignant à devoir faire des efforts surhumains pour se concentrer sur son autre passion, le polo, lequel lui offrait en outre un moyen d'oublier la pauvreté dans laquelle il était né et qui continuait de lui coller à la peau.

Emily ne ressemblait en rien aux filles qui traînaient aux abords des terrains de polo avec les seins quasiment à l'air. Elle était au contraire un vrai garçon manqué qui, Dieu sait comment, lui avait fait *ressentir* des choses. Des émotions inconnues qui lui avaient donné l'envie de lui offrir des fleurs, de lui brosser les cheveux au clair de lune, de comparer l'éclat de son teint à la clarté des étoiles. Durant les longs mois de baisers dérobés et d'étreintes furtives, il avait cru qu'elle éprouvait le même trouble que lui, qu'elle partageait les émotions déstabilisantes qui ne le laissaient jamais en paix. Jusqu'à ce qu'ils fassent enfin l'amour.

Ce seul souvenir conservait le pouvoir d'embraser sa libido. À cause de l'innocence d'Emily Green, de sa relative juvénilité, il avait fait preuve d'une retenue inhabituelle vis-à-vis d'elle. Attendre ses dix-huit ans avait représenté un véritable supplice. En fait, ils avaient craqué la veille de son anniversaire parce qu'ils n'en pouvaient plus d'attendre. Jamais la montée du désir n'avait été aussi délicieusement lente, aussi exquisément atroce. À tel point qu'au moment où il s'était enfin enfoui dans sa merveilleuse chaleur, Alejandro avait joui presque aussi vite que sa jeune partenaire inexpérimentée.

Il avait des rapports protégés avec des femmes depuis l'âge de seize ans, mais rien ne l'avait préparé à sa première fois avec Emily. La seule et unique fois. Refoulant l'amertume qui remontait en lui, Alejandro revint au présent et au regard qui le contemplait avec une curiosité non dissimulée.

— Cette biographie n'est pas vraiment à mon avantage, en effet, répliqua-t-il d'un ton neutre. Mais, hélas, les ragots ont la vie dure et Colette a raconté beaucoup de mensonges à mon sujet.

Une lueur indéchiffrable traversa les yeux d'Emily tandis qu'elle inclinait légèrement la tête sur le côté, faisant glisser l'épaisse natte blonde qui se nicha entre les seins dont il se rappelait le galbe et la douce fermeté...

— Quel genre de mensonges ?

— Si cela t'intéresse autant, tu n'as qu'à lire son livre.

Il haussa un sourcil avant d'ajouter :

— Pendant ce temps, je pourrais faire transporter Joya dans un endroit où il sera bien soigné.

Le regard d'Emily fut momentanément attiré par un lézard qui traversait furtivement la véranda.

— C'est très généreux, comme proposition, dit-elle d'une voix légèrement tremblante.

— Proposition qui n'est bien sûr pas motivée uniquement par mon amour des chevaux.

— Ah... ?

Elle eut droit à l'ombre d'un sourire.

— En contrepartie de ma bienveillance, je compte sur une récompense.

Un éclat menaçant brillait au fond des yeux verts, en totale contradiction avec la douceur de la voix d'Alejandro.

Un nouveau frisson glacé traversa Emily. Si elle n'avait pas été aussi inquiète et démunie face à la situation de Joya, elle n'aurait pas eu besoin d'en savoir davantage. Mais, malheureusement, elle n'avait pas le choix.

— Une récompense ?

Cette fois, un lent sourire se dessina sur la bouche virile et ferme qui l'avait embrassée, cajolée, explorée...

— Tu travailles dans les relations publiques, n'est-ce pas ?

— Oui, je viens de te le dire, répondit-elle en battant des paupières. Mais si je comprends bien, tu le savais déjà... Comment l'as-tu appris ?

— J'ai fait ma petite enquête. Ta réputation est encore limitée, mais elle ne cesse de grandir. Je n'ai lu que des éloges à ton sujet.

Il s'interrompit un bref instant puis poursuivit :

— Alors, que dirais-tu de travailler pour moi en tant que conseillère en communication ?

— Tu n'as pas déjà quelqu'un ?

— Non. Jusqu'à présent, je n'en avais jamais vu l'utilité, répondit-il avec un haussement d'épaules. Mais maintenant, j'ai besoin que l'on m'aide à redorer mon image – à mieux la *gérer*, si tu préfères. Si tu y parviens, nous serons quittes.

— Pourquoi moi ? demanda-t-elle en plissant le front. Et pourquoi te soucierais-tu tout à coup de l'opinion d'autrui alors que ça a toujours été le dernier de tes soucis ?

Il resta silencieux quelques instants, l'air songeur.

— Parce que j'envisage de me lancer dans la politique et que ma réputation actuelle me desservirait. Si tu réussis à transformer le *bad boy* milliardaire en citoyen respectable, tu seras très généreusement rémunérée pour tes services.

Emily le dévisagea, estomaquée. Était-il vraiment en train de lui proposer un job ? Si elle devait changer son image, cela l'obligerait à fouiller dans sa vie privée, perspective qui suffisait à lui donner la nausée. Impossible... Elle ne pouvait accepter sa proposition. Pour faire ce boulot, elle devrait être impartiale, or elle se sentait tout sauf *impartiale* vis-à-vis d'Alejandro Sabato.

— Je crois que tu ne réalises pas ce qu'implique ce genre de mission, Alejandro. Même si je le désirais – ce qui n'est pas le cas —, je ne pourrais pas travailler exclusivement pour toi du jour au lendemain.

Il fit un nouveau geste impatient de la main.

— Je me fiche de ce genre de détail. Je t'ai dit ce que je voulais, alors débrouille-toi pour que cela soit possible, quitte à rompre tes contrats en cours s'il le faut. Laisse-tout tomber...

— Tout laisser tomber ? l'interrompit-elle, estomaquée. Je travaille avec une associée, une amie que je connais depuis l'université. C'est impossible.

— Rien n'est impossible, Emily. Nous le savons tous les deux. Nous vivons dans un monde où un pauvre gamin illégitime peut se hisser en haut de l'échelle sociale et gagner de l'argent à ne plus savoir qu'en faire.

— Non, trouve quelqu'un d'autre, répliqua-t-elle fermement. Dans le domaine de la com, il y a des tas de gens très doués qui seraient prêts à tout pour travailler pour toi.

— Peut-être, mais c'est toi que je veux, répliqua Alejandro d'une voix suave. Tu crains que tes services ne soient pas rétribués à leur juste valeur ? Dans ce cas, laisse-moi te rassurer...

Quand il avança une somme astronomique, Emily enfonça les doigts dans les accoudoirs du fauteuil en rotin et se leva pour se diriger vers l'extrémité de la véranda. Elle contempla le paysage qu'elle avait tant aimé autrefois, les vastes étendues traversées au galop avec Alejandro. Les nuages cotonneux flottant à l'horizon.

Elle devait refuser. Elle aurait été stupide d'accepter, étant donné leur passé. Mais elle était par ailleurs tentée à cause de l'argent que lui rapporterait ce travail, pas seulement parce que sa petite entreprise démarrait et avait grand besoin d'assises financières. Elle devait penser aussi à sa grand-tante Jane, sa seule parente encore en vie qu'elle allait voir aussi souvent que possible. Avec sa retraite minuscule, Jane vivait dans la hantise de ne pas pouvoir faire face à d'éventuels frais de santé supplémentaires, à des dépenses inattendues. Ce serait tellement fantastique de pouvoir faire disparaître ses inquiétudes en lui offrant un *gros* chèque.

Mais au fond d'elle-même, Emily savait très bien que son

désir d'accepter la proposition d'Alejandro ne reposait pas seulement sur son désir d'alléger le quotidien de sa grand-tante. Cela faisait trop longtemps qu'elle avait l'impression de stagner, de passer à côté de la vie. Elle sortait rarement avec des hommes, mais lorsqu'elle se prêtait au jeu, elle se sentait vide, insensible. Et la raison de cette indifférence se trouvait là, à quelques mètres d'elle.

Comparés à Alejandro, tous les autres hommes paraissaient insipides, inconsistants. Après lui, aimer un autre homme avait toujours paru impossible à Emily.

Parfois, elle se disait qu'elle l'avait idéalisé, que le temps avait embelli ses souvenirs. Mais à le voir ainsi en chair et en os, elle se rendait compte qu'il n'en était rien. Alejandro était encore plus somptueux, plus viril que l'image qu'elle avait gardée de lui. En revanche, elle avait eu tort de le placer sur un piédestal, de le vénérer comme un dieu. Par conséquent, il lui offrait une occasion unique de le faire tomber de ce piédestal. En le côtoyant chaque jour, elle le verrait enfin tel qu'il était vraiment, un homme, et rien qu'un homme, pas le super héros né de son imagination d'adolescente transie. Et en même temps, elle sauverait Joya et aiderait sa grand-tante.

Quand elle se retourna lentement et s'aperçut qu'il l'observait, elle fut traversée par un désir stupide. Elle eut envie qu'il la prenne dans ses bras musclés et la serre contre lui. Envie de, grâce à lui, redevenir enfin une femme.

Mais cette folie ne dura qu'un instant. Résolument, elle chassa ses pensées aussi ridicules qu'absurdes.

— J'accepte ta proposition, dit-elle avec calme. Parce que je ne vois pas d'autre solution.

Alejandro sentit une bouffée de colère lui monter à la tête. Quand il avait mentionné la somme qu'il comptait lui allouer, il avait vu les yeux d'Emily s'illuminer. Elle était comme sa mère, prête à céder au plus offrant. Et pourtant, sa tenue n'avait vraiment rien de sexy ou de glamour, et elle ne portait aucun maquillage. Avait-elle été déçue de n'hériter en tout et pour tout de son beau-père qu'un vieux cheval en piteux état ? Sans doute.

— Je me doutais bien que l'argent ferait pencher la balance, dit-il d'un ton dégagé. Très peu de femmes sont capables de résister à l'attrait d'une petite fortune.

Soudain, il se rappela pourquoi il était venu au ranch. Ni pour porter un jugement sur Emily ni pour vérifier à quel point elle était superficielle et intéressée. La vraie raison était aussi vieille que le monde. Elle l'avait blessé. Salement. Et il aurait été vraiment stupide de ne pas profiter de l'occasion de lui rendre la pareille.

— Je m'envole pour l'Australie, la semaine prochaine, pour assister au Grand Prix de Melbourne. Tu viendras m'y rejoindre, dit-il avec un sourire suave.

Elle hocha docilement la tête, mais Alejandro perçut la tension qui l'étreignait, semblable à celle qu'il éprouvait. Il vit les yeux bleus s'assombrir, un tout petit bout de langue rose passer sur les lèvres pulpeuses.

Bientôt, songea-t-il avec un frisson d'anticipation. Bientôt, Emily Green aurait un aperçu de tout ce à quoi elle avait tourné le dos. Tout ce qu'elle avait perdu. Elle réaliserait à quel point elle avait été stupide de le rejeter de façon aussi cruelle et brutale.

Et alors, il pourrait partir loin d'elle et l'oublier.

Pour de bon.

3

— Emily, tu es sûre que ça va ? insista Marybeth d'une voix inquiète. Je ne t'avais encore jamais vue dans cet état alors qu'on se connaît depuis des années...

Emily se retourna lentement vers son associée et meilleure amie. Elle avait fait sa connaissance au cours de leur dernière année d'université, au moment où, encore ébranlée par la mort de sa mère, elle se sentait à la dérive, perdue. Avec la fermeté et la gentillesse qui la caractérisaient, Marybeth Miller l'avait prise sous son aile. Sourde aux refus d'Emily, elle l'avait emmenée en week-end chez ses parents, dans l'immense ferme située dans le nord du Devon.

Là, Emily avait découvert la vie animée et chaleureuse de la famille qui l'avait accueillie à bras ouverts, l'atmosphère bienveillante qu'elle n'avait jamais connue. Pour la première fois, elle avait fait l'expérience des chamailleries et des taquineries échangées dans une ambiance amicale et affectueuse. Après les longues balades dans la campagne, tout le monde s'asseyait autour de la longue table de la cuisine pour dévorer d'énormes portions d'un gâteau fait maison. Grâce aux Miller, à leur générosité et leur sollicitude, Emily avait finalement réussi à faire son deuil, mais cela n'avait pas été facile.

Son chagrin se doublait d'un sentiment de culpabilité et de regrets. Surtout de culpabilité. Elle ne pouvait s'empêcher de se reprocher de n'avoir pas pu enrayer l'inévitable déclin de sa mère. De n'avoir pas réussi à la dissuader de prendre des tranquillisants. De n'avoir pas su la convaincre que la vie valait toujours d'être vécue, même en tant que divorcée. Cependant, sa culpabilité se doublait d'un soulagement immense. Celui d'être enfin libérée de tous les traumatismes de sa mère, de tous ses drames, ses problèmes psychologiques.

C'était peut-être cette libération qui avait poussé Emily à écrire à Alejandro. Dans sa lettre, elle s'excusait pour tout ce qui s'était passé et lui proposait timidement de faire la paix, ajoutant que puisqu'il viendrait bientôt en Angleterre pour un match de polo, ils pourraient peut-être se voir et boire un verre ensemble. Or il ne s'était même pas donné la peine de lui répondre. Mais Emily ne pouvait pas vraiment lui en vouloir. S'imaginait-elle que le fier Argentin accepterait de prendre un verre avec elle après avoir été rejeté aussi brutalement autrefois ?

— Regarde-toi, là, maintenant, poursuivit Marybeth. Tu as une de ces expressions... comme si...

— Comme si quoi ? demanda Emily avec curiosité.

— Tu as l'air tout excité... On dirait que quelqu'un a appuyé sur un interrupteur secret et que tu es revenue tout à coup à la vie. En même temps, tu sembles effrayée. Comme si un danger ou une menace te guettaient au coin de la rue.

Elle s'interrompit un instant avant d'ajouter :

— Tu n'es pas obligée d'accepter le job que t'a proposé cet Alejandro Sabato, tu sais...

— Tu plaisantes ? s'exclama Emily avec un rire sourd. Tu voudrais que je refuse une occasion en or, unique, de résoudre nos problèmes de trésorerie et de nous faire une réputation d'enfer ? Uniquement parce que j'ai été assez stupide autrefois pour coucher avec lui ?

Cette fois, Marybeth eut l'air choqué, sans doute parce que Emily ne se montrait jamais aussi franche d'habitude. Ou parce qu'elle vivait comme une nonne depuis si longtemps que son amie la croyait toujours vierge.

— C'est ce qui s'est passé ? demanda Marybeth. Je veux dire que... je me doutais bien qu'il y avait eu quelqu'un.

— Ah ? C'est vrai ? demanda Emily, surprise.

Son amie haussa les épaules et sourit.

— Évidemment, dit-elle avec sa gentillesse coutumière. Tu es très jolie. Mais dès que je fais allusion à une quelconque relation avec un homme, tu te fermes complètement et tu as l'air si triste que je n'ai jamais osé te poser de question. Et quand ça t'arrive de sortir avec quelqu'un – c'est-à-dire pas souvent —, tu gardes tes distances. Alors, j'ai toujours pensé qu'un type t'avait fait souffrir. C'est ce qui t'est arrivé, Emily ? Avec cet Alejandro Sabato ? Il t'a brisé le cœur ?

Emily plia un chemiser et le déposa sur un autre dans sa valise. Elle ne parlait jamais de son histoire avec Alejandro parce que le simple fait de l'évoquer la faisait encore souffrir. Et aussi parce qu'elle était bien consciente d'avoir très mal géré la situation, et de s'être montrée très brutale avec lui. Son comportement avait été *impardonnable*.

Mais peut-être qu'en parlant, elle y verrait plus clair et serait plus à l'aise avec lui lorsqu'elle le retrouverait.

— Alejandro était le fils de la gouvernante de la maison quand nous vivions en Argentine et que ma mère était mariée avec Paul Vickery.

— Celui qui t'a légué le cheval ?

— Oui. C'était un homme cruel, manipulateur et très riche, à ce moment-là, du moins. Ma mère était complètement sous sa coupe, principalement parce qu'il l'avait sauvée de la pauvreté dans laquelle elle vivait depuis son veuvage. Mon père, qui était pêcheur, s'est noyé au large des côtes de Cornouailles, mais même de son vivant, il n'y avait jamais beaucoup d'argent à la maison. Après sa mort, ma mère a rencontré Paul et a eu un peu l'impression de toucher le gros lot. Elle s'était trouvé un riche mari qui lui apportait la sécurité financière, elle n'avait plus besoin de travailler. C'est l'une des raisons pour lesquelles ma carrière a toujours autant compté pour moi, et je me suis promis de ne jamais dépendre d'un type comme Paul.

Elle s'interrompit en soupirant, puis reprit :

— Il avait beau enchaîner les infidélités, il n'avait qu'à claquer des doigts pour qu'elle se précipite vers lui, avide de satisfaire ses moindres caprices. Il adorait cela et, ensuite, il la méprisait d'être aussi servile. Il était obsédé par son statut, sa position sociale. Il voulait à tout prix faire partie de l'élite de la société locale, alors, quand sa belle-fille a frayé avec le fils illégitime d'une employée, ça faisait tache, tu comprends ? Même si Alej allait de toute évidence devenir un champion de polo, une idole. Par ailleurs il s'agissait peut-être d'une réaction plus viscérale. Alejandro était jeune, bouillant d'énergie et en route vers la gloire, tandis que mon beau-père était déjà plus que mûr. Alors, c'était peut-être une histoire de rivalité entre hommes, une sorte de conflit de générations. En tout cas, quand Paul a découvert que je sortais avec Alej, il a exigé que je mette un terme à notre relation.

— Et tu l'as fait ?

Oui. Elle avait obéi docilement à son beau-père. Parce que sa mère s'était mise à genoux devant elle, à sa façon théâtrale, et l'avait suppliée de faire ce que Paul lui demandait. Elle avait expliqué en sanglotant que, sinon, il ne le lui pardonnerait jamais et qu'elle ne pouvait envisager de divorcer pour se retrouver à nouveau sans homme. Ses lamentations virant à l'hystérie, Emily avait fini par céder. Convaincue que c'était la meilleure solution et que, de toute façon, il valait mieux rompre avec Alej maintenant parce que leur histoire ne représentait pas grand-chose pour lui et qu'il se lasserait vite d'elle. De son côté, elle l'oublierait rapidement. Mais elle s'était trompée sur ce point.

— Oui. Je lui ai dit que tout était terminé entre nous.

De la manière la plus cruelle qui soit. Elle tremblait encore au souvenir de ces instants atroces, aussi évitait-elle d'y repenser.

— Dans ce cas, pourquoi crois-tu qu'il t'a choisie, alors que tous les chargés de com seraient prêts à se battre pour bosser avec lui ? demanda Marybeth, songeuse.

— Il dit qu'il veut se lancer dans la politique et qu'il a

besoin de se débarrasser de sa réputation de *bad boy* le plus vite possible.

Son amie la regarda en haussant les sourcils.

— C'est tout ? C'est la seule raison pour laquelle il t'a embauchée ?

Emily referma le couvercle de sa valise d'un coup sec.

— Oui, je crois, répondit-elle avec un sourire éclatant. Quelle autre raison pourrait-il bien avoir ?

La question de Marybeth résonna néanmoins dans son esprit tandis qu'elle se rendait un peu plus tard à l'aéroport d'Heathrow, ainsi que durant tout le long vol avec escale à Brunei qui fut encore rallongé par un incident technique survenu à bord de l'avion qui se dirigeait vers Melbourne.

Alejandro avait-il une idée derrière la tête ? Sa proposition était-elle entachée d'un désir de vengeance ? Comptait-il profiter de l'alchimie qui existait toujours entre eux ? Ou lui prêtait-elle des intentions qui n'existaient que dans sa propre imagination...

De toute façon, il n'y aurait *aucun* rapprochement. Alejandro Sabato avait beau être l'homme le plus sexy du monde, elle ne tomberait pas dans ses bras comme autrefois. Jamais elle ne prendrait un risque pareil. Pas après avoir vu la froideur de son regard, le mépris affiché qu'il ressentait à son égard. Par conséquent, elle se concentrerait sur son travail, ferait son job le mieux possible et empocherait la somme promise. Point final.

À son arrivée à Melbourne, il faisait si chaud qu'Emily aurait bien aimé aller se rafraîchir après ce vol interminable. Mais elle avait rendez-vous avec Alejandro sur le circuit, et si elle était passée à son hôtel pour prendre une douche, elle aurait été encore plus en retard. Aussi s'était-elle précipitée vers les toilettes de l'aéroport et avait fait de son mieux pour lisser la robe en coton enfilée à la hâte dans une cabine. Mais sans fer à repasser, impossible de faire disparaître les plis.

Lorsque le bus la déposa à l'arrêt Albert-Park, à proximité du circuit où avait lieu le Grand Prix d'Australie, elle fut impressionnée par le flot de voitures de luxe sortant du stade. Elle se sentait si peu à sa place dans ce lieu où se rassemblait toute l'élite liée de près ou de loin au monde des courses automobiles...

Son téléphone vibrant dans sa poche pour signaler l'arrivée d'un SMS, Emily devina aussitôt qui lui envoyait un message.

Où es-tu, bon sang ?

Alejandro. Furieux et impatient. Allait-il adopter cette attitude vis-à-vis d'elle durant toute sa mission ? Mais au moins, il avait respecté sa part du contrat. Avant de quitter l'Angleterre, elle avait en effet reçu des photos montrant un Joya complètement métamorphosé. Chouchouté par un personnel compétent et attentionné, il avait déjà repris du poids et avait l'air en pleine forme. Il avait même retrouvé sa fière allure d'antan, avait constaté Emily, les larmes aux yeux.

Alejandro avait tenu parole. À présent, c'était à elle de respecter ses engagements en dépit de son appréhension et de ses doutes. Et pour commencer, un peu d'humour détendrait peut-être l'atmosphère...

Le voyage a été très agréable – merci beaucoup !

La réplique lui parvint aussitôt, aussi lapidaire que le premier message.

Où es-tu ?

Eh bien... Cela promettait d'être gai...

Je me dirige vers les loges VIP comme convenu. Quelqu'un me rejoindra ou m'attend là-bas, je suppose ?

Pas de réaction.

Emily reprit sa valise et demanda son chemin avant de s'avancer vers la barrière où s'agglutinait un groupe de personnes à l'allure cossue. N'ayant jamais mis les pieds sur un circuit automobile, elle fut surprise de voir des femmes en jean skinny de créateur et chemisier vaporeux, des diamants étincelant aux oreilles et poignets, tandis que d'autres portaient robe de soie et talons d'une hauteur vertigineuse.

Marybeth avait peut-être eu raison d'insister pour lui prêter des vêtements chics, finalement. Elle en aurait sans doute bien besoin, songea Emily, consciente de sa petite robe en coton chiffonnée et de sa vieille valise cabossée.

Chaque personne était invitée l'une après l'autre à franchir le tourniquet métallique, mais lorsque Emily se présenta à son tour, un agent de sécurité baraqué se planta devant elle pour lui barrer le chemin.

— Vous avez un passe ?

— Quelqu'un a dû en laisser un pour moi ici, à l'entrée, répondit-elle avec un sourire forcé.

Elle voulut prendre son air le plus professionnel, mais ne réussit hélas qu'à se crisper intérieurement.

— Alejandro Sabato, ajouta-t-elle après s'être ressaisie.

— Alejandro Sabato, le sponsor ? demanda l'agent en haussant les sourcils.

— Oui, c'est ça. Il m'attend.

L'homme eut un petit sourire narquois.

— Ah oui ? Elles disent toutes ça, ma belle. Mais moi, mon job consiste à ne laisser entrer *personne* sans billet.

— C'est bon, Wesley. Je me porte garant de mademoiselle.

Un frisson parcourut Emily quand elle vit Alejandro se diriger vers eux à grands pas. Quant au costaud, il changea aussitôt d'attitude, arborant une expression frisant la vénération tandis que, d'un geste impatient, Alejandro faisait signe à Emily de passer le tourniquet.

Le cœur battant à tout rompre, traversée de sensations aussi intenses qu'incontrôlables, elle s'efforça de ne pas se laisser intimider par la lueur irritée qui couvait au fond des beaux yeux verts. Aujourd'hui, Alejandro portait un jean noir délavé et une chemise de soie couleur ivoire, mais sa tenue décontractée ne diminuait en rien l'aura d'autorité et de puissance irradiant de sa haute silhouette. Les cheveux noirs bouclaient sur le col de sa chemise, leur luxuriance tranchant avec sa posture, le maintien parfait qui l'avait toujours caractérisé tout au long de sa carrière de cavalier hors pair et de champion de polo.

Des gens le prenaient plus ou moins ouvertement en photo avec leurs smartphones, mais il ne paraissait pas s'en apercevoir.

— Tu es en retard, dit-il d'un ton accusateur.

— Je sais. Excuse-moi, ce n'est pas ma faute.

— Pourquoi ? Que s'est-il passé ? L'avion a été retardé ?

— En quelque sorte. Il y a eu un incident technique, ce qui a retardé le second vol, si bien que le voyage a duré plus longtemps que les vingt-huit heures prévues.

— Plus de vingt-huit heures ? répéta-t-il avec incrédulité. Ce n'est pas possible !

Avait-il oublié ce que c'était que d'être pauvre ? De démarrer une carrière ? Alejandro était-il si habitué aux jets et hélicoptères privés qu'il ne savait même plus que tout le monde ne voyageait pas de la même façon que lui ?

— J'ai pris le billet le moins cher que j'aie trouvé, ce qui fait que le trajet n'a pas été… le plus direct.

Il la regarda en fronçant les sourcils.

— Alors que tu disposais d'un budget suffisant pour voyager en première classe, comme mon assistant a dû t'en informer en temps voulu ?

— Il me l'avait dit, en effet.

— Et ? dit-il, la scrutant.

— Et je ne pouvais pas dépenser autant d'argent pour un billet d'avion et m'envoler à l'autre bout du monde en me vautrant dans le luxe. Ma société est toute jeune, nous démarrons à peine, mon associée et moi, et nous devons faire très attention parce que la plupart des clients paient en retard. Chaque penny compte, à ce stade, alors nous faisons attention.

Emily hésita un instant puis sourit, d'un sourire franc qui la surprit elle-même.

— Mais je tiens à te remercier de t'être aussi bien occupé

de Joya et de m'avoir envoyé ces photos. Il a l'air si heureux dans ce ranch, en si bonne santé...

— Cela s'appelle une *estancia*, rectifia-t-il sèchement.

— Peu importe, répliqua-t-elle en continuant de sourire. Et merci infiniment.

Alejandro aurait voulu se raccrocher à sa colère, mais lorsque Emily lui souriait ainsi, ce n'était pas facile. Elle semblait si douce, si adorable. Or elle était tout sauf douce et adorable. Emily Green était aussi cupide que sa mère, aussi snob et impitoyable que son beau-père. Avant de le quitter, elle l'avait regardé de haut, puis son visage s'était complètement fermé tandis qu'elle lui disait avec mépris : « Tu n'es pas un homme pour moi, Alej. »

Sur le moment, il n'avait pas compris ce qu'elle voulait dire. Il était un peu fruste, à l'époque, il ignorait tout de la sophistication. Stupide comme il l'était, il lui avait demandé de s'expliquer, incapable de croire qu'Emily, *son* Emily, puisse le regarder avec une telle condescendance. Alors, il l'avait interrogée.

— Tu es un enfant illégitime, avait-elle décrété d'un ton sans appel.

— Qu'est-ce que ça peut faire ? avait-il répliqué, stupéfait.

— C'est important pour moi.

Il avait voulu lui dire que si sa mère ne portait pas d'alliance, son géniteur était encore plus riche et important que Paul Vickery. Mais il n'en avait rien fait, par fierté, et vu ce qui s'était passé par la suite, il avait eu fichtrement raison.

Toutefois, cela n'aurait servi à rien de s'appesantir sur la blessure infligée autrefois par Emily et de ressasser sa colère. Pas pour l'instant, en tout cas. Aussi Alejandro repoussa-t-il les sinistres pensées qui lui traversaient l'esprit et promena son regard sur la jeune femme marchant à son côté.

Depuis leur séparation, elle avait changé, mais sans devenir plus sophistiquée pour autant. Au ranch, son jean élimé et son simple T-shirt étaient compréhensibles, mais là, dans la section réservée aux VIP, sur le circuit où avait lieu l'une des courses les plus prestigieuses du monde, rien n'excusait sa tenue.

Il s'était imaginé qu'elle se ferait belle pour lui, à l'instar des autres femmes, prêtes à tout pour lui plaire. Cette robe bon marché en coton et l'absence de tout maquillage étaient-elles de subtils signes de rébellion ? Quant à l'épaisse natte passée sur une épaule, elle donnait à Emily un air de fille fraîchement débarquée de sa campagne.

Néanmoins, son allure quelconque n'atténuait en rien le désir qui pulsait en lui. Au contraire, la passion le possédait avec une ardeur telle qu'il n'en avait pas connu depuis des années. Alejandro avait même du mal à détourner les yeux des courbes affolantes qu'aucune robe, même la plus banale, n'aurait pu escamoter. La bouche soudain sèche, il déglutit avec peine. La sensualité d'Emily le troublait malgré lui. Se rendait-elle compte que l'étoffe effleurait ses seins épanouis, rappelant à Alejandro la façon dont il les caressait jusqu'à ce qu'elle gémisse de plaisir ? Que ses jambes nues représentaient une tentation à laquelle il avait du mal à résister tandis qu'il se demandait quel genre de slip elle portait et brûlait soudain de découvrir la réponse par lui-même ?

Plus tard, se promit-il, refoulant le désir qui menaçait de le submerger. *Bientôt*.

Se forçant à détourner les yeux des hanches rondes, il contempla la vieille valise à laquelle Emily semblait se cramponner.

— Et *ça*, qu'est-ce que c'est ?

— C'est ma valise. Cela ne se voit pas ? répondit-elle en redressant le menton. Comme je ne voulais pas être encore plus en retard, je suis venue directement ici sans prendre le temps de passer à mon hôtel.

— Eh bien, tu ne peux pas rester ici dans cette tenue,

répliqua-t-il en sortant ses clés de voiture de la poche arrière de son jean.

Il lui prit sa valise de la main.

— Viens, ma voiture n'est pas loin. Je vais te conduire à ton hôtel pour que tu puisses te changer.

— Merci infiniment pour tes conseils vestimentaires, Alejandro. Tu aimerais peut-être t'occuper de la gestion de ma garde-robe ? Choisir ce que je dois porter ?

— Je voulais que tu aies un aperçu du circuit, mais tant pis, répliqua-t-il, sans tenir compte de la réplique ironique d'Emily. La dernière phase des qualifications est terminée, de toute façon, et la course n'aura lieu que demain.

Il se retourna brièvement pour s'assurer qu'elle le suivait.

— Au fait, je t'informe qu'un ami organise une petite fête sur son yacht ce soir, et que je dois m'y montrer. Mais nous avons encore du temps devant nous.

Décidément, ça allait être *très* gai… Mais Emily s'abstint de protester et de lui faire remarquer qu'après ce détestable trajet en bus, elle aurait préféré se mettre au travail tout de suite.

D'autant qu'elle mourait d'envie de prendre une douche afin de se sentir plus efficace et plus apte à tenir tête à Alejandro s'il le fallait. Parce qu'elle était très douée, dans son domaine, et Marybeth aussi. C'était pour cette raison qu'elles avaient décidé de quitter l'agence réputée pour laquelle elles travaillaient et de s'installer à leur compte. Côté vie privée et relations personnelles, Emily était nulle, mais elle avait confiance dans ses compétences professionnelles, et travailler pour Alejandro lui offrait une chance de prouver ses talents – à elle-même et à plus grande échelle. Si elle parvenait à transformer l'image de *bad boy* du célèbre milliardaire, cela leur attirerait toutes sortes de nouveaux clients, et pas des moindres. Leur petite entreprise se verrait propulsée au niveau supérieur plus rapidement qu'elles auraient pu l'imaginer.

Aussi Emily hocha-t-elle la tête en souriant.

Cela faisait si longtemps que quelqu'un ne lui avait pas porté ses bagages que le simple fait qu'Alejandro se charge de sa valise représentait pour elle le summum du luxe. Toutefois, elle ne se faisait pas d'illusions. Il se conduisait en gentleman, mais son hostilité envers elle n'en exsudait pas moins de son regard, de toute sa personne.

Dans le parking où s'alignaient des véhicules racés dont la carrosserie scintillait au soleil, il déposa sa valise dans le coffre d'un luxueux cabriolet. Une fois qu'ils furent installés à bord, Alejandro alluma le GPS puis enregistra le code postal qu'Emily lui indiquait avant de faire rugir le moteur et de quitter rapidement le parking.

De toute évidence, il ne connaissait pas les quartiers qu'ils traversaient car il jura à plusieurs reprises tandis qu'ils longeaient une succession de zones industrielles avant d'atteindre une banlieue qui semblait avoir été désertée par ses occupants. Des graffitis maculaient les vitrines condamnées de magasins abandonnés, des ordures traînaient sur les trottoirs... Quel contraste avec l'univers glamour qu'ils venaient de quitter !

Alejandro s'arrêta devant un motel aux vitres sales et dont l'enseigne pendait d'un côté. Deux lettres manquaient... Il frappa le volant du plat de la main avant de tourner la tête vers Emily, l'air furieux.

— Laisse-moi deviner : c'est l'hôtel le moins cher que tu as trouvé, c'est ça ?

— En fait, il s'agit d'un cinq étoiles – astucieusement déguisé en...

— Ce n'est pas le moment de faire de l'humour ! l'interrompit-il d'un ton sec avant de rallumer le contact. Pas question que tu t'installes dans ce trou à rats.

— Désolée de te contredire, mais j'ai réservé une chambre dans ce trou à rats et je l'ai payée d'avance.

Elle posa une main sur la poignée de la portière.

— Et je n'irai nulle part ailleurs. Le choix de mon hébergement ne regarde que moi !

— Je t'interdis de descendre de cette voiture. De toute façon, je viens de verrouiller la portière.

Puis il fit demi-tour et repartit en sens inverse.

— Qu'est-ce que tu fais ? demanda-t-elle, suffoquée.

— Je t'emmène dans un endroit situé à proximité du circuit, cela t'épargnera des trajets fastidieux.

— Je ne vais pas dépenser tout mon budget...

— Laisse-moi m'occuper de la question financière, Emily. Détends-toi et profite de la balade, d'accord ?

Emily retint de nouveau la réplique qui lui montait aux lèvres. Se détendre ? Profiter de la balade ? Il ne se rendait vraiment pas compte ! Et pourtant... elle fit ce qu'il venait de suggérer. Sans doute la fatigue due au décalage horaire y était-elle pour beaucoup. En tout cas, une douce torpeur envahit peu à peu ses membres, puis tout son corps, tandis qu'elle savourait le confort du siège en cuir gris tourterelle. Tout en reconnaissant en son for intérieur qu'elle était soulagée de ne pas avoir dû s'installer dans ce motel à l'air sinistre, et qui ne ressemblait en rien aux photos vues sur Internet.

D'autre part, elle admirait secrètement la conduite d'Alej, assurée et souple, tandis qu'il se faufilait habilement dans la circulation de plus en plus dense. Quelques minutes plus tard, il se garait devant un hôtel superbe situé au sud du centre-ville, dans l'un des quartiers les plus anciens de Melbourne où se trouvait notamment Albert Park, lui expliqua-t-il en coupant le contact

Emily pencha la tête en arrière pour contempler l'élégante façade surmontée d'un fronton se découpant sur le ciel bleu. Mais quand elle découvrit le nom de l'établissement, elle tressaillit. Même sans avoir fait des recherches dans ce type de quartier, elle savait qu'il s'agissait d'un hôtel de luxe. Et probablement un *vrai* cinq étoiles.

— Il est hors de question que je prenne une chambre dans un palace de ce genre, dit-elle d'une voix ferme.

— Tu n'as pas le choix. Tous les hôtels sont complets à cause de la course, répliqua-t-il d'un ton péremptoire. J'ai une suite immense. Ne t'inquiète pas, tu auras ton espace personnel.

Cette fois, elle ne put retenir un petit rire incrédule.

— Tu crois vraiment que je vais partager une suite avec toi ?

— Où est le problème ? demanda-t-il en tournant la tête vers elle. Nous n'avons jamais atteint le stade de l'hôtel, je sais. Mais ne me dis pas que tu n'as jamais vécu avec un homme, ne serait-ce que temporairement ? Et puis, de nombreuses femmes vivent en colocation, de nos jours, sans que cela tourne à l'orgie, il me semble.

— Mais nous avons...

— Couché ensemble ? enchaîna-t-il. Oui, en théorie. Mais en réalité, il ne s'agissait que de flirt plus ou moins poussé et d'une unique nuit de batifolage, au milieu de bottes de paille. Ce qui n'a rien à voir avec une relation approfondie et significative.

Un petit sourire ironique étira ses lèvres.

— Te croirais-tu irrésistible ? Craindrais-tu que, incapable de refréner mon désir, je me jette sur toi ?

Tout en parlant, il laissa descendre un regard moqueur sur la gorge d'Emily, ses seins et, soudain, elle se sentit ridicule dans sa petite robe en coton et ses ballerines.

— Je ne voulais pas dire que...

— Si, c'est exactement ce que tu voulais dire, l'interrompit-il de nouveau en plissant les yeux. Mais crois-moi, Emily, je préfère les femmes qui se soucient un peu plus de leur apparence. Et surtout, je les aime consentantes. Tu devrais le savoir, non ?

Les joues en feu, elle lissa sa robe sur ses cuisses. La pique était aussi méchante qu'inutile. Néanmoins, Alejandro avait raison. Autrefois, quand elle était tombée amoureuse de lui, elle lui avait bien montré qu'elle était prête à s'offrir à lui.

Ayant six ans de plus qu'elle, il avait essayé de se conduire en homme d'honneur, mais cela ne l'avait pas découragée. À dix-sept ans, elle s'était sentie devenir femme du jour au lendemain. Leur relation platonique avait alors changé brusquement et Emily l'avait regardé sans dissimuler le désir qui la dévorait pour la première fois de sa vie. Elle avait été prête, consentante et disponible à chaque fois qu'ils avaient pu en profiter. Tous ces instants dérobés n'avaient fait qu'exacerber la passion qui couvait entre eux. Et une fois qu'Alejandro lui avait enfin donné ce qu'elle voulait, elle l'avait rejeté et quitté sans un regard en arrière, après lui avoir dit des paroles d'une cruauté sans nom.

Elle avait cédé à son beau-père parce qu'il lui faisait d'horribles menaces, mais dans une infime partie d'elle-même, elle s'était sentie soulagée en s'éloignant d'Alejandro. D'être libérée de ce désir compulsionnel qui frisait l'obsession et lui faisait craindre de devenir comme sa mère. De sombrer dans la faiblesse et la dépendance d'un homme.

— Il y a deux chambres, dit Alejandro. Tu pourras t'isoler autant que tu voudras si tu le souhaites...

— Bien sûr que je veux pouvoir m'isoler ! Tu ne t'imagines tout de même pas que je vais m'installer dans ta chambre ?

— Ce serait une expérience inédite, répliqua-t-il d'une voix doucereuse. Je suis prêt à la tenter.

— Tu peux toujours rêver !

Un voiturier s'avança vers le cabriolet.

— Les rêves se réalisent, parfois..., murmura Alejandro en fixant ses seins.

— Tu veux bien cesser tes sous-entendus ?

— Ce n'est pas un sous-entendu, dit-il avec un sourire moqueur. Juste une remarque.

Quelle arrogance insupportable ! Furieuse, Emily devança le voiturier et ouvrit elle-même sa portière – déverrouillée, heureusement. Cependant, les réactions de son propre corps l'insupportaient tout autant que l'attitude odieuse d'Alejandro.

Une chaleur incontrôlable se répandait dans son ventre, entre ses cuisses.

Surtout qu'elle sentait le regard prédateur dardé sur ses jambes nues tandis qu'elle descendait maladroitement du luxueux véhicule.

4

— Oui, c'est lui ! Bonjour, Alej… Vous voulez bien qu'on fasse un selfie ?

Deux ravissantes jeunes Américaines en short ultra moulant les avaient vus entrer dans l'hôtel et se dirigeaient vers eux, leurs hauts talons claquant sur le sol pavé de marbre.

— Non, dit Emily d'un ton catégorique. Refuse poliment.

Alejandro tourna la tête vers elle en haussant les sourcils.

— Pourquoi ?

— Parce que si tu envisages sérieusement de te lancer dans la politique, les gens ne doivent plus te voir entouré constamment de femmes superbes, au risque de donner l'image d'un type superficiel, d'un vulgaire dragueur. Dis à tes fans que tu attends un coup de fil important.

— Mais ce n'est pas vrai.

— Non, sers-t'en comme excuse.

— Si tu y tiens, dit-il, pince-sans-rire.

— Oui, c'est capital. Et n'oublie pas que tu me paies pour te conseiller, OK ?

— Depuis quand es-tu devenue aussi persuasive, Emily ?

— Depuis que j'ai monté ma société et compris que je devais m'affirmer. C'est particulièrement utile quand j'ai affaire à des individus bornés.

— Sans blague ! répliqua-t-il, moqueur.

— Oui, sans blague. Maintenant, sois très poli - si tu en es capable —, mais ne t'arrête pas, avance droit devant toi.

Sans même ralentir le pas, Alejandro s'excusa poliment auprès des deux jeunes femmes qui le dévisagèrent avec force battements de cils et moues aguicheuses, tandis qu'Emily et lui se dirigeaient vers les ascenseurs. Au passage, elle aperçut son reflet dans un gigantesque miroir au cadre doré et tressaillit, atterrée. Elle était *affreuse*.

Les portes du premier ascenseur coulissèrent en silence puis la rapide montée de la cabine rutilante rappela à Emily ce qu'était le vrai luxe. Elle n'avait pas eu l'occasion d'en faire l'expérience depuis l'époque où elle et sa mère vivaient avec Paul, quand l'extravagance faisait partie du quotidien. Son beau-père lui avait bien fait sentir qu'elle devait lui être reconnaissante de lui avoir donné une maison – et quelle maison !

Emily avait essayé, de toutes ses forces. Elle avait feint de ne pas être incommodée par les interminables dîners, par l'attitude des adultes qui oubliaient vite sa présence. Elle avait fait semblant de ne pas s'ennuyer tandis qu'on la traînait dans les musées vieillots auxquels son beau-père avait fait un don généreux dans le seul but de s'intégrer à la haute société locale.

Parfois, elle avait l'impression d'avoir passé sa vie à faire semblant. Même encore maintenant, elle faisait semblant. Semblant de ne pas être affectée par le mâle sexy qui se tenait en face d'elle dans l'ascenseur, par exemple.

La cabine s'immobilisa au dernier étage. Les portes s'ouvrirent et Alejandro l'invita à le suivre dans un salon gigantesque au milieu duquel trônait, sur une estrade de bois satiné, un piano à queue blanc.

Dans le vaste espace, tout transpirait le luxe, y compris l'éclairage invisible qui mettait en valeur le mobilier contemporain. Installée devant l'une des immenses baies vitrées, une sculpture moderne se détachait sur fond de ciel bleu. Une impression de sobriété extrême se dégageait de l'ensemble, de pureté, qui, par contraste, accentuait la sensualité virile d'Alejandro tandis que, après avoir posé sa valise, il s'avançait vers un imposant bureau noir, comme tous les autres meubles.

Il baissa les yeux sur une pile de cartes de visite et les prit avant de les examiner rapidement l'une après l'autre.

Des reflets bleutés jouaient sur les épais cheveux noirs et, soudain, Emily eut envie, comme autrefois, de passer les doigts dans les mèches brillantes. De presser son corps contre celui d'Alejandro et de caresser la mâchoire un peu rugueuse du bout de la langue. Désirs dangereux auxquels elle ne succomberait pas. Elle était insatisfaite sur le plan sentimental et sexuel, mais, au moins, elle n'était plus obsédée par cet homme superbe. Elle ne se sentait plus perdue ni dévorée par le chagrin, elle ne fixait plus son téléphone pendant des heures, le cœur battant la chamade, attendant un coup de fil qui ne viendrait jamais.

Elle regarda Alejandro. Lui qui était né dans la plus grande pauvreté, il paraissait si à l'aise dans cet environnement somptueux...

— Tu veux bien m'indiquer où se trouve ma chambre ? demanda-t-elle d'un ton détaché. J'aimerais prendre une douche avant de me mettre au travail.

— Bien sûr, dit-il en allant reprendre sa valise. Suis-moi.

Qu'avait-elle vécu pour être devenue aussi coincée ? se demanda Alejandro en s'avançant dans le large couloir conduisant aux deux chambres. Il la voyait encore à cheval, les cheveux flottant au vent. L'Emily d'aujourd'hui, à l'air raisonnable et guindé, n'avait rien de commun avec la jeune fille ivre de liberté d'autrefois.

Quand il ouvrit la porte de la chambre qu'il lui réservait, il regretta de ne pas pouvoir la renverser sur le grand lit blanc et la prendre sans plus de cérémonie. Parce que, après l'avoir possédée, il serait débarrassé de ce maudit désir qui le consumait. Ce désir d'elle et d'aucune autre.

— Voici ta chambre.

— Waouh..., murmura-t-elle en contemplant les peintures modernes aux teintes vives ressortant sur les murs blancs.

Elle regarda tout – sauf le lit, remarqua Alejandro —, puis se dirigea vers la fenêtre.

— Quelle vue !

— La meilleure de Melbourne. Viens me retrouver quand tu seras prête, et ne traîne pas. N'oublie pas la soirée sur le yacht de Marcus Hedlund.

— L'industriel suédois ?

— Lui-même. J'espère que tu as apporté des vêtements appropriés pour ce type d'occasion, dit-il, baissant les yeux sur sa robe. Ces soirées sont plutôt *habillées*.

— Je sais. J'ai fait mes recherches. Ne t'inquiète pas, Alejandro, je ne ménagerai pas mes efforts pour être à la hauteur.

Lorsqu'elle redressa le menton d'un air de défi, Alejandro retrouva soudain l'adolescente casse-cou à qui il avait appris à monter à cheval. Au souvenir des instants partagés avec elle, de leur merveilleuse proximité, il sentit une émotion inconnue lui serrer la poitrine. Avant de se répéter aussitôt que cette adolescente avait grandi et était devenue la réplique parfaite de sa cupide de mère.

— Je suis impatient de voir le résultat de tes efforts, répliqua-t-il d'un ton sec.

Sans ajouter un mot, il tourna les talons et regagna le salon. Mais il eut beau essayer de se concentrer sur les paperasses à traiter, il ne parvint pas à s'immerger dans le travail. Pourtant, il aurait dû se réjouir du succès inouï que continuait de remporter le MiMaté à travers le monde. Qui aurait pensé que tous les adolescents de la planète allaient décider que c'était le top du top de consommer cette boisson dont la publicité avait été savamment orchestrée, la présentant enveloppée dans des plantes de son pays natal, et dont la composition s'inspirait du maté ? L'opération, qui n'avait représenté au départ qu'un nouveau pari, dépassait en effet ses attentes et rapportait des bénéfices inimaginables.

À lui, le gamin né dans un bidonville de la périphérie de Buenos Aires, au milieu de centaines de personnes aussi pauvres que lui et vivant dans cet endroit sordide dont les rues n'étaient même pas goudronnées et où il n'y avait pas de sanitaires. Plus tard, après que sa mère avait pu se faire embaucher comme gouvernante chez un riche Anglais, Alejandro n'avait quasiment pas eu accès à la scolarité. Sa passion pour les chevaux et ses talents de cavalier lui avaient permis de reléguer ses études au second plan, et personne ne s'était soucié de ses lacunes en matière d'éducation. Sachant lire et écrire, mais dépourvu de tout diplôme, il avait mobilisé son amour-propre et sa persévérance et, par la suite, il avait dévoré livres et journaux, s'éduquant ainsi en autodidacte.

Mais ni ses victoires ni ses réussites n'étaient jamais parvenues à combler le vide qui béait en lui, ni à éclairer les ténèbres qui semblaient faire partie de son essence même. Il avait été trahi, d'abord par Emily puis par sa mère et, parfois, il se demandait si ces deux événements-clés l'avaient marqué irrévocablement, faisant de lui l'homme qu'il était devenu. Un individu performant, à tous les niveaux, mais incapable de *ressentir* quoi que ce soit. Ses interrogations demeuraient sans réponse. Il n'en savait rien et ne le saurait jamais. Sa mère était morte, à présent, emportant son passé dans la tombe, et Alejandro s'était efforcé, pas toujours avec succès, de ne pas porter de jugement sur celle qui lui avait donné le jour.

Quant à Emily, elle était bien vivante. Et *appétissante*, en dépit de sa robe chiffonnée. « Pour pouvoir avancer, il faut d'abord s'être réconcilié avec son passé », avait-il lu quelque part. Or il n'était jamais parvenu à l'étape de la réconciliation. Il pinça les lèvres. L'occasion de l'atteindre et de la franchir s'offrait maintenant à lui en la personne d'Emily. Aussi allait-il profiter d'elle comme il n'avait pu le faire autrefois. Ce ne serait qu'une formalité, qui lui permettrait d'en finir avec elle à tout jamais.

Ensuite, il serait enfin libéré de cette femme.

Entendant un bruit de pas légers, il leva les yeux et sa libido réagit au quart de tour.

Il déglutit et contempla Emily, immobile à l'entrée du

salon. Elle avait fait vite, songea-t-il en jetant un coup d'œil à sa montre. En moins d'une demi-heure, elle avait réussi une métamorphose spectaculaire.

Ses cheveux encore humides étaient rassemblés sur le dessus de la tête en un charmant désordre, des petites mèches déjà sèches ondulant sur le cou gracieux, soyeuses et dorées, d'autres encadrant son visage subtilement maquillé.

Mais c'était sa tenue qui lui coupait le souffle. Envolée, la petite robe en coton ordinaire. À la place, Emily portait une robe de soie écarlate – teinte qu'il n'avait encore jamais vue sur elle. La gorge sèche, il fit descendre son regard sur les seins moulés par l'étoffe satinée, les hanches rondes... De minuscules boutons s'alignaient sur le devant, de haut en bas. Ajustée jusqu'à la taille, la robe s'épanouissait ensuite, plus fluide, et s'arrêtait juste au-dessous du genou.

La femme à l'allure banale qu'il avait retrouvée sur le circuit s'était muée en une créature qui le faisait saliver malgré lui.

Quelque chose de brut, de primaire, se mit à pulser dans ses veines. Combien de fois avait-elle déjà déployé ce scénario ? S'habillait-elle ainsi pour les autres hommes qu'elle cherchait à séduire ? L'espace d'un instant, Alejandro céda à un accès de jalousie. Les amants d'Emily avaient-ils comme lui été impatients de glisser les doigts sous la soie vermillon, de remonter lentement jusqu'à l'endroit où frémissait sa chaleur de femme ? Le désir le tourmenta avec une telle violence qu'il retint un juron. Bien sûr qu'ils avaient tous procédé ainsi puisqu'elle lui avait annoncé avant de le quitter qu'elle avait l'intention de coucher avec d'autres. Ces paroles l'avaient ravagé pendant longtemps, suscitant en lui une rage qui l'avait parfois poussé à marteler l'oreiller avec ses poings au milieu de la nuit jusqu'à s'arrêter, épuisé et vaincu par un sentiment d'impuissance atroce.

Elle avait eu ce qu'elle désirait. Ses amants lui avaient donné du plaisir, mais il allait lui faire découvrir la *vraie* volupté. Jusqu'à ce qu'elle le supplie de la combler... Il brûlait d'arracher cette robe du corps mince qu'il devinait aussi doux et ferme qu'autrefois. Mais il se força à dominer son désir et afficha l'expression d'indifférence qui intriguait tant ses maîtresses et les rendait furieuses.

— Avais-tu emporté une baguette magique ? demanda-t-il d'un ton détaché. La belle robe rouge va-t-elle se transformer en haillon à minuit ?

Elle esquissa un haussement d'épaules.

— Je l'ai empruntée à mon amie qui a une vie sociale beaucoup plus active que moi.

— Je vois.

— Mais nous ne sommes pas là pour discuter de ma garde-robe, répliqua-t-elle d'un ton sévère. Je propose que nous nous mettions au travail.

— Bien sûr. Tu prends d'abord un verre ?

— Je ne veux pas d'alcool !

— Ne t'inquiète pas, répliqua Alejandro avec un petit rire moqueur. Je ne comptais pas t'étourdir avec du bon vin ou du whisky. Je te proposais de l'eau minérale.

Les hautes pommettes rosirent.

— OK. Parfait, je... Merci, je veux bien un verre d'eau.

Le cœur battant la chamade, Emily le regarda se lever. Elle venait d'affirmer qu'elle souhaitait travailler, mais le simple fait de voir Alejandro évoluer dans le vaste espace, avec ce mélange de grâce et de force virile, l'empêchait de se concentrer. Il s'arrêta devant le bar installé dans un coin du salon, prit deux verres dans lesquels il laissa tomber des glaçons avant de verser de l'eau minérale. Mais quand il revint vers elle et lui tendit son verre, ce ne fut pas une sensation de froid qu'Emily ressentit au moment où leurs doigts s'effleurèrent. Elle fut traversée par un frisson brûlant.

Décidément, elle ne se reconnaissait plus. Sous la douche, n'avait-elle pas imaginé que les mains d'Alejandro glissaient sur sa peau ? Ses mamelons n'avaient-ils pas réagi aussitôt à la caresse imaginaire ? Jamais elle ne se laissait aller à ce genre de fantasmes. La femme efficace et distante qu'elle était devenue demeurait toujours maîtresse d'elle-même, de ses émotions. Elle se targuait d'être professionnelle en toutes circonstances. De garder la tête froide et de rester impartiale. Alors, elle allait cesser de se comporter comme une nymphomane et se concentrer sur la tâche pour laquelle elle était payée.

Après avoir bu une gorgée d'eau, elle s'éclaircit la voix et reposa son verre.

— Bon, la première chose à faire est de déterminer des objectifs clairs et précis.

— Des objectifs clairs et précis ? répéta-t-il, une lueur moqueuse au fond des yeux. Tu peux être plus précise ?

— Naturellement. Nous allons nous servir de ce week-end ultra médiatisé pour te montrer sous un jour différent. Mais pour que notre collaboration soit efficace, j'ai besoin de ton entière franchise. Tu dois répondre sincèrement à mes questions. Tu crois que c'est possible ?

— Je peux toujours essayer, répondit-il en soutenant son regard. Que veux-tu savoir, exactement ?

Elle tourna les yeux vers le piano à queue.

— Pourquoi le Steinway ?

Cette fois, il la dévisagea un instant en silence, l'air stupéfait. Comme si sa question le prenait de court.

— Pour les soirées organisées à l'improviste… L'hôtel envoie un pianiste à la demande.

— C'est ce qui s'est passé hier soir ?

— Hier soir ? répéta-t-il en haussant les sourcils.

— Ne me dis pas que tu ne te souviens pas de ce que tu as fait il y a quelques heures ? Tu affirmes que tu désires te débarrasser de ton image de play-boy pour pouvoir faire carrière dans la politique, mais tu voudrais garder tes anciennes habitudes, c'est ça ?

— Je ne comprends pas de quoi tu parles.

— De ceci !

Emily se pencha vers son sac et en sortit le journal acheté la veille à l'aéroport, puis l'étala bien à plat sur le bureau de manière à ce qu'Alejandro puisse lire le gros titre.

— Je suis tombée là-dessus à l'aéroport. On parle en détail de la « folle soirée arrosée au champagne » que tu as organisée hier soir. Il y a même une photo d'une superbe actrice qui sort de l'hôtel à l'aube, l'air quelque peu éméché. La prochaine fois que tu organiseras une soirée *à l'improviste*, je te conseille de sélectionner tes invités avec plus de soin.

— Je n'ai rien organisé, répliqua-t-il avec un haussement d'épaules. La chose s'est organisée d'elle-même. Deux des autres sponsors voulaient découvrir la vue que l'on a de ma suite. Elle est grandiose et...

— Je sais. Tu peux essayer de rester concentré sur le sujet qui nous occupe ? Cela nous ferait gagner beaucoup de temps.

Il la gratifia d'un lent sourire, comme si le fait d'être admonesté représentait une nouveauté pour lui.

— Ils ont amené quelques personnes avec eux. Tu sais comment ça se passe.

— Non, pas vraiment.

Sa remarque ne parut pas le troubler le moins du monde.

— Un peu plus tard, des mannequins qui sont venues à Melbourne pour le Grand Prix ont débarqué sans y avoir été invitées, mais à ce moment-là, j'étais déjà au lit.

— Seul ?

— Cela ressemble fort à une accusation de petite amie possessive, répliqua-t-il d'une voix suave.

— Je dirais plutôt que c'est une question pertinente, étant donné les circonstances. Pour ton information, j'ai lu le livre de ton ex – comme tu me l'avais conseillé. D'après elle, tu es très féru de ce genre de soirées *improvisées* – et du type de femmes qui les fréquentent, souvent sans y avoir été invitées.

— Et tu as cru tout ce qu'elle raconte, bien sûr... Comme la plupart des gens.

Une expression dure et cynique envahit ses traits.

— Surtout le chapitre où elle fait allusion à mon goût pour la *variété*, j'imagine. Apparemment, c'est cela qui a le plus excité les lecteurs. Elle me fait passer pour la pire espèce de don Juan, un vulgaire collectionneur de femmes. Elle ne parle pas de miroir au plafond et de draps en satin noir, mais c'est tout comme. Malheureusement, mes avocats m'ont dit qu'elle avait pris ses précautions et qu'il était impossible de la poursuivre pour diffamation.

— Et c'était vrai ?

— Qu'est-ce qui était vrai, Emily ? demanda-t-il d'un ton ironique.

— Ton goût pour... la variété ?

— Absolument pas, déclara-t-il avec une pointe de mépris dans la voix. J'ai toujours aimé la compagnie des femmes, mais jamais plus d'une à la fois. Et je n'ai jamais été porté sur la promiscuité. Tu es bien placée pour le savoir, il me semble.

Emily tressaillit. Il avait cru au mensonge stupide qu'elle lui avait dit. Évidemment, puisqu'elle avait tout fait pour se montrer convaincante. N'avait-elle pas répété sa tirade pendant des heures ?

Je ne veux plus te voir, Alej. Je ne t'aime plus.

Et quand il avait insisté, elle en avait rajouté :

Pour moi, cela n'a jamais été que du sexe, entre nous, et j'ai rencontré d'autres hommes en Angleterre. Des hommes plus appropriés. Ils sont riches, éduqués, et bien plus désirables que toi.

Une déclaration si exagérée, si absurde, qu'Emily s'était demandé si elle était allée trop loin et s'il devinait qu'elle mentait. Mais Alejandro l'avait crue et elle n'oublierait jamais l'expression de son regard.

À présent, il y avait une lueur toute différente au fond des yeux verts. Ce n'était pas non plus celle, glaciale, qui les avait éclairés le jour où il avait débarqué au ranch en hélicoptère. Ni celle, désapprobatrice, qui avait durci son regard quand il l'avait rejointe à l'entrée du circuit quelques heures plus tôt.

Au fond des yeux d'Alejandro, elle retrouvait un peu de

la chaleur familière d'autrefois et du désir qui le consumait alors. En réponse, un sentiment qu'Emily croyait éteint depuis longtemps parut se ranimer. Cela faisait si longtemps qu'elle ne l'avait éprouvé qu'elle pensait l'avoir perdu à tout jamais. Peut-être parce que lui seul avait le pouvoir de le susciter. Lui seul pouvait lui donner l'impression de renaître à la vie.

Son corps se mit à palpiter, ses seins frémirent, leurs pointes se durcissant sous la soie un peu trop ajustée. Le désir de sentir les mains d'Alejandro sur elle la submergea. De revivre ces sensations merveilleuses qu'il lui avait fait découvrir. Mais plus que tout, Emily désirait qu'il la prenne dans ses bras, la serre contre lui pour qu'elle se sente enfin en sécurité.

Or c'était ce désir-là qui l'effrayait le plus parce que l'on ne pouvait jamais compter sur un homme pour vous protéger. N'était-ce pas la seule et unique chose que sa mère lui avait apprise ?

Alors, concentre-toi, s'ordonna-t-elle résolument. *Ne t'égare pas dans ce genre de pensées, sinon tu vas droit à la catastrophe. Fais-lui comprendre qu'il s'agit d'une relation strictement professionnelle. Et si tu veux qu'Alejandro y croie, il faut d'abord que tu y croies toi-même.*

— À partir de maintenant, tu vas devoir mieux protéger ton espace personnel, dit-elle. Tu ne peux pas laisser une soirée *s'organiser toute seule*. Si la situation dégénère, c'est *ton* image qui en souffrira et tu dois désormais penser avant tout à la préserver. Tu dois *contrôler* ton image.

Elle repoussa une mèche derrière une oreille et poursuivit avec calme.

— Il faut que les gens voient en toi un nouveau Alejandro Sabato, de façon à ce qu'ils oublient peu à peu ta réputation de play-boy et que tu leur apparaisses comme un potentiel homme politique qui puisse être pris au sérieux. Et, surtout, un homme dont tous les actes sont réfléchis.

— Pour en arriver là, il faudrait un revirement colossal, je suppose ? répliqua-t-il d'un ton sardonique.

— Oui, cela relève du défi, mais j'ai quelques idées.

À présent plus sûre d'elle, Emily ouvrit la poche extérieure de son sac et en sortit son carnet.

— Je sais que ton équipe va te remettre un prix spécial après la course pour te remercier de ton soutien moral et financier. Cette petite cérémonie pourrait nous servir de base.

— De base pour quoi faire ? demanda-t-il en fronçant les sourcils.

Elle inspira profondément.

— Dis-moi pourquoi tu désires te lancer dans la politique.

Alejandro resta silencieux durant quelques instants.

— Le nouveau parti progressiste a pris contact avec moi... Ils arrivent en tête de tous les sondages et voudraient que je les représente. Une bouffée d'air frais serait la bienvenue dans l'atmosphère confinée qui règne dans l'arène politique, ce sont les termes qu'ils ont employés.

— Là, tu parles de *leurs* motivations, pas des tiennes.

Tiens tiens... Elle était plus perspicace qu'il ne l'avait pensé..., songea-t-il en voyant une lueur sceptique traverser ses yeux bleus. Mais sa remarque l'irrita. Considérait-elle son ambition comme une simple lubie ? Un caprice d'homme riche et puissant cherchant à se changer les idées, en quelque sorte ? N'était-il pour elle que le champion de polo devenu un play-boy milliardaire ? Le séducteur superficiel inventé par les médias ? L'homme fortuné accumulant défis, conquêtes féminines et jouets coûteux ?

Il était bien davantage et il entendait le prouver.

Notamment à Emily. Surtout à Emily.

Sans plus s'interroger, Alejandro opta pour la franchise – enfin, presque. Peut-être parce que, autrefois, elle l'avait connu mieux que quiconque. Avant les hélicoptères et les jets privés, les luxueuses résidences disséminées aux quatre coins de la planète...

— J'ai accepté parce que des gens naissent et vivent encore dans le plus grand dénuement. Des gens condamnés à une vie de privations – à moins que, comme moi, ils aient la chance d'être venus au monde avec un don. Des gens qui meurent prématurément parce qu'ils n'ont pas accès aux services de santé et ne bénéficient d'aucune protection sociale. Je veux contribuer à changer cela et la politique est le meilleur moyen d'y parvenir.

— C'est bon, ça. Très bon, même, commenta lentement Emily. Je pense que tu devrais prononcer un petit discours du même style lorsqu'on te remettra ton prix, demain soir. Surtout si tu peux reproduire le même degré de passion et de conviction.

Alejandro serra les mâchoires.

— Tu me vois comme une bête de scène, c'est ça ?

Sans lui laisser le temps de réagir, il lui souleva le menton pour la forcer à le regarder dans les yeux. Un courant brûlant passa aussitôt entre eux. Alejandro attendit, curieux de voir si elle allait le repousser, mais elle n'en fit rien, bien sûr. Parce que l'alchimie n'avait pas diminué d'un iota... Emily était prête pour lui, comme jadis. Il le vit à la façon dont les pointes de ses seins tendaient la soie écarlate, dont les belles lèvres pulpeuses s'entrouvraient d'elles-mêmes. Il avait désiré de nombreuses femmes au cours de sa vie, mais, à son grand désespoir, le désir qu'il éprouvait pour Emily semblait faire partie de son ADN.

Lentement, il lui effleura la joue du bout des doigts.

— Tu trouves que ce que je dis est creux ?

— Je...

Ses pupilles se dilatèrent, le bleu ne formant plus qu'un mince anneau.

— Alejandro... Qu'est-ce... Qu'est-ce que tu fais ?

Le pouls battait comme un fou à la base du cou à la peau claire, juste à côté d'une mèche de cheveux dorés. Alejandro perçut l'effluve du désir d'Emily. S'il en avait eu la force, il l'aurait fait attendre, il aurait résisté à celui qui rugissait en lui. Mais sa libido *exigeait* l'assouvissement. Là, maintenant.

— Cessons de jouer la comédie, Emily. Je vais faire ce que tu attends de moi, dit-il, la gorge soudain nouée. La seule chose que tu aies vraiment désirée de moi parce que je n'ai jamais été assez bon pour autre chose, n'est-ce pas ?

Comme au ralenti, Emily le vit pencher la tête. Elle aurait pu l'arrêter, mais elle ne réagit pas. Pour la bonne raison qu'il avait raison. Elle avait toujours été prête pour lui. Alejandro détenait le pouvoir de faire naître le désir en elle. De l'embraser de la tête aux pieds en un instant.

Quand il l'embrassa enfin, elle tressaillit violemment. Personne ne l'avait embrassée depuis si longtemps. Et aucun homme n'embrassait comme lui. La langue experte s'insinua entre ses lèvres tandis qu'une chaleur incontrôlable se déployait partout en elle. Emily leva les bras d'instinct, noua les mains sur la nuque athlétique, savoura la sensation de la puissante érection pressée contre son ventre.

— Alej..., murmura-t-elle avant de mêler sa langue à la sienne.

Cette fois, il la laissa utiliser le diminutif sans protester.

Tout en dévorant sa bouche, il lui caressa le cou du bout des doigts avant de les glisser sous l'étoffe. Quand il les referma sur un sein, elle le laissa faire. Il caressa la pointe qui se durcit aussitôt tandis qu'elle creusait les reins malgré elle. À cet instant, il la souleva dans ses bras, l'emporta vers l'immense sofa en cuir noir et l'y étendit.

Elle se consumait tout entière, brûlant d'impatience de se donner à lui. Et lorsqu'il s'allongea sur elle puis reprit sa bouche avec passion, elle ferma les yeux pour mieux savourer les sensations qui ondoyaient dans tout son corps.

— Hum..., murmura-t-il en poursuivant ses savantes caresses à travers le soutien-gorge en microfibre. J'avais oublié à quel point ils étaient parfaits, doux et fermes à la fois... Je veux les voir, vérifier qu'ils n'ont pas changé.

De sa main libre, il entreprit de défaire les minuscules

boutons avec une dextérité qui en disait long sur son expérience en matière de déshabillage. Mais encore une fois, Emily le laissa faire.

Cela faisait huit ans que personne ne l'avait touchée ainsi et c'était... le paradis.

Mais quand Alejandro écarta les pans de la robe, il murmura dans un souffle :

— Quelle déception...

— Qu'y a-t-il ? demanda Emily en rouvrant les yeux.

Pour toute réponse, il effleura du bout du doigt le soutien-gorge couleur chair.

— Je ne m'attendais pas à trouver ce genre de sous-vêtement sous une robe aussi sexy, dit-il avec un haussement d'épaules.

— Il est très confortable, marmonna-t-elle, vexée.

— Sans doute. Mais pour ce qui est de l'érotisme...

Un lent sourire se dessina sur la belle bouche virile tandis qu'il reprenait ses caresses à travers le fin tissu.

— Les autres hommes ne te demandent jamais de porter de la lingerie plus raffinée ?

— Quels autres hommes ? demanda-t-elle en retenant un gémissement de plaisir.

Impossible de garder les idées claires quand il la soumettait à ce genre de supplice exquis.

— Je ne me flatterai certes pas d'être le seul, surtout après les paroles dont tu m'as gratifié en guise d'adieu, lui murmura-t-il dans le cou. Mais... tes airs de prétendue innocence ne sont peut-être qu'un bonus dont bénéficient tous tes clients ?

Il fallut quelques instants à Emily pour comprendre le sens de ces paroles.

— Un bonus ? répéta-t-elle d'une voix étouffée.

Il haussa de nouveau les épaules.

— Pourquoi pas ? C'est une pratique comme une autre.

Emily le dévisagea avec incrédulité avant d'écarter la main d'Alejandro. Puis elle le repoussa et se leva aussitôt.

Les mains tremblantes, elle reboutonna sa robe.

— Tu penses vraiment que je m'abandonne ainsi avec... *n'importe qui* ? demanda-t-elle en le foudroyant du regard.

Appuyé sur un coude, il la contempla d'un air indolent.

— Que je fais ce genre de chose avec des *clients* ? ajouta-t-elle.

Nullement troublé par son indignation, il se leva à son tour et se passa une main dans les cheveux avant de rentrer sa chemise dans son jean.

— Je n'en sais rien, dit-il d'une voix froide et dure. La discrimination n'a jamais été ton point fort, Emily. Quand tu es partie, tu m'as dit que tu avais l'intention de coucher avec d'autres hommes, alors je croyais que tu avais mis ton projet à exécution.

Mon Dieu, il la toisait avec un tel dédain, comme si elle n'était qu'une vulgaire prostituée... À quoi bon lui dire qu'elle lui avait menti ? Parce que cela avait été le seul moyen d'être certaine qu'il la laisserait partir ?

Mais elle n'était pas là pour le convaincre de son honnêteté, ni pour qu'il ait une bonne opinion d'elle.

Et puis, s'il continuait de la mépriser, ce serait plus facile de gérer l'attirance qui existait toujours entre eux.

Après avoir lissé sa robe sur ses hanches et recouvré tout son sang-froid, Emily redressa les épaules et le regarda bien en face.

— Je ne sais pas trop comment c'est arrivé, dit-elle avec calme.

— Tu veux que je t'explique comment fonctionnent les hormones ? répliqua-t-il, les yeux plissés.

— Et nous allons faire comme si rien ne s'était passé, poursuivit-elle sans tenir compte du sarcasme. Tu me comprends, n'est-ce pas ?

— Oh ! je te comprends mieux que tu le crois, *querida* ! répliqua-t-il avec un sourire provocant. Mais je crains que cela ne soit pas aussi simple parce que tu me désires, Emily. Cela te dérange, mais tu brûles pour moi. Je sens presque le *goût* de ton désir et je parierais toute ma fortune que, sous ta robe empruntée de vamp glamour, tu es prête à t'abandonner au désir qui te dévore.

Les yeux verts étincelèrent quand il ajouta :

— De mon côté, j'ai *très* envie de coucher avec toi et je suis curieux de voir combien de temps il va te falloir pour avoir la franchise de reconnaître que tu ressens exactement la même chose.

5

À bord de l'énorme yacht amarré dans le port de plaisance, la fête battait son plein. Toutes les personnalités et célébrités venues à Melbourne pour le Grand Prix étaient rassemblées à bord du luxueux navire. Un chanteur de rap réputé se produisait à l'extrémité du pont principal, les plateaux de coupes de champagne circulaient partout, portés par de jeunes serveurs ressemblant à des acteurs de cinéma venus donner un coup de main.

Très rapidement, Alejandro fut entouré par des fans manifestement éperdus d'admiration, si bien qu'Emily se retrouva seule dans un coin peu éclairé, à l'écart du cercle d'exaltés qui ne cessait de s'agrandir autour de l'idole de la soirée.

Elle avait bien tenté de refuser d'accompagner Alejandro, surtout après le troublant épisode du sofa. L'intimité partagée durant ces instants torrides et le fait d'avoir failli succomber à son désir avaient renforcé sa conviction qu'elle devait garder ses distances avec son employeur. Mais il avait déclaré d'une voix onctueuse qu'il avait absolument besoin d'elle.

— Notre charmant petit intermède, auquel tu as brusquement décidé de mettre un terme, ne te dispense pas d'effectuer le travail pour lequel tu es payée. Ta présence garantit ma nouvelle image de sérieux, Emily, alors tu vas m'accompagner à cette soirée. Tu récupéreras demain, avant la course.

Et maintenant, il ne se souciait plus d'elle, évidemment.

Ce qui ne la dérangeait pas, au contraire. Elle profitait de sa relative solitude pour tenter d'y voir plus clair.

Parce que le désir qui l'avait submergée n'était pas seulement physique. Il y avait eu autre chose. L'impression palpable d'être reliée à Alejandro à un autre niveau. Comme s'il était le seul à pouvoir réchauffer cette part sombre et glacée d'elle-même, à lui insuffler de la chaleur et de la vie. Était-elle stupide de nourrir de telles pensées ? Oui, sans aucun doute. Inutile de se raconter des histoires de contes de fées. Au fond, elle n'était qu'une femme frustrée qui n'avait pas été touchée par un homme depuis huit ans. Aussi son corps s'était-il rebellé, tout simplement.

Et, comble d'ironie, le seul homme qui ait jamais compté pour Emily était également le seul qu'elle ait délibérément blessé parce qu'elle avait été trop jeune et trop confuse pour envisager une autre issue.

À présent, il lui fallait lâcher prise. Sinon, elle ne pourrait remplir sa mission. Or si elle échouait, sa fierté et sa réputation professionnelle en pâtiraient sérieusement. Par conséquent, elle devait faire en sorte qu'Alejandro la considère comme une personne, pas comme un objet sexuel.

Mais puisque les femmes se jetaient dans ses bras – elle la première —, pourquoi ne les aurait-il pas considérées comme de simples pions interchangeables ?

Résolue à rester professionnelle en dépit de son attirance pour son boss, Emily reprit son rôle habituel d'observatrice extérieure et se concentra sur les allées et venues des nombreux invités, plus somptueux les uns que les autres.

En dépit de la présence des séduisants pilotes qui allaient participer au Grand Prix, elle remarqua que le charisme d'Alejandro éclipsait celui des hommes les plus attirants. Soudain, elle vit une actrice célèbre traverser le pont et se frayer un passage à travers la petite foule agglutinée autour de lui, ses longs cheveux blond platine tombant dans son dos en boucles aux reflets argentés dont l'effet avait été savamment étudié.

Kate Palmer, lauréate de deux BAFTA – entre autres. L'instant d'après, Emily aperçut une romancière à succès qui prenait un selfie avec Alejandro. Avait-il oublié les instructions strictes données peu de temps auparavant ? Comment comptait-il être pris au sérieux s'il continuait à s'exhiber ainsi ?

Mais ce qui irritait tout autant Emily, c'était la jalousie qui lui étreignait le cœur, qui lui donnait envie de se précipiter vers lui et de le prendre par le bras en…

— Ce doit être frustrant.

Elle tourna la tête vers l'homme de haute taille à la peau hâlée et aux cheveux blonds décolorés par le soleil qui lui souriait d'un air amical. Quel contraste avec la beauté ténébreuse d'Alejandro…

— Pardon ? Qu'est-ce qui doit être frustrant ?

L'inconnu haussa l'épaule.

— De sortir avec un tel homme, qui attire les femmes comme un aimant. Alejandro est réputé pour son charme irrésistible. Je vous ai vue arriver avec lui, ajouta-t-il en guise d'explication.

— Je ne sors pas avec lui, répliqua lentement Emily.

— Ah ? Eh bien, c'est la meilleure nouvelle que j'aie entendue de la soirée.

Ses yeux bleus scintillèrent.

— Marcus Hedlund.

Emily prit la main tendue.

— Emily Green.

— Enchanté de faire votre connaissance, Emily Green. Je suis à la recherche d'une femme qui serait intéressée par une croisière à durée indéterminée, figurez-vous.

Il sourit à nouveau.

— Et j'ai toujours eu un faible pour les robes rouges. Ça vous dirait de partir avec moi ?

— C'est très aimable à vous de m'inviter à naviguer avec vous, répondit gentiment Emily. Mais je ne suis pas libre de partir où que ce soit pour l'instant – et je suis un piètre matelot, en plus.

— Je pourrais vous apprendre l'art de la navigation. Les

Suédois sont très doués pour l'enseignement, vous ne le saviez pas ?

Elle ne put s'empêcher de sourire.

— Je crains hélas que mon cas ne soit désespéré.

— Aucun cas n'est désespéré.

Prenant deux coupes de champagne sur le plateau d'un serveur qui passait, il en tendit une à Emily. Et, soudain, alors qu'elle s'était limitée à l'eau depuis son arrivée, elle ne put résister à l'envie de boire une gorgée du liquide pétillant.

— Revenons à Sabato, reprit-il. Vous disiez qu'il...

— ... qu'il se demande pourquoi tu monopolises un membre de son personnel, l'interrompit une voix dure.

Suffoquée, Emily s'aperçut qu'Alejandro s'était extirpé du groupe d'admirateurs et d'admiratrices, et se tenait devant eux, une lueur indéchiffrable au fond des yeux.

— Tu ne t'occupais pas d'elle, alors je suis intervenu, répliqua Marcus Hedlund d'un ton détaché. Par pure galanterie.

— Vraiment ? dit Alejandro, pince-sans-rire. Pour ce qui est de la compagnie féminine, tu n'as que l'embarras du choix, Marcus, non ?

— Sauf lorsque tu te trouves dans les parages, mon vieux.

Il sourit à Emily.

— Ravi de vous avoir rencontrée, Emily. Ne commettez pas l'erreur de tomber amoureuse de lui – vous perdriez votre temps et ce serait dommage.

— Cela ne risque pas d'arriver, répliqua-t-elle, crispée.

Le séduisant Suédois leva son verre d'un air moqueur avant de se détourner et de s'éloigner d'une démarche souple de sportif aguerri.

Emily reporta son attention sur Alejandro.

— Tu n'as pas écouté ce que je t'ai dit tout à l'heure ? demanda-t-elle, exaspérée.

— Ce n'est tout de même pas moi qui suis en faute, alors que je viens de te surprendre en train de flirter avec l'un de mes plus vieux amis, riposta-t-il, l'air choqué.

— Je flirte avec qui je veux. Tu ne te gênes pas pour faire la même chose, que je sache. Et ne change pas de sujet, s'il te plaît. Je te parle *sérieusement* !

Alejandro la dévisagea un instant en silence. Quel changement par rapport à la femme qui s'était brièvement abandonnée dans ses bras quelques heures plus tôt. Il avait retrouvé un peu de l'ancienne Emily, celle qui s'embrasait à la moindre caresse, tout comme lui s'embrasait au moindre effleurement de ses mains fines sur son corps.

Il avait cru la connaître, à l'époque. Il lui avait attribué toutes sortes de qualités qu'elle ne possédait pas, sans doute parce qu'elle était vierge et innocente, et qu'il s'était senti responsable et protecteur vis-à-vis d'elle. Mais il avait suffi de quelques mots cruels pour détruire son bel idéalisme.

— Tu veux manger quelque chose ? demanda-t-il d'un ton neutre.

— Non, merci. Je suis allergique au caviar. Je vais rentrer à l'hôtel et travailler un peu avant de me coucher.

— Je t'accompagne.

— Non, répliqua-t-elle avec calme. Tu restes ici. Tout le monde serait déçu de te voir partir maintenant. De toute évidence, tu es l'invité d'honneur et tu n'as plus besoin de moi. En outre, l'actrice avec laquelle tu bavardais te regarde d'un air langoureux depuis cinq bonnes minutes.

— Je croyais que je devais garder mes distances avec les femmes !

— *Les* femmes, oui, au pluriel, mais pas au singulier ! Si...

Elle s'interrompit un instant, comme pour chercher ses mots.

— Si tu décides de t'investir dans une relation à long terme... il n'y a aucun problème, ajouta-t-elle. Ce serait même parfait. Et si tu choisissais cette actrice, cela ne nuirait en rien à tes ambitions politiques. Ce serait en outre la preuve que tu as renoncé à ta vie de play-boy, tu ne crois pas ?

— Si je comprends bien, tu me donnes l'autorisation de sortir avec elle ?

— Tu n'as pas besoin de mon autorisation pour sortir avec qui tu veux. Tu es libre, tout comme moi.

Elle se força à sourire.

— Fais juste attention à ne pas faire trop de bruit si tu la ramènes à l'hôtel, d'accord ? Je demande à ton chauffeur de me raccompagner et je te le renvoie. Bonne fin de soirée.

Puis elle se détourna après lui avoir adressé un petit salut de la main, laissant à Alejandro la nette impression d'avoir été déjoué. Immobile, il regarda les petites mèches blondes osciller sur la nuque à la peau claire, la robe écarlate chatoyant d'une manière provocatrice sur les belles hanches rondes tandis qu'Emily s'éloignait avant de disparaître tout à fait.

L'actrice s'avança vers lui, mais il s'en aperçut à peine. Il en voulait trop à Emily. Lui donnait-elle vraiment le feu vert pour ramener une autre femme dans sa suite, dans son lit, alors qu'ils avaient échangé des caresses intimes quelques heures plus tôt ? Et qu'elle dormirait dans la chambre voisine ? Il pinça les lèvres. Était-elle devenue une adepte de l'amour libre ?

— Alej ?

La voix travaillée de Kate Palmer résonna à son oreille. Il la dévisagea en silence, contempla la robe courte qui dévoilait une large portion de cuisses à la peau dorée et satinée. L'actrice lui décocha un lent sourire puis se passa une main dans les cheveux avec la nonchalance d'une femme habituée à être regardée et admirée.

— Je me demandais où vous étiez.

— Ici, répondit-il. Comme vous pouvez le constater.

— Voulez-vous que nous allions autre part ? demanda-t-elle, un tantinet trop désinvolte. Des amis viennent de m'inviter à une fête à Kooyong et, après, nous pensons aller au casino. Ça pourrait être amusant.

La plupart des hommes se seraient empressés d'accepter. Quant à lui, il ne pouvait penser qu'à l'insouciance avec laquelle Emily l'avait planté là. Se moquait-elle de lui ? Ou comptait-elle se limiter à des préliminaires destinés uniquement à le rendre fou ?

Se rendant compte que la superbe actrice le regardait d'un air confiant, Alejandro lui adressa un sourire d'excuse.

— Non, pas ce soir, hélas. Je dois me coucher tôt. C'est le Grand Prix, demain.

Elle dissimula rapidement sa déception et lui sourit à nouveau.

— Je comprends. Dormez bien et bonne chance, Alej. L'un de vos pilotes commence la course en pole position, n'est-ce pas ?

Contraint de poursuivre la conversation durant un certain temps pour ne pas se montrer grossier, Alejandro finit par quitter le yacht et partit à la recherche de sa voiture. L'apercevant au bout d'une rangée de véhicules luisant dans la semi-pénombre, il s'engouffra à l'arrière et dit à son chauffeur qu'il rentrait directement à l'hôtel.

Durant le court trajet, le désir pulsa en lui à tel point que son érection en devint presque douloureuse. La bouche sèche, le cœur tambourinant contre ses côtes quand il pénétra dans l'hôtel, il traversa rapidement le hall. Lorsque l'ascenseur le déposa dans la suite du dernier étage, il s'avoua qu'il espérait qu'Emily ne soit pas encore allée se coucher.

Quand il l'aperçut, étendue sur le sofa en cuir noir et profondément endormie, il eut un drôle de pincement au cœur. Elle s'était changée et portait un ample pantalon de yoga ainsi qu'un débardeur, sous lequel ses seins se soulevaient régulièrement au rythme de sa respiration. Sur la table basse, une tasse à moitié vide d'une infusion dont le sachet était posé sur une soucoupe à côté de son ordinateur et de son petit carnet Moleskine.

Fasciné, il contempla les cheveux auréolant son visage d'un halo d'or pâle avec l'impression d'être un voyeur, mais pas seulement.

Autrefois, Emily laissait ruisseler ses cheveux sur ses épaules et dans son dos. La poitrine soudain nouée, Alejandro se revit caressant la masse soyeuse dont la teinte se confondait avec celle de la paille sur laquelle ils faisaient l'amour.

Il se secoua mentalement, se forçant à endiguer le flot de souvenirs qui défilaient dans son esprit. Puis il décida d'aller se coucher en la laissant là, sur le sofa, mais il songea qu'elle risquait de prendre froid. Et puis, si elle ne se reposait pas convenablement, elle ne serait pas efficace, le lendemain.

Du moins se convainquit-il que c'était pour cette raison qu'il choisissait finalement de la transporter dans sa chambre.

Se rapprochant d'elle, il baissa les yeux sur le carnet ouvert et vit des grilles et un grand triangle entouré de lettres, évoquant un peu des formules mathématiques. Au beau milieu de la page, il y avait un M, encerclé au stylo rouge, ainsi qu'une série de points d'interrogation.

— Emily ? murmura-t-il.

— Alej !

Elle ouvrit les yeux et se frotta les paupières avec les poings.

— Désolée, je me suis endormie, dit-elle avant de bâiller à s'en décrocher les mâchoires. Quelle heure est-il ?

Alejandro eut un nouveau pincement au cœur. Elle l'avait si souvent regardé de cet air confiant et à moitié endormi. Dans ces moments-là, il se sentait capable de conquérir le monde entier. Mais à l'époque, seul son corps intéressait Emily. Comme c'était sans doute encore le cas maintenant.

— À peine 22 heures, répondit-il d'un ton calme.

— Ah… ? dit-elle en se redressant sur son séant. La fête est déjà terminée ?

C'était bien le cadet de ses soucis. Impossible de feindre l'indifférence face à la beauté de la seule femme possédant encore le pouvoir d'attiser ainsi son désir.

— Les hommes que tu m'as préférés étaient-ils d'aussi bons amants que moi ? demanda-t-il soudain.

— Pardon ?

— Tu as très bien entendu.

Elle le dévisagea en battant des cils et une légère roseur envahit ses joues.

— Que se passe-t-il, Alej ? Pourquoi cette question ?

— Je veux savoir. As-tu joui avec eux comme tu as joui avec moi ? T'ont-ils fait crier de plaisir ?

L'air confus, elle le regarda en silence, un petit pli creusant son front lisse. Mais dans les beaux yeux bleus, il n'y avait pas seulement de la confusion.

— Tu as perdu la tête, ou quoi ? chuchota-t-elle. Qu'est-ce qu'il t'est arrivé ? Pourquoi ces questions ? Arrête...

— Tu me demandes d'arrêter, mais tu meurs d'envie que je continue. Tu es aussi curieuse que moi. Aussi excitée. De ce côté-là, tu n'as pas changé, Emily.

Le regard vert fouillait le sien, la brûlait au plus intime de son être. Elle aurait dû se lever et aller se réfugier dans sa chambre, mais elle ne put se résoudre à bouger. Parce qu'une fois encore Alejandro avait raison. Elle voulait qu'il l'interroge, qu'il lui parle toute la nuit. Qu'il la dévore des yeux comme maintenant, avec une avidité non dissimulée. Les allusions au sexe l'excitaient, lui tournaient la tête. Emily se répéta qu'elle devait résister au désir qui la consumait, aux réactions sans équivoque de son corps.

Puis, brusquement, elle n'eut plus envie de lutter. Elle vivait dans l'abstinence depuis trop longtemps. Elle se sentait anormale. Par moments, sa solitude lui avait paru insupportable.

Mais, au fond, il en avait toujours été ainsi. Elle avait toujours été extérieure à tout, regardant les autres vivre leur vie de loin. La fille qui n'était qu'un fardeau encombrant pour sa mère ambitieuse, puis la belle-fille gênante. Alejandro avait été le seul être à lui avoir donné l'impression d'exister vraiment. D'être importante.

Il lui sourit, de ce lent sourire dévastateur qui l'avait toujours troublée, émue. Comme autrefois, elle fondait rien qu'à le regarder sourire.

Le cœur battant la chamade, elle obéit à la demande muette d'Alejandro et lui ouvrit les bras.

6

Alejandro retint une plainte en sentant les seins doux et fermes se presser contre son torse tandis qu'il serrait Emily dans ses bras.

Sans plus attendre, il laissa glisser ses mains sur le débardeur puis lui caressa les cuisses à travers le pantalon en coton souple. Elles avaient conservé leur galbe parfait, leur chaleur, dans laquelle il avait tant rêvé de se perdre autrefois, avant de vivre enfin son rêve cette nuit-là.

— Alej..., gémit-elle en fermant les yeux.

La pensée qu'elle ait supplié ainsi d'autres hommes le transperça de part en part. Mais il domina la rage qui s'emparait de lui. Ni la colère ni la jalousie ne le détourneraient de son but. Il devait se concentrer sur une seule et unique chose : s'enfouir dans sa merveilleuse chaleur de femme et la faire jouir. Connaître lui-même l'assouvissement qui le débarrasserait de cette passion qui couvait en lui depuis trop longtemps. De la fièvre qui l'avait saisi de nouveau quand il l'avait aperçue en train de parler avec Tomas, ses cheveux brillant au soleil tel de l'or.

Il avait cru que le temps atténuerait le désir éprouvé en la revoyant, il s'était dit qu'au moment où ils se retrouveraient à Melbourne, il ne ressentirait plus que de l'indifférence à son égard. Erreur... Chaque nuit depuis lors, il avait rêvé d'elle. Il lui avait fait l'amour en songe.

C'était tout ce qu'il désirait. Coucher avec elle, rien de plus.

— *Qué quieres ?* demanda-t-il d'une voix rauque.

Pour toute réponse, elle enfouit la tête dans le creux de son épaule, mais Alejandro insista. Il avait besoin d'entendre sa réponse. Si elle le repoussait, il ne le supporterait pas. Mais il encaisserait. Il avait l'habitude.

Il lui prit délicatement la tête et tourna son visage vers le sien.

— Que veux-tu, Emily ? répéta-t-il en anglais.

— *Toi* ! s'exclama-t-elle avec force, comme si un barrage avait cédé en elle. C'est toi que je veux !

Un sentiment de triomphe traversa Alejandro, mais il le refoula. Il devait contrôler son ardeur parce que, sinon, tout serait terminé avant même d'avoir commencé. Pas question. Il avait attendu trop longtemps ces instants pour en gâcher ne serait-ce qu'une seconde.

Il pencha la tête et lui lécha le cou tandis qu'Emily gémissait de plaisir. Et quand elle se colla littéralement à lui, il sentit son cœur s'emballer. Il avait oublié à quel point elle était sensible, réactive. Son corps mince aux courbes affolantes réagissait à la moindre caresse, au moindre effleurement.

Comme le jour où, après s'être retenus pendant de longs mois, ils avaient enfin...

Alejandro se raidit. Une amertume sans nom l'envahit, mais il l'ignora farouchement. Emily remuait contre lui, renversait légèrement la tête en arrière, lui offrant son visage, sa bouche, une expression de supplication muette sur ses traits délicats.

Elle désirait qu'il l'embrasse. Or lui ne voulait pas l'embrasser. Parce qu'il ne fallait surtout pas qu'elle se méprenne sur ses intentions, qu'elle s'imagine qu'il ressentait une véritable affection pour elle.

Se redressant, il la souleva dans ses bras. Elle était un peu plus lourde qu'autrefois, constata-t-il, ravi. Il aimait sentir le poids, la solidité de sa chair dense et ferme. Il passa à côté du piano à queue, longea les immenses baies vitrées donnant sur les toits de Melbourne et les gratte-ciel scintillant comme des joyaux dans la nuit.

— Où... Où m'emmènes-tu ? balbutia-t-elle.

— À ton avis ? répliqua-t-il d'un ton ironique. Tu crois peut-être que nous allons rester tranquillement ici, à discuter de tes brillantes idées ?

Il plongea son regard dans le sien.

— Je t'emmène au lit, *querida*.

Ses pupilles se dilatèrent, occupant presque tout l'iris.

— Nous n'avons encore jamais... été au lit ensemble...

Ces paroles déclenchèrent une véritable fureur en lui. Il n'avait jamais été bon que pour les écuries, bien sûr. Là, personne ne les voyait, ils restaient cachés au milieu des bottes de paille. Il avait été son jouet, sa marionnette. Elle tirait les ficelles et il obéissait docilement. Lui, le fils illégitime d'une simple employée, le pauvre imbécile qui avait visé trop haut en s'amourachant de la belle-fille du riche patron.

À présent, les rôles étaient inversés, songea Alejandro en ouvrant la porte de sa chambre d'un coup de pied.

— Non, en effet, répondit-il d'un ton neutre.

Il s'avança vers le lit gigantesque recouvert d'un jeté de soie blanche.

— Ne dit-on pas que plus on attend, meilleur c'est ? enchaîna-t-il sur le même ton.

Emily fut parcourue par un frisson d'appréhension tandis qu'Alejandro la déposait sur le lit immense. L'avait-elle imaginé, ou une pointe menaçante avait-elle coloré sa voix grave ? L'espace d'un instant, elle pressentit qu'elle était en train de commettre une erreur colossale. Elle se dit qu'il fallait absolument qu'elle se ressaisisse et mette un terme à cette folie. Mais, au fond, elle ne le désirait pas.

Après lui avoir soulevé le buste, Alejandro lui remonta son débardeur sur la poitrine, le fit passer par-dessus sa tête, et l'effleurement de ses doigts sur sa peau effaça ses derniers doutes.

Le désir montait inexorablement en elle, de plus en plus

intense, de plus en plus grisant. Elle se mit à trembler. Alejandro la caressait avec un art divin en murmurant quelque chose en espagnol qu'elle ne comprit pas. Était-ce à nouveau le fruit de son imagination, ou y avait-il cette fois de la *colère*, dans ses paroles ? Au même instant, il fit glisser son pantalon de yoga sur ses hanches.

Presque machinalement, il passa le bout de l'index autour de son nombril, lentement, avant de le faire glisser sous la ceinture élastique de son slip en coton. En proie à une excitation insensée, Emily souleva les hanches pour lui faciliter la tâche.

— C'est...

— C'est... ? répéta-t-il d'un ton lascif en effleurant l'endroit où elle brûlait pour lui.

— C'est si bon..., murmura-t-elle en rosissant.

Pourquoi cet embarras soudain ? Ce n'était pas la première fois qu'ils partageaient une telle intimité. Mais de façon étrange, elle avait l'impression d'avoir affaire à un étranger. Très viril et sexy, certes, mais tout de même un étranger.

— Je n'ai même pas commencé, répliqua Alejandro avec nonchalance.

— J'avais oublié...

— Qu'avais-tu oublié ? murmura-t-il, tout en continuant ses caresses ensorcelantes à travers l'étoffe.

Emily battit des paupières. Les sensations qu'il faisait naître en elle étaient à peine supportables. Tout à coup, elle eut envie de lui avouer la vérité. De lui dire qu'elle avait oublié qu'il détenait le pouvoir de la faire vibrer tout entière, dans les moindres cellules de son corps. Elle l'avait oublié parce qu'elle s'était forcée à refouler tous les souvenirs des moments passionnés qu'ils avaient vécus ensemble. Comme la fois où Alejandro l'avait fait jouir en la caressant à travers son jean. Elle avait enfoui ces réminiscences au plus profond de sa mémoire, comme s'ils avaient appartenu à une autre époque, une autre personne. D'autant que la fougueuse Emily d'alors n'avait plus rien de commun avec la femme réservée qu'elle était devenue, et qui n'avait plus aucune vie sexuelle.

— Je ne sais plus ce que je voulais dire, dit-elle, mentant sans vergogne.

— Quel dommage..., répondit-il, d'un ton ironique. J'aurais tellement aimé savoir quels détails excitants tu avais *oubliés*...

Puis il s'écarta du lit et commença à se déshabiller. En fait, elle craignait qu'il découvre qu'il avait été son seul amant, comprit Emily. Parce que s'il l'apprenait, soit il ne la croirait pas, soit il la trouverait pitoyable.

Aussi le regarda-t-elle ôter ses vêtements en silence, fascinée par la vision qui s'offrait à ses yeux. Après s'être débarrassé de sa veste, il déboutonna sa chemise en soie, dévoilant petit à petit son torse musclé à la peau hâlée. Le cœur battant à tout rompre, elle promena son regard affamé sur les pectoraux et les abdominaux parfaits qu'elle avait caressés autrefois. Avec ses mains, ses lèvres.

D'un geste rapide, il descendit la fermeture Éclair du pantalon qui glissa sur le tapis puis il se débarrassa de ses mocassins en daim.

Il se tenait maintenant devant elle, vêtu seulement d'un caleçon de soie noire, ses yeux verts étincelant de désir. Et d'une autre émotion qu'Emily ne put déchiffrer.

Se rendant compte qu'elle baissait les yeux sur la puissante érection qui tendait l'étoffe, elle redressa aussitôt la tête.

— Impatiente, Emily ?

Cette fois, elle n'avait pas rêvé. Une pointe de cruauté se mêlait à l'apparente douceur.

Mais elle ne s'interrogea pas davantage car la proximité de ce mâle superbe l'empêchait de réfléchir. Cependant, elle devait reprendre le contrôle de ses émotions. Elle n'était plus la jeune fille de dix-sept ans dont tout l'univers tournait autour d'un sublime joueur de polo prometteur. Elle avait vingt-six ans. Et puisqu'elle allait coucher avec Alejandro, il fallait que ce soit sur un pied d'égalité.

— Oui, je suis un peu impatiente, c'est vrai, répondit-elle en dégrafant son soutien-gorge.

Elle réussit à esquisser un sourire, mais lorsqu'elle ôta son slip, ses mains tremblaient légèrement.

— Toi aussi, non ? Alors qu'est-ce que tu attends ?

Ses paroles choquèrent Alejandro. Elle le vit à l'ombre qui voila son regard, à la façon dont il crispa brièvement les mâchoires. Puis il se débarrassa du caleçon noir et revint vers elle, complètement nu et pas du tout gêné d'exhiber ainsi la preuve de son désir.

— Et maintenant ? demanda-t-il en s'allongeant à côté d'elle. Quelle est ta proposition préférée ?

— Je... Je te laisse choisir.

Alejandro se tourna vers elle et s'appuya sur un coude. Les yeux bleu saphir étaient presque noirs, les lèvres pulpeuses entrouvertes. Mais il ne pouvait toujours pas se résoudre à l'embrasser. Aussi se pencha-t-il pour lui lécher le cou, la gorge, avant de poursuivre ses caresses entre les seins épanouis. Emily laissa échapper un petit gémissement tandis qu'il se concentrait sur la pointe rose foncé qui se durcit encore sous ses lèvres.

— C'est...

— Oui ? insista-t-il d'une voix rauque.

— C'est divin, chuchota-t-elle.

— J'espère bien, répliqua-t-il en souriant.

Quand il laissa glisser sa bouche sur le ventre à la peau satinée, Emily voulut soulever les hanches, mais il l'en empêcha et continua son chemin vers la toison douce et bouclée. Elle retenait son souffle, à présent, elle désirait qu'il la caresse, là, au plus intime de sa féminité. Mais il la fit attendre, promenant ses doigts sur l'intérieur des cuisses à la peau claire. Lorsqu'il exauça enfin son désir et qu'elle frémit violemment en s'accrochant à lui, Alejandro ressentit une émotion indéfinissable. Et si fugace qu'il se demanda s'il l'avait imaginée.

Il retint un gémissement de plaisir. Cette femme l'avait trahi, l'avait traité comme un moins-que-rien. Elle lui avait infligé une blessure qui devait assombrir sa vie à tout jamais, mais il savourait les sensations qu'elle et elle seule avait le pouvoir de faire naître en lui. Il avait envisagé de la faire jouir de toutes les façons possibles et imaginables, avec ses doigts puis avec sa bouche. Il avait prévu d'exacerber son désir en se contraignant lui-même à attendre avant de s'enfouir enfin en elle, mais il se rendait compte qu'il serait incapable de prolonger plus longtemps cette torture aussi exquise qu'insupportable.

Alejandro interrompit sa caresse et se redressa avant de descendre du lit.

— Alej ? murmura-t-elle en se mordillant la lèvre inférieure.

Elle avait l'air inquiet, comme si elle craignait qu'il ait changé d'avis.

— Ne t'inquiète pas, *querida*, chuchota-t-il. Je reviens tout de suite. Mais il faut d'abord que je mette un préservatif.

— Oui, bien sûr.

Quand il se détourna pour se diriger vers son pantalon, Emily tressaillit et laissa échapper un halètement en découvrant les cicatrices lui marbrant le milieu du dos.

Alejandro dut l'entendre car il se pencha rapidement, glissa la main dans la poche de son pantalon avant de faire aussitôt volte-face, un petit sachet gris métallisé à la main.

— Mon Dieu…, chuchota-t-elle. Qu'est-il arrivé à ton dos ?

Un éclat farouche traversa les yeux verts.

— Je ne veux pas en parler. Surtout pas maintenant.

— Mais…

— J'ai dit que je ne voulais pas en parler, l'interrompit-il d'un ton tranchant. Il faut te le répéter en espagnol ?

Inutile d'insister, comprit Emily. De toute façon, quand il se rallongea sur le lit à côté d'elle, les cicatrices furent vite oubliées.

Une timidité soudaine l'envahit quand elle sentit la puissante érection pressée contre elle. Puis son cœur se mit à battre à un rythme sauvage. Tout son corps palpitait, vibrait, impatient de se mêler à celui du mâle superbe tout proche. Cependant, quelque chose manquait. Emily n'aurait su dire quoi, mais elle ressentait un manque, au plus profond de son être.

— Où en étions-nous ? murmura Alejandro en s'installant sur elle.

Elle promena le bout des doigts sur le dos musclé et sentit le relief d'une cicatrice, mais Alejandro bougea légèrement, la forçant à éloigner sa main.

— Je... Je ne sais plus trop...

— Tu veux que je te le rappelle, *princesa* ?

Cela faisait si longtemps qu'il ne l'avait plus appelée ainsi. Mais, à la différence d'autrefois, de l'âpreté colorait la voix de baryton douce et chaude dont elle se souvenait si bien. Devait-elle s'inquiéter ? Alejandro avait-il une idée derrière la tête ? Mais il était trop tard pour se poser ce genre de question. Son amant lui léchait les seins avec un art redoutable et lui caressait le clitoris en même temps. Elle écarta les cuisses. L'instant d'après, il la pénétra d'un coup de reins vigoureux, l'emplissant complètement et lui arrachant une longue plainte.

Il s'immobilisa aussitôt et la regarda en fronçant les sourcils.

— C'est bon ?

Incapable de prononcer un mot, elle hocha la tête. C'était plus que bon. C'était mieux que tout ce qu'elle avait jamais éprouvé.

Elle lui posa les mains sur les épaules et murmura :

— Pour toi aussi, c'est bon ?

— Oh... Tu ne peux pas imaginer à quel point..., dit-il d'une voix rauque. Surtout quand tu joues les innocentes avec autant de brio. Tu n'es pas un peu trop vieille pour le rôle de la vierge faussement effarouchée ?

Un frisson la traversa, et elle devina le danger. Il croyait qu'elle jouait la comédie ? Pour donner du piment à leur étreinte ? Elle eut de nouveau envie de lui avouer la vérité. De lui dire que ces instants étaient si beaux qu'au tréfonds d'elle-même, elle se sentait en effet aussi innocente que la première fois. Mais sans doute prendrait-il un tel aveu pour une preuve supplémentaire d'hypocrisie.

Au même instant, il donna un deuxième coup de reins et plus rien n'importa hormis l'intimité inouïe qu'ils partageaient. Ils ne faisaient plus qu'un. D'où venaient ces larmes stupides qui lui montaient soudain aux yeux, la forçant à battre des paupières pour les refouler avant qu'Alejandro les voie ?

Et pourquoi avait-elle l'impression qu'il préférait se concentrer sur ses seins plutôt que de l'embrasser ?

Mais lorsque, tout en titillant un mamelon gonflé entre ses lèvres, il accéléra le rythme de ses coups de reins, la faisant haleter, tous les doutes d'Emily s'envolèrent. Émerveillée, elle redécouvrait le sexe. Le corps de son amant était si ferme, si viril. La peau hâlée si douce sous ses doigts.

— Oui… oui…, murmura-t-elle. Oui… comme ça…

Il se retira presque tout à fait avant de la pénétrer au plus profond.

— Tu veux dire comme *ça* ? murmura-t-il.

— Oui… C'est exactement ça…

Brusquement, presque sans prévenir, le flot incandescent l'emporta. La jouissance la submergea, avec une telle force, une telle intensité que l'univers entier sembla exploser autour d'elle.

Elle s'accrocha à Alejandro, cria, tandis que tout son corps se contractait autour de lui, avant qu'à son tour il pousse une longue plainte rauque.

Puis il s'affaissa sur elle et, durant quelques instants précieux, Emily crut avoir atteint le nirvana. La merveilleuse chaleur virile l'enveloppait comme un cocon ouaté, lui donnant la sensation de flotter sur une mer étale et bienfaisante.

Jusqu'à ce que les paroles d'Alejandro la fassent brutalement redescendre sur terre.

— Je ne m'attendais vraiment pas à ce que ce soit aussi facile.

— Facile ? répéta-t-elle dans un souffle, abasourdie.

Il bascula sur le flanc et la regarda tranquillement.

— Oui, facile. Mais j'avais oublié à quel point tu aimais la chose. Je n'ai jamais connu de femme aussi… ardente que toi.

Ne réponds pas. Réfléchis, prends ton temps.

Se dégageant du bras qui lui enserrait la taille, elle roula sur le côté et descendit du lit. Elle allait ramasser ses vêtements et sortir de cette chambre, peut-être même en claquant la porte derrière elle. Mais cela aurait été faire preuve d'immaturité et Alejandro n'aurait pas manqué d'en profiter.

Elle venait de coucher avec lui, mais ils devaient néanmoins travailler ensemble. Il la prenait pour une femme facile - inutile de jouer sur les mots —, mais pouvait-elle l'en blâmer ? Alors, autant continuer cette comédie, après tout. Lui laisser croire qu'elle était aussi portée sur le sexe que lui. Quelle autre option avait-elle, de toute façon ? Se lamenter sur son sort et se fustiger d'avoir cédé au désir, au risque de passer pour une idiote qui se jetait à la tête du premier venu ?

— Merci, dit-elle en s'éventant avec la main.

Une expression perplexe envahit les traits d'Alejandro.

— Merci ?

— Oui… C'est toujours agréable d'être traitée de femme chaude - parce que c'est ce que tu voulais dire, n'est-ce pas, Alej ? J'étais même brûlante, ce coup-ci. Tu veux bien aller me chercher un verre d'eau ?

Il eut l'air scandalisé, *outragé*. Mais tant pis. À quoi bon se précipiter dans ses bras et lui dire qu'elle ne brûlait que pour et avec lui ? Cela aurait été un aveu de faiblesse et elle avait déjà suffisamment montré sa vulnérabilité à Alejandro.

Cependant, il se leva à son tour, enfila un jean et sortit de la pièce - sans doute pour aller lui chercher de l'eau —, lui laissant ainsi le temps de remettre ses vêtements. À son retour, il ne parut pas surpris de la voir entièrement rhabillée et lui tendit un verre d'eau. Et, plus embarrassant, il tenait à la main son petit carnet resté sur le sofa.

— Qu'est-ce que c'est ? demanda-t-il en désignant le schéma qu'elle avait dessiné avant de s'endormir.

— Des trucs de coach de vie dont je me sers quand je travaille avec des nouveaux clients. Il s'agit de réalité, de perception et d'idées fixes. Tu ne veux pas que je te fasse un topo complet sur le sujet, j'imagine ?

— Non, merci.

— Le but, pour résumer, c'est de cibler ce qu'il est possible de changer dans ta vie.

— Et le M ?

Elle rougit.

— Tu envisages un changement énorme et, pour ce faire, il va falloir réduire ton train de vie. Tu vas devoir renoncer à ton existence de jet-setteur ne tenant pas en place et passer plus de temps en Argentine – surtout que c'est là que tu vas te lancer dans la politique.

— Je t'ai demandé ce qu'était le M, répliqua-t-il lentement. Que tu as entouré d'un cercle rouge et de points d'interrogation.

Elle devint franchement écarlate.

— Une partie de ton problème – que des tas d'hommes ne considéreraient d'ailleurs pas comme un *problème*...

— Cesse de tourner autour du pot, Emily, l'interrompit-il en fixant ses seins.

— Ce sont les femmes.

— Les femmes ?

— Oui. C'est ce qui te discrédite à chaque fois. Pas seulement le livre de Colette, sans doute motivé par son amertume. Mais aussi la façon dont tu sembles attirer les femmes comme un aimant. Marcus a raison quand il dit que c'est plus fort que toi. Un tabloïde australien a déjà publié sur son site Internet une photo de toi avec Kate Palmer – il devait y avoir un photographe muni d'un téléobjectif planqué dans le port. L'écrivaine qui a pris un selfie l'a déjà posté sur un réseau social, et plus de trente et un mille abonnés l'ont déjà regardé.

— C'est toujours comme ça...

— Oui, mais cela ne fait que renforcer ta réputation de play-boy invétéré, allergique au mariage et qui enchaîne les conquêtes à tour de bras. Or ce ne sont pas les qualités que les gens ordinaires attendent du candidat, ou de la candidate, qui les représentera.

Elle soutint son regard sans ciller.

— Le M, c'est pour *mariage*, poursuivit-elle. Il te faut une épouse, Alej. Et avant de riposter que je dis n'importe quoi, réfléchis. Pourquoi pas ? Les politiciens font des mariages judicieux depuis la nuit des temps. Ce serait un gage instantané de respectabilité et d'engagement qui ne pourrait que booster ta carrière.

— Peut-être, mais je ne désire pas me marier. Je ne l'ai jamais désiré. Ni avec Colette ni avec personne d'autre.

— C'est *ça*, ton dilemme, répliqua-t-elle en secouant la tête.

C'était son dilemme, en effet.

À moins que...

Alejandro regarda la femme avec laquelle il venait de partager le sexe le plus fabuleux de sa vie, alors qu'elle, elle discutait calmement de son éventuel mariage avec une autre.

Un goût de nausée lui monta dans la bouche. Emily s'était-elle vraiment endurcie au point de lui conseiller, le cœur léger, de se trouver une épouse ? Ne ressentait-elle rien à la pensée de le voir s'engager avec une autre ? Mais non, bien sûr, il ne comptait pas davantage pour elle qu'autrefois.

Mais, au fond, elle était peut-être exactement le genre de femme dont il avait besoin. Pour un temps, du moins. Des années plus tôt, il avait cru être important pour elle, et il s'était trompé, comme il s'était trompé sur bien d'autres choses. À l'époque, ayant à peine dix-huit ans et le monde à ses pieds, elle avait sans doute cru que tout était possible, avant de se rendre compte qu'elle se leurrait. Parce que, au départ, elle n'avait pas pu rêver de diriger une petite entreprise de com minable et de vivre dans un minuscule appartement. Emily Green avait beaucoup plus d'ambition que cela.

Regrettait-elle maintenant le temps où elle grandissait dans un milieu fortuné et bénéficiait d'un train de vie plus que confortable ?

D'autre part, n'avait-elle pas encore compris qu'aucun autre homme ne pouvait rivaliser avec lui quand il s'agissait de la combler physiquement ? De la faire crier de plaisir, encore et encore ? En tout cas, son attitude semblait le montrer. Elle s'était littéralement embrasée dès le premier effleurement, à la première caresse.

Le mariage ajouterait un élément des plus délectables à sa revanche. Après avoir goûté chaque jour et chaque nuit aux plaisirs de la chair avec son amant et mari, Emily ne l'oublierait plus jamais.

— Tu as peut-être bien raison, dit Alejandro avec un lent sourire. J'ai besoin d'une épouse temporaire – et tu es de toute évidence la plus qualifiée pour le rôle, Emily.

7

Le temps parut s'arrêter alors qu'Emily dévisageait Alejandro avec stupeur. Il venait de lui proposer de l'épouser ! Le somptueux milliardaire argentin lui demandait d'être sa femme ! Et, le plus sidérant, c'était que, l'espace de quelques instants, elle avait déformé la réalité et s'était laissée aller à des fantasmes absurdes. Une joie délirante l'avait envahie à la pensée de s'unir à l'homme qu'elle avait tant aimé autrefois. Celui qui, même encore maintenant, la faisait fondre de désir rien qu'en la prenant dans ses bras.

Mais l'illusion n'avait pas duré longtemps. Il ne s'agissait pas d'une demande en mariage romantique, motivée par la certitude qu'ils étaient faits l'un pour l'autre et qu'Alejandro ne pouvait vivre sans elle. C'était une opération de communication calculée de sang-froid. Un mariage envisagé – par elle-même – sous la forme d'un schéma gribouillé à la hâte dans son carnet !

Pourvu qu'elle soit parvenue à dissimuler sa joie parce que si Alejandro soupçonnait qu'elle avait exulté à la perspective de l'épouser, elle se retrouverait dans une position encore plus vulnérable. Or elle devait négocier avec lui. Et elle était un électron libre. Son employée.

Elle venait de coucher avec lui. Et alors ? Cela ne l'obligeait en rien à l'épouser.

— C'est une plaisanterie ? demanda-t-elle le plus posément possible.

En réalité, son cœur lui martelait les côtes.

— Tu sais très bien que non.

Elle le regarda. Les reins appuyés contre le bureau, torse nu, la peau mate mise en valeur par l'éclairage savamment dosé, les mâchoires recouvertes d'une ombre brune… Elle avait devant les yeux l'exemple parfait du mâle satisfait et repu. Et incroyablement sexy.

Mais elle ne retomberait pas dans le piège. Elle ne pouvait se le permettre.

— Et toi, tu dois bien savoir que je ne peux pas t'épouser.

— Ah, et pourquoi ?

— Parce que… Parce que c'est fou, comme idée.

Elle secoua la tête pour accentuer l'impossibilité de la chose, tout en s'imaginant en robe blanche, un bouquet de fleurs à la main. Irritée contre elle-même, elle se détourna et se dirigea vers le large bow-window. La lune argentée brillait au-dessus des gratte-ciel de Melbourne, lui donnant de nouveau le sentiment de vivre dans un univers parallèle.

Comme si elle allait accepter un mariage de convenance avec un homme dont elle avait été follement amoureuse autrefois ! Autant jouer à la roulette russe…

Après avoir bu une nouvelle gorgée d'eau, elle s'efforça de réfléchir lucidement. Le sexe partagé avec Alejandro avait été stupéfiant, mais quelque chose avait manqué pour que ces ébats torrides la comblent totalement. Un quelque chose qui avait existé autrefois. Chez Alejandro. En lui. Et soudain, elle comprit. Elle n'avait pas eu affaire à l'Alej d'antan, attentionné et tendre. Il avait fonctionné comme une machine, pas comme un homme. Une machine très efficace, certes, mais une machine quand même.

Or elle-même n'était pas une machine. Ni un objet. Elle avait adoré ces instants magiques. Cette merveilleuse sensation d'être *vivante* qu'elle croyait perdue à tout jamais. Cette capacité à ressentir des émotions et du plaisir physique. Et ses propres réactions l'exaltaient et la terrifiaient à la fois. Parce que si elle n'y prenait pas garde, elles la conduiraient droit à la catastrophe et à la souffrance.

— Avant de m'énumérer toutes tes objections, laisse-moi avancer quelques arguments qui pourraient te persuader que tu aurais tort de refuser ma proposition.

Emily s'assit sur la banquette de cuir noir intégrée au bow-window et croisa les jambes.

— Vas-y, je t'en prie.

— Tu seras payée *très* généreusement, si tu acceptes de devenir ma femme, commença-t-il d'une voix neutre. Pour une durée limitée, cela va sans dire.

— Je n'en doute pas, Alej. Tu es *très* riche.

Une lueur de mépris traversa les yeux d'Alejandro.

— Tu ne vas tout de même pas me faire croire que la perspective de gagner une petite fortune ne t'excite pas, Emily ?

Dans quels cercles évoluait-il pour lui faire une remarque aussi triviale ? Aussi vulgaire ? Sans doute fréquentait-il les mêmes milieux que sa mère. Ceux où les femmes ne dissimulaient pas leur convoitise, leur goût pour les voitures et les yachts de luxe.

Alejandro la croyait-elle aussi cupide que sa génitrice ?

— L'argent ne résout pas tous les problèmes, au contraire, répliqua-t-elle avec calme. Il en crée souvent de nouveaux.

— Admirable, comme point de vue. Bien que j'aie du mal à y adhérer, surtout quand il est exprimé par quelqu'un qui n'en a pas, justement.

Il s'interrompit un bref instant avant d'ajouter :

— Si c'est cela qui t'arrête, personne ne t'empêchera d'en faire don à une organisation caritative. Penses-y, Emily.

Au lieu de faire un don à une association quelconque, elle pourrait aider sa grand-tante Jane. De façon substantielle. Celle-ci avait fait tant de sacrifices pour la mère d'Emily, sans obtenir le moindre remerciement en retour. La dernière fois qu'elle avait suivi une cure de désintoxication pour se débarrasser de sa dépendance aux tranquillisants, c'était Jane qui avait réussi à rassembler assez d'argent pour payer la facture de la clinique. Parce que, à l'époque, sa grand-tante travaillait comme secrétaire juridique, mais à présent, elle vivait de sa modeste pension de retraitée et s'affaiblissait de jour en jour. Ce serait fantastique de pouvoir la libérer de sa hantise de devoir assumer des frais de santé dus à son grand âge. De lui donner suffisamment d'argent pour qu'elle soit tranquille jusqu'à la fin de ses jours.

De son côté, elle pourrait prendre de vraies vacances – ce qui ne lui était pas arrivé depuis des années. Elle se voyait déjà coiffée d'un chapeau de paille et vêtue d'un sarong... Et puis, elle pourrait enfin lire les romans accumulés sur les rayonnages de sa chambre.

Mais toutes ces perspectives alléchantes ne faisaient pas le poids face aux risques qu'elle encourrait en épousant Alejandro. Ce serait se jeter la tête la première dans un piège. Elle venait de coucher avec lui et avait été incapable de contrôler ses réactions. Comment réagirait-elle en vivant chaque jour à ses côtés ? En partageant le même lit chaque nuit ? Et si elle retombait amoureuse de lui ? Elle n'y survivrait pas.

— Non, Alej.

Elle eut de nouveau droit à un lent sourire.

— Avant de me donner ta réponse définitive, permets-moi d'être... franc.

— Tu veux dire brutal ?

— Tu as quel âge, à présent ? demanda-t-il sans cesser de sourire.

Comme s'il ne le savait pas ! Mais peut-être l'avait-il oublié. De la même façon qu'il paraissait avoir oublié la chaleur de leurs rapports passés.

— Vingt-six ans. Bientôt vingt-sept.

— Et tu n'as jamais été fiancée ? Jamais songé au mariage ?

Le cœur d'Emily se serra douloureusement.

— Non.

— Jamais vécu avec quelqu'un ?

— Non.

— Dans ce cas, je te rendrais un immense service.

Elle le dévisagea, confuse.

— Pardon ?

Une lueur de triomphe éclaira les yeux d'Alejandro.

— Un homme qui ne s'est encore jamais marié est très convoité. Son célibat avéré renforce son charisme sensuel, murmura-t-il. Malheureusement, ce n'est pas la même chose pour une femme qui voit son pouvoir de séduction diminuer avec les années.

Si elle n'avait pas posé son verre d'eau, elle le lui aurait volontiers lancé à la figure.

— Autrefois, tu soutenais la cause des femmes, riposta-t-elle, les mâchoires serrées. Serais-tu devenu macho, en plus d'être le mâle le plus arrogant que j'aie jamais rencontré ? Ou est-ce une autre façon de m'insulter ?

— Ne reporte pas ta frustration sur moi. Ce n'est pas ma faute si ce que je viens de dire est vrai, répliqua-t-il avec calme.

Il la dévisagea en haussant les sourcils.

— En revanche, si tu étais divorcée – et riche, par-dessus le marché —, tu deviendrais aussitôt la plus attirante des femmes aux yeux d'hommes jeunes et vigoureux. Et par conséquent, tu aurais beaucoup plus de chances de te trouver un partenaire approprié.

Emily avait beau savoir qu'elle réagissait de façon complètement irrationnelle, elle fut blessée par les paroles d'Alejandro alors qu'il ne faisait que considérer la situation avec lucidité et réalisme. Pourquoi se serait-il considéré lui-même comme un partenaire approprié à long terme ? Il avait couché avec elle, certes, et il lui proposait le mariage, mais pas parce qu'il éprouvait des *sentiments* pour elle. En outre, elle pressentait qu'il lui cachait quelque chose.

— J'ai la nette impression que ton désir de coucher avec moi et de m'épouser est davantage motivé par une soif de vengeance que par une quête de respectabilité, dit-elle lentement.

— C'est vrai que mes sentiments envers toi sont mitigés, répliqua-t-il en soutenant son regard.

— Parce que je suis la seule à t'avoir quitté ?

— Tu penses que la satisfaction de mon ego l'emporte sur toute autre considération ?

— Peut-être.

— Je ne peux pas nier qu'il y a du vrai dans *l'impression* que tu viens d'évoquer, mais c'est un peu plus... complexe que ça, *querida*. Tu ne m'as jamais dit pourquoi tu avais soudain changé d'avis... Pourquoi, en l'espace de quelques heures, la jeune fille éperdue qui criait de plaisir dans mes bras s'est métamorphosée en créature de glace me toisant avec mépris... Tu m'as tourné le dos comme si nous étions des étrangers qui venaient à peine de se rencontrer. Après m'avoir fait don de ta virginité, tu m'as déclaré que tu ne m'aimais plus et que tu désirais connaître d'autres hommes, et tu ne m'as jamais vraiment expliqué pourquoi.

Emily baissa les yeux. La meilleure solution était d'esquiver la question, de ne surtout pas remuer le passé. Mais qui tentait-elle de protéger, au juste ? Pas celui qui avait mené sa femme à la baguette pendant des années avant de laisser à sa belle-fille un vieux cheval malade pour bien lui montrer son mépris. D'autre part, elle ne pouvait s'empêcher de vouloir se racheter aux yeux d'Alex, pour qu'il cesse de la contempler avec cette froideur dédaigneuse.

— Mon beau-père m'avait menacée, dit-elle en redressant la tête. Il m'a dit que si je continuais à te voir, il ne me le pardonnerait jamais.

Un rire amer jaillit des lèvres d'Alejandro.

— Et, bien sûr, tu tenais plus que tout à conserver l'estime et l'approbation de cet homme admirable ? Pardonne-moi, Emily, mais j'ai du mal à le croire parce que je sais à quel point tu le haïssais et avais peur de lui. Tu craignais peut-être plutôt qu'il te coupe les vivres ?

Elle avala la boule qui lui obstruait la gorge.

— Non, tu as raison. Il y avait autre chose, dit-elle avec effort. Ma mère m'a suppliée de faire ce qu'il me demandait parce qu'il l'avait menacée de divorcer si je sortais avec un type comme toi.

— Un type comme moi ? Et qu'est-ce que cela veut dire, au juste ?

Elle déglutit à nouveau.

— Tu étais pauvre et n'avais pas de père. Cela ne collait pas avec ses idées de grandeur. Quant à ma mère, elle était terrifiée à la pensée de ce qui l'attendait s'il la rejetait.

— Si elle se retrouvait sans rien, tu veux dire ?

Non, pas seulement. Même si cela avait compté énormément pour sa mère, elle faisait partie de ces femmes qui ne pouvaient concevoir de vivre sans homme. Son premier mari avait été pauvre, et une fois devenue veuve, elle avait consacré toute son énergie à se trouver un riche époux. Quand elle y était parvenue, elle s'y était accrochée de toutes ses forces.

Emily vivait dans la hantise de lui ressembler. Autrefois, elle avait été consciente de l'intensité de son amour pour Alejandro, et du fait que cet amour ne serait peut-être jamais réciproque. Avec une brillante carrière internationale devant lui, qu'avait-il à faire d'une adolescente à peine sortie du lycée ? C'était aussi cette crainte qui l'avait décidée à renoncer à lui de manière à s'épargner le chagrin inévitable qui l'attendait lorsqu'il en aurait assez d'elle.

— En quelque sorte, répliqua-t-elle en baissant de nouveau les yeux.

— Ils ont quand même fini par divorcer, n'est-ce pas ? demanda Alejandro d'une voix dure.

— Oui.

— Et ta mère est morte peu de temps après.

Un silence plana.

— Oui, répondit-elle enfin. Dans l'incendie de sa maison. Je faisais mes études dans une autre ville, à l'époque, et je ne pouvais pas venir la voir aussi souvent que je l'aurais souhaité.

Elle avait pris des tranquillisants, plus que d'habitude, et apparemment, elle n'avait pas éteint correctement sa cigarette. Elle n'a pas entendu l'alarme se déclencher et quand les pompiers sont arrivés, il était trop tard. Ils ont dit qu'elle ne s'était rendu compte de rien et n'avait pas souffert.

Durant très longtemps, Emily avait été rongée par la culpabilité. De n'avoir pu sauver sa mère. Mais d'un autre côté, elle s'était sentie soulagée. Libérée d'un fardeau énorme.

Il murmura quelques mots de compassion en espagnol.

— Merci, murmura-t-elle.

Le répit ne dura pas longtemps car il revint aussitôt à la charge.

— Si tu m'épousais, tu serais...

— Laisse tomber, Alej ! Je ne t'épouserai pas. Pourquoi le ferais-je ?

— Pour le sexe et l'argent, naturellement, répliqua-t-il d'une voix suave. Ce sont les deux raisons pour lesquelles les femmes épousent des célibataires fortunés, non ? En ce qui nous concerne, nous sommes un peu plus francs que la plupart, c'est tout.

— Et que fais-tu...

Emily rassembla tout son courage pour ajouter :

— Que fais-tu de l'amour, dans tout ça ?

— L'amour ? Il est très surestimé, à mon avis. On a tort d'en faire tout un plat. Et même si l'on y cède de temps en temps - ou du moins qu'on *croit* en éprouver —, c'est vite terminé.

— Mais il y a d'autres formes d'amour... Celui qui dure, qui résiste à tout. Prends l'amour d'une mère pour son enfant, par exemple...

Un frisson glacé parcourut Alejandro.

— Tu penses à ta mère, Emily ? riposta-t-il sèchement.

— Je ne suis pas naïve à ce point, dit-elle en secouant la tête. En revanche, la tienne...

— Changeons de sujet, tu veux bien ? Je croyais que nous parlions de ma demande en mariage.

— En effet. Et je t'ai dit clairement ce que j'en pensais.

Sans prononcer un mot, il se rapprocha d'elle et l'enlaça. Dès qu'elle fut dans ses bras, l'alchimie flamba de nouveau entre eux. Le désir consumait littéralement Alejandro.

— Tu veux que je te fasse changer d'avis ?

— Ce n'est pas juste, protesta-t-elle dans un souffle, mais sans le repousser.

— Tu ne désires que ça, chuchota-t-il en glissant les doigts sous les épais cheveux soyeux. Je le lis dans tes yeux.

— Nous... Nous sommes devant la baie vitr...

— Le vitrage est occultant. Personne ne peut nous voir de l'extérieur.

— Mais...

La phrase mourut sous ses lèvres tandis qu'il l'embrassait avec passion en laissant échapper une plainte sourde. Emily répondit à son baiser avec fièvre, le ravissant et l'irritant à la fois parce qu'elle conservait le même pouvoir sur lui que la toute première fois. Comme s'il n'avait jamais connu de femme après elle.

Lui posant les mains sur les hanches, il la poussa vers le mur. Peut-être allait-elle se réveiller ? Lui demander de la laisser tranquille et lui annoncer qu'elle rompait leur contrat, au prétexte qu'elle ne pouvait pas coucher avec son employeur ? Il le souhaitait presque. Si elle l'avait repoussé, il l'aurait davantage respectée, mais elle n'en fit rien. Elle réagit comme toutes les autres. Elle lui passa les bras autour du cou et se pressa contre lui.

Le pantalon de yoga glissa tout seul sur le tapis, suivi de près par le slip en coton. Alejandro dut faire un effort surhumain pour s'écarter et aller chercher un préservatif. Celui-ci à peine enfilé, il pencha la tête et prit un mamelon rose entre ses lèvres en même temps que sa main glissait entre les cuisses à la peau aussi douce que de la soie.

Et quand il la pénétra enfin, il poussa une longue plainte qui résonna dans tout l'espace. Incapable de se refréner, il instaura d'emblée un rythme vigoureux et sauvage. Primaire… Il entendit un sanglot jaillir des lèvres d'Emily tandis qu'elle s'abandonnait à la jouissance et que lui-même était ébranlé par un orgasme fulgurant.

Épuisé, le souffle court, Alejandro se laissa aller contre elle et enfouit le visage dans le creux de son épaule, doux et chaud. Les secondes, les minutes s'écoulèrent, avant qu'il ait la force de redresser la tête.

Lentement, il lui repoussa une mèche de la joue, puis lui murmura à l'oreille :

— Alors, tu acceptes de m'épouser, Emily ?

Elle devait dire *non*. Se protéger de cet homme superbe et dangereux. De sa propre faiblesse et de sa vulnérabilité vis-à-vis de lui. Mais aucun mot ne franchit ses lèvres.

Au lieu de refuser cette demande en mariage absurde, elle jubilait intérieurement à la perspective de devenir la femme d'Alejandro. Une douleur vive lui étreignit la poitrine, parce qu'en acceptant de l'épouser elle tombait de son plein gré dans le piège qu'il lui tendait. D'un autre côté, elle ne supportait pas la pensée qu'il puisse en épouser une autre.

Pouvait-elle vraiment prendre un tel risque après l'avoir tant aimé autrefois ? D'autant que cet amour n'était pas tout à fait mort et ne demandait qu'à renaître, pressentit-elle avec un frisson.

— La proposition est trop avantageuse pour que je la rejette, dit-elle en souriant.

Puisqu'il la croyait cupide, autant jouer le jeu à fond.

Un éclat glacial envahit le regard d'Alejandro.

— Je savais que tu finirais par t'en rendre compte.

— Combien m'offres-tu ? poursuivit-elle avec la même désinvolture. À combien m'estimes-tu ?

Après l'avoir dévisagée en silence, il indiqua un chiffre.

Emily déglutit.

— Eh bien ! Il faudrait être vraiment stupide pour refuser une somme pareille...

— Ou avoir des principes, peut-être - ce qui n'est manifestement pas ton cas, répliqua-t-il, cinglant. Quel genre de mariage désires-tu, Emily ?

Elle chassa les images idylliques qui défilaient dans son esprit et haussa les épaules, déterminée à ne pas montrer la souffrance qui lui déchiquetait la poitrine.

— Puisque le but de cette petite comédie est de te faire passer pour un don Juan converti en fiancé transi, autant sortir le grand jeu, répondit-elle d'un ton brusque. Avec robe blanche et tout le tralala... Les médias adorent les mariages romantiques - et n'oublions pas qu'il s'agit avant tout de communication, alors nous allons avoir besoin...

Elle s'éclaircit la voix.

— ... d'une bague de fiançailles, si nous voulons être crédibles.

— Regarde ce que l'on propose en ligne et prends quelque chose qui te plaît.

— En ligne ? répéta-t-elle bêtement.

— Oui. Tu dois bien avoir fantasmé sur la bague idéale, non ? Je me fiche du prix. Et choisis la livraison express, comme ça, nous devrions pouvoir la réceptionner avant le début de la course et tu pourras l'exhiber aux yeux du monde entier.

Le cœur d'Emily se serra. Alejandro cherchait délibérément à la blesser, mais c'était mieux ainsi. En traitant la question avec une absence totale d'émotion, il lui rappelait qu'il l'épousait par pur intérêt, et elle ferait bien de ne pas l'oublier.

8

Il y avait des fleurs partout. Une profusion de roses blanches et de myosotis d'un délicat bleu pâle embaumait le hall du Vinoly Hotel, le luxueux établissement londonien réservé par Alejandro pour leur mariage. Bleu et blanc, les couleurs du drapeau argentin, délicate attention du propriétaire sud-américain du Vinoly.

Emily contempla son reflet dans le haut miroir. En dépit des remarques sarcastiques de son fiancé concernant la bague de fiançailles, elle n'avait jamais fantasmé sur ce genre de chose. Tout simplement parce qu'il lui aurait été impossible d'imaginer se fiancer avec un autre qu'Alejandro, et qu'elle s'interdisait ce genre de fantasmagorie.

Pourtant, elle allait bien épouser le seul homme capable de la faire vibrer tout entière, et un énorme diamant jaune étincelait à son doigt, tandis qu'une cascade de tulle était maintenue sur sa tête par un diadème de roses blanches. Derrière elle, Marybeth la regardait en plissant le front.

— Tu es sûre ? insista-t-elle. Il n'est pas trop tard pour faire marche arrière, tu sais ? Tu es vraiment sûre d'avoir pris la bonne décision ?

Non. Mais elle ne pouvait pas en vouloir à son amie de lui poser inlassablement la question. Elle aurait sans doute fait la même chose, dans la situation inverse.

— Mais oui, dit-elle avec un sourire forcé. Pourquoi regretterais-je quoi que ce soit ?

— Tout s'est enchaîné si vite...

— Oui, c'est vrai. Mais nous avons été amants autrefois.

— D'accord... Mais de là à *l'épouser*... Surtout que tu hésitais déjà à accepter le job. Et maintenant... le mariage. Un *grand* mariage auquel assistera l'ambassadeur d'Argentine en personne. C'est une décision capitale, que tu prends là. Tu...

Marybeth se mordilla la lèvre inférieure.

— Tu l'aimes, Emily ?

Un tressaillement parcourut Emily. Elle ne voulait pas répondre à cette question. Ni pour elle-même ni pour sa meilleure amie. Parce que, en vérité, elle ne savait pas si ce qu'elle ressentait était de la passion purement sexuelle ou autre chose. Peut-être ne s'agissait-il que d'une réaction excessive de son corps après avoir été soumis à de longues années d'abstinence.

— Je... Alej compte beaucoup pour moi.

— OK, dit Marybeth, l'air pas vraiment convaincu. En tout cas, tu as sacrément évolué par rapport à ce que tu disais de lui avant de partir en Australie. Bon, on ferait mieux d'y aller, maintenant !

Pas du tout rassurée par l'enthousiasme apparent de son amie, Emily se dirigea vers l'immense salle de réception, en proie à une terrible nervosité. Elle n'avait pas revu Alejandro depuis le jour où il lui avait fait sa stupéfiante demande en mariage, et elle ne pouvait s'empêcher de se dire qu'il avait peut-être changé d'avis.

Et s'il ne se montrait pas, tout simplement ?

Quelques instants plus tard, son cœur se mit à battre la chamade lorsque, par les larges fenêtres aux vitres étincelantes, elle vit arriver une file de limousines noires.

Non, son fiancé n'avait pas renoncé à l'épouser...

Suffoquée, elle se rendit compte qu'elle était envahie par un immense soulagement.

Pour organiser un grand mariage en un délai aussi court, Emily était venue de Melbourne seule, après que l'équipe d'Alejandro fut montée sur le podium pour avoir remporté le

Grand Prix. Ensuite, il y avait eu feux d'artifice et champagne, suivis d'une fête qui avait duré toute la nuit, et au cours de laquelle Alejandro avait annoncé leurs fiançailles devant les journalistes venus du monde entier. La nouvelle avait aussitôt été publiée dans tous les médias, et fait le buzz sur les réseaux sociaux. L'un célibataires les plus endurcis du monde cédait enfin à l'attrait des joies matrimoniales !

Mais, dans tout le tapage médiatique provoqué par le revirement spectaculaire de l'ancien play-boy, son ambition politique était de nouveau reléguée au second plan, avait pensé Emily.

Revenant au présent, elle vit l'un des joueurs de polo, un superbe athlète ami d'Alejandro, se diriger vers la double porte en bois précieux autour de laquelle couraient des guirlandes de roses. Au moment où il en poussa les deux battants, le quatuor à cordes se mit à jouer et tous les regards se tournèrent vers Emily. L'espace d'un instant, elle fut prise de panique. Les invités la jugeaient-ils ? Se demandaient-ils comment le somptueux play-boy avait pu se choisir une épouse aussi banale, aussi quelconque, lui qui fréquentait d'habitude de sublimes mannequins et actrices ?

En même temps, elle ne put s'empêcher de désirer en secret que ce mariage soit bien réel, et non une opération stratégique. Un simple coup de com.

Mais, soudain, elle l'aperçut qui l'attendait sous une arche de fleurs blanches et sentit son cœur faire un drôle de petit bond. Alejandro était d'une beauté somptueuse. Comparés à lui, tous les autres hommes ressemblaient à des pantins endimanchés.

Jamais elle ne l'avait vu porter un costume aussi formel. En outre, ses cheveux étaient plus courts sur la nuque de quelques centimètres. Ce jour-là, il offrait une version plus ténébreuse encore de l'homme au charisme sensuel et viril. Une gravité nouvelle empreignait ses traits. Mais ce n'était qu'un masque différent, songea Emily avec un mélange de tristesse et de fatalité.

Pourtant, quand il prit sa main dans la sienne, toute sa détermination à ignorer ses émotions la déserta. Un désir insensé la traversa, doublé d'une sensation de manque atroce.

Je ne veux pas l'aimer, se répéta-t-elle avec désespoir. *Je ne veux pas qu'il me fasse souffrir.*

— Tu es belle, dit-il avec calme.

D'une main légèrement tremblante, elle tendit son bouquet à Marybeth puis sourit à son fiancé.

— Merci.

La cérémonie eut beau se dérouler sans incident, Emily demeura affreusement tendue du début à la fin. Quand Alejandro prononça ses vœux, le regard plongé dans le sien, un murmure parcourut les invités. Au fond des yeux verts, le désir luisait, mêlé d'un autre sentiment, plus sombre.

C'était de l'hostilité latente qui couvait dans le regard d'Alejandro.

Elle aurait dû s'en effrayer, y voir un avertissement. Mais la délicieuse chaleur se répandait déjà inexorablement en elle, annihilant toutes ses défenses.

La réception qui s'ensuivit se tenait dans une salle de réception adjacente. Il y avait là toutes sortes de personnalités du monde de la politique, des affaires, et du show-business, ainsi que des acteurs et actrices célèbres – et même plusieurs membres de la famille royale britannique, avec qui Alejandro avait autrefois joué au polo. Il semblait aussi à l'aise avec la haute société qu'avec ses amis, dont certains avaient comme lui des origines modestes.

Lorsque l'orchestre entama la première danse, il lui prit la main et tous les regards se concentrèrent sur eux tandis qu'ils s'avançaient sur le parquet ciré.

Emily avait l'impression de marcher sur une scène de théâtre...

À juste titre. Parce que tout cela n'était qu'une comédie. Une farce.

Mais au moment où Alejandro se tourna vers elle et lui enlaça la taille, puis qu'une mélodie familière monta soudain dans l'immense salle de réception, elle se demanda s'il la torturait délibérément.

— Pourquoi avoir choisi cette chanson ? demanda-t-elle en s'efforçant de refouler les souvenirs merveilleux qui défilaient dans son esprit.

— Tu l'aimais, autrefois.

Elle voulut s'écarter, mais il resserra aussitôt son étreinte.

— Peut-être, mais... plus maintenant.

— Je ne suis pas étonné. Tu as désormais des goûts plus raffinés, je suppose ?

— Non, ce n'est pas cela... Nous ne sommes plus les mêmes, Alej. Alors je la trouve un peu déplacée.

— Qu'aurais-tu préféré qu'ils jouent ?

Un éclat dur incendia son regard quand il ajouta :

— *Money, Money, Money* ?

Emily s'interdit de réagir.

— Essayons d'éviter les hostilités jusqu'à la fin de la réception, d'accord ?

— Dans ce cas, essaie de sourire, *princesa*. Au lieu d'avoir l'air de te tenir en équilibre au bord d'un précipice.

— Et si c'était exactement ce que je ressentais ?

Il haussa un sourcil, l'air ironique.

— Et pourquoi serait-ce le cas ?

— Parce que je trouve cette comédie plus éprouvante que je ne l'imaginais.

— Pourquoi ?

— Je n'en sais rien !

Alejandro resserra de nouveau les doigts sur sa taille. C'était la première fois qu'Emily laissait tomber son masque de professionnelle sûre d'elle et efficace.

— Ta famille te manque ? demanda-t-il sans réfléchir. Tu regrettes que ta mère ne soit pas là aujourd'hui ?

Elle ferma un instant les yeux et porta la main à la minuscule perle pendant à la fine chaîne en or qui lui entourait le cou.

— Oui, dit-elle d'une voix mal assurée. C'est stupide, je sais. Elle a été une mère épouvantable, à plus d'un titre, mais c'était quand même ma mère.

— Cette chaîne et ce pendentif, ils te viennent d'elle ?

— Mon père les lui avait achetés avant leur mariage, répondit-elle en hochant la tête. Elle ne les portait presque jamais – elle les trouvait trop ordinaires —, mais je les aime beaucoup. Bien plus que tous les bijoux hors de prix et tape-à-l'œil que lui offrait Paul et qu'elle a fini par mettre en gage.

Un sentiment confus, proche de la compassion, envahit Alejandro. Mais il le chassa rapidement. Il ne voulait pas éprouver de compassion pour Emily. Il ne se laissait troubler que par les émotions qu'il savait gérer, tels le désir, la colère et le sentiment exquis d'assouvissement succédant à leurs étreintes passionnées. Parce que Emily ne s'était jamais souciée de sa famille à lui. Elle ne s'était même pas inquiétée de savoir ce qui était arrivé à la gouvernante de son beau-père.

Il pencha la tête et lui effleura le cou du bout des lèvres.

— J'en ai assez de danser et de ces gens qui épient le moindre de nos mouvements. J'ai hâte de pouvoir te dérober aux regards curieux et de consommer notre mariage. Je brûle pour toi, Emily ? Tu le sens ?

— Nous ne pouvons pas..., murmura-t-elle tandis qu'il glissait la cuisse entre les siennes. Nous ne pouvons pas partir aussi tôt pour... aller au lit...

— Qu'est-ce qui nous en empêche ?

— Ce n'est pas ce qui était prévu, dit-elle d'une voix plus ferme, presque sévère. Nous devons au moins feindre de nous aimer, même si ce n'est qu'une comédie. Sinon, tout le monde comprendra qu'il s'agit qu'un coup de com et non d'un vrai mariage. Et cela risquerait de se retourner contre toi.

— Très bien. Comment aimerais-tu que je manifeste mon « amour » pour toi, Emily ?

La façon dont elle rougit enchanta Alejandro, en même temps que l'ardeur de sa libido se manifestait sans ambiguïté.

— Nous pourrions essayer de parler, plutôt que de nous exhiber ainsi publiquement…

Il retint un sourire.

— D'accord. De quoi veux-tu parler ?

— De la façon dont nous allons passer notre lune de miel, pour commencer.

Au prix d'un effort surhumain, il s'écarta légèrement du corps doux et ferme pressé contre le sien.

— Je te l'ai dit. Nous prenons mon jet privé et je t'emmène où tu voudras. Et là, nous descendons dans un palace où nous pourrons…

— Ce n'est pas une bonne idée, l'interrompit-elle. Ce serait même contre-productif.

— C'est-à-dire ?

— Cela continuerait à faire de toi un play-boy désœuvré qui a tellement d'argent qu'il ne sait quoi en faire, et qui n'a aucun but dans la vie.

— Tu sembles ignorer que, où que je sois dans le monde, je travaille – dur, répliqua-t-il avec froideur. De nos jours, il est possible de gérer un empire à distance.

— Je sais. Mais moi, je n'aurai rien à faire.

Elle haussa une épaule et évita son regard.

— Ma seule occupation sera… le sexe.

— C'est un voyage de noces, Emily.

— Mais un faux, lui rappela-t-elle d'un ton sec.

— Voudrais-tu dire que tu n'es pas heureuse à la perspective de profiter de mes faveurs jour et nuit ? Ce n'est pas l'impression que tu m'as donnée jusqu'à présent.

— Je ne parlais pas de ça. Je vais continuer à travailler pour toi – et quand nous mettrons un terme à notre partenariat, je veux avoir achevé le travail que j'ai entrepris. Appelle ça de la fierté professionnelle, si tu veux.

Après avoir regardé l'ambassadeur d'Argentine passer à côté d'eux avec sa compagne qui ondulait des hanches, elle poursuivit :

— Tu te souviens de mon briefing, à Melbourne ?

— Je ne pense qu'à ça, dit-il, pince-sans-rire.

— Quand nous avons parlé de réduire ton train de vie, tu as décidé de vendre ta résidence parisienne puisque, étant donné que tu envisages de t'établir vraiment en Argentine, cela n'a plus aucun sens d'avoir une base à Paris. Alors nous pourrions peut-être… profiter de notre lune de miel pour y passer quelques jours, avant d'aller nous installer dans ton *estancia* ?

— Pourquoi ?

Parce que, c'est une folie, je sais, mais j'aimerais découvrir d'autres facettes de ta vie. Avoir un aperçu de l'homme qui se dissimule sous la façade sophistiquée. Je veux voir l'une de tes résidences privées, pas seulement les hôtels cinq étoiles impersonnels dans lesquels tu sembles passer ton existence.

— Cela te permettrait de choisir les objets que tu désires conserver avant de mettre l'appartement en vente, répondit-elle. Ce serait une manière agréable de faire le tri dans ta vie.

— Je ne vois qu'une seule chose qui puisse m'être agréable pour l'instant, dit-il d'une voix rauque. Je me fiche de faire le tri dans ma vie. J'ai envie de te déshabiller, c'est tout.

— Alej ! Tu exagères !

Il ignora ses molles prestations et, tout en continuant à danser, l'entraîna vers un ascenseur astucieusement dissimulé dans une sorte de niche et conduisant directement à la suite réservée aux jeunes mariés.

Les portes de la cabine à peine refermées, il adossa Emily au miroir qui recouvrait en partie la paroi et glissa la main dans le bustier de sa robe en même temps qu'il l'embrassait à pleine bouche.

— Les invités vont remarquer notre absence, murmura-t-elle contre ses lèvres.

— Et alors ? Nous sommes mariés, non ?

Dans la suite, du champagne les attendait dans un seau à glace en argent, ainsi que de superbes arrangements floraux. Mais Emily n'eut pas le loisir de les admirer. Dès qu'ils furent sortis de l'ascenseur, ils se jetèrent l'un sur l'autre avec frénésie. Le costume d'Alejandro atterrit rapidement sur la robe de mariée abandonnée sur le tapis et, nus tous les deux, ils s'enlacèrent bientôt sur le lit immense.

Quand il reprit sa bouche avec passion, Emily ferma les yeux avec délice. La main experte glissa lentement sur sa peau, comme s'il l'explorait pour la première fois. Comme si une éternité s'était écoulée depuis leur dernière étreinte.

— Alej...

— Ne dis rien...

Elle lui fut reconnaissante d'interrompre l'aveu qui lui venait aux lèvres. Parce qu'elle avait ressenti soudain le besoin irrépressible de lui dire combien il lui avait manqué durant ces quelques jours de séparation. Dieu sait jusqu'où elle serait allée dans ses confidences... Aussi se concentra-t-elle sur le baiser en même temps qu'elle explorait les reliefs du superbe corps d'athlète – évitant d'instinct la cicatrice.

La jouissance l'emporta rapidement, d'une telle intensité que, durant quelques instants, Emily se sentit égarée dans un univers inconnu. Les bras musclés se resserrèrent autour d'elle tandis qu'Alejandro enfouissait le visage dans ses cheveux et cédait à son tour à l'extase.

Sans doute s'était-elle assoupie car lorsqu'elle rouvrit les yeux, les étoiles parsemaient déjà le ciel derrière les fenêtres aux stores non baissés.

Était-il possible qu'ils parviennent à faire fonctionner ce mariage ? s'interrogea Emily, à moitié endormie. Arriveraient-ils à trouver une sorte de compromis ? À oublier les mauvais souvenirs et à se concentrer sur les bons côtés de la situation ? Réapprendraient-ils à s'aimer ?

— Tu dors ? chuchota-t-elle.

— Plus maintenant.

Alejandro roula sur le flanc et la regarda. Il était bien réveillé et déjà prêt à recommencer. Emily lui avait toujours fait cet effet.

Doucement, il effleura le sein à la peau claire sous son pouce. La pointe rose foncé se durcit tandis que, de l'autre main, il lui caressait l'intérieur des cuisses.

— Alej…

Elle n'avait bu qu'une coupe de champagne, mais une sorte d'ivresse colorait sa voix.

Se laissant couler contre elle, il écarta les longues jambes galbées pour pouvoir se concentrer sur le lieu secret où elle palpitait pour lui. Et quand il lécha le clitoris gonflé, le goût unique d'Emily lui monta à la tête.

Dans un moment de lucidité dérangeante, Alejandro s'avoua qu'il n'avait jamais caressé aucune autre femme de façon aussi intime parce que le souvenir de ces délices partagés avec Emily l'avait marqué à tel point que la simple perspective de les reproduire avec une autre lui répugnait.

Ce constat l'irrita. Il y vit une preuve de faiblesse et de dépendance envers celle qui l'avait rejeté.

Soudain, il eut envie d'écarter ses lèvres du sexe offert, pour la punir, mais le plaisir qu'il avait à la goûter était trop puissant, trop grisant. Elle avait un goût de musc et de miel.

Au même instant, elle jouit contre sa bouche.

Alejandro avait un préservatif à portée de la main, mais, alors qu'il brûlait de la pénétrer, quelque chose le retint. Se redressant, il la regarda jusqu'à ce que le corps aux courbes ravissantes s'apaise et qu'elle ouvre les paupières, comme si elle avait senti son regard posé sur elle.

Une lueur confuse traversa les yeux bleus et, pour une raison mystérieuse, Alejandro en éprouva du plaisir. Il se rallongea à côté d'elle et désigna son érection.

— Maintenant, à toi, dit-il d'un ton désinvolte.

Un embarras incompréhensible gagna Emily. Sa réaction était complètement illogique puisqu'elle avait déjà fait autrefois ce qu'il lui demandait maintenant. Pas seulement dans les écuries, alors qu'ils étaient allongés sur les bottes de paille, mais en plein air, dans les verts pâturages. À l'époque où ils étaient *proches*. Jeunes et passionnés... Quand aucun mauvais souvenir ne se dressait entre eux comme une barrière infranchissable. Tandis qu'à présent, elle se sentait presque timide à la perspective d'un acte aussi intime.

Soudain, elle se trouva ridicule. D'autant qu'ils étaient maintenant mariés.

S'interdisant de réfléchir, elle se redressa et se tourna vers Alejandro, puis effleura le membre excité du bout des doigts. Un tremblement parcourut le corps viril. Lentement, Emily le caressa, instaurant un rythme régulier et savourant la sensation de la peau soyeuse dans sa paume. Quand Alejandro ferma les yeux, elle pencha la tête et le prit dans sa bouche.

— Emily..., dit-il d'une voix rauque.

Il glissa la main dans ses cheveux et défit la pince qui les retenait en chignon souple sur la nuque. Et quand il souleva les hanches, la suppliant en silence de lui apporter le contentement, avant de s'abandonner dans sa bouche quelques instants plus tard, Emily fut traversée par un sentiment de triomphe.

Cependant, Alejandro n'était pas homme à supplier. Il le lui avait bien montré autrefois. Et ce ne fut pas du contentement qu'elle lut dans ses yeux quand il rouvrit les paupières. C'était une colère incandescente qu'elle ne lui avait encore jamais vue.

Décontenancée, elle le dévisagea en battant des cils.

— Tu n'as pas aimé ?

— Ne pose pas de questions stupides. Tu sais très bien que si !

— Pourquoi me regardes-tu de cette façon, alors ? demanda-t-elle, de plus en plus perdue.

— Parce que quelque chose me préoccupe. Tu veux savoir ce que c'est ?

Non, pas vraiment. Parce qu'elle pressentait que ce *quelque chose* allait être désagréable. Mais elle n'était plus une adolescente prête à s'enfuir à la première menace.

— Vas-y, dit-elle avec calme.

Le regard soudé au sien, il croisa les bras sous sa tête.

— J'avais oublié à quel point tu étais douée pour ça. Mais en même temps que tu t'attachais à me donner du plaisir, avec application et concentration, je n'ai pas pu m'empêcher de me demander combien d'hommes avaient bénéficié du même traitement.

Suffoquée, Emily se pétrifia.

— Tu veux que je te dise avec combien d'hommes j'ai eu des rapports sexuels ?

Il eut l'air surpris, mais se ressaisit aussitôt.

— En effet. C'est précisément le sens de ma question.

— Avec aucun.

Un léger tressaillement le parcourut.

— Pardon ? dit-il en plissant les yeux.

— Aucun, répéta-t-elle. Il faut que je te le dise en espagnol ? *Ninguno* ! Tu es le seul homme à qui j'ai fait une fellation ! Le seul homme que j'ai connu intimement ! Le seul ! Tu comprends ? Je t'ai dit que je fréquentais d'autres hommes parce que c'était la seule façon d'être certaine que tu ne chercherais pas à me retenir. Je savais que tu serais dégoûté et j'avais raison. Mais je l'ai fait parce que j'ai pensé que c'était la meilleure solution. Et parce que j'étais persuadée que notre histoire n'avait pas d'avenir.

Alejandro se redressa sur son séant, le cœur battant à tout rompre. Elle n'avait couché avec aucun autre homme ? Depuis huit ans ? Pouvait-elle vraiment dire la vérité ? Il la regarda, en proie à une perplexité sans nom. Elle avait les joues roses, les lèvres gonflées par ses baisers, les longs cheveux ébouriffés encadraient son beau visage, se répandaient sur ses épaules nues…

D'un côté, il était ravi, naturellement, parce qu'à la simple pensée qu'un autre ait pu la toucher il avait l'impression qu'on lui plantait un couteau dans le cœur.

Mais si elle…

La colère remonta en lui, comme un ouragan prêt à tout emporter sur son passage.

— Alors, quand tu m'as dit que tu voulais connaître d'autres hommes…, commença-t-il d'une voix qui tremblait de rage. Que tu en avais rencontré de plus appropriés…

Elle secoua la tête.

— Ce n'était pas vrai. Tu étais le seul que j'aie jamais désiré, murmura-t-elle. Le seul avec lequel j'aie jamais pu envisager de partager une telle intimité. Et cela n'a pas changé.

Un sentiment de satisfaction primaire envahit Alejandro, mais il se força à l'ignorer. Parce qu'il ne s'agissait pas d'exclusivité sexuelle. Emily n'y était pas du tout. Elle le regardait comme si elle s'attendait à le voir sauter de joie. Comme si elle venait de lui offrir un cadeau alors qu'elle n'avait fait que renforcer la vérité la plus amère, la plus cruelle. Et le plus stupide, c'était qu'il avait cru Emily différente de toutes les autres.

Toutes les femmes mentaient. Sa mère lui avait menti, puis Colette avait menti sur son compte, mais, pour une raison quelconque, les mensonges d'Emily avaient été les plus durs à encaisser.

Brusquement, il ressentit une impression de vide, de vertige.

— Tu m'as menti autrefois ? demanda-t-il d'une voix étrangement sourde. Ou c'est maintenant que tu mens ?

9

Ils s'envolèrent pour la France dès le lendemain matin et arrivèrent à l'heure du déjeuner dans le somptueux pied-à-terre parisien d'Alejandro.

Occupant tout le dernier étage d'un bel immeuble ancien situé sur une avenue célèbre, l'appartement était agrémenté d'immenses fenêtres derrière lesquelles on apercevait au loin la Seine miroitant au soleil et, plus proches, les arbres du jardin des Tuileries.

Quant à l'atmosphère régnant au sein de leur couple, elle n'avait décidément rien d'idyllique, songea Emily, quelques jours plus tard. Même s'ils avaient été pris en photo tandis qu'ils arpentaient les lieux les plus romantiques de la capitale française. Il ne s'agissait que d'une comédie, à l'instar de leur pseudo-mariage d'amour.

Dire qu'elle avait pensé que cela pourrait fonctionner ! Pour de vrai ! Comment aurait-ce été possible puisque, aux yeux d'Alejandro, elle avait commis un péché impardonnable en lui mentant ? Le souvenir de ce qui s'était passé lors de leur nuit de noces la faisait encore frémir. Il l'avait accusée d'être une menteuse et elle n'avait pas pu s'en défendre puisque c'était vrai. Mais quand elle avait voulu s'expliquer, voire lui faire comprendre que seuls l'amour et la crainte avaient motivé ses actes, il l'avait interrompue d'un ton coupant.

« Un mensonge est un mensonge, Emily. Aucune justification

n'est possible. Les femmes mentent comme elles respirent. C'est lamentable, mais c'est la vérité. »

Aussi Emily s'efforçait-elle de jouer le rôle pour lequel elle était rémunérée. C'était le plus important, après tout. En collaboration avec l'assistant d'Alejandro, elle avait planifié une interview avec l'un des quotidiens les plus sérieux, au cours de laquelle son mari et employeur avait parlé avec passion de polo. Il avait raconté comment il s'en était sorti grâce au sport et dit qu'il désirait que davantage d'enfants puissent bénéficier de chances semblables.

Assistant à l'entretien avec le journaliste renommé, Emily s'était demandé avec perplexité pourquoi Alejandro n'en profitait pas pour évoquer sa carrière politique naissante, mais sans oser intervenir et lui glisser un mot allant dans ce sens comme elle l'aurait fait avec un autre client. Lorsque le journaliste avait soudain demandé s'il envisageait d'avoir des enfants maintenant qu'il était marié, Alejandro avait tourné les yeux vers elle, le regard dur et impénétrable.

— Ce n'est pas prévu pour l'instant, avait-il répondu d'une voix neutre.

Emily avait ressenti une vive douleur dans la poitrine avant de se fustiger aussitôt de se laisser aller à des émotions aussi absurdes.

La nuit seulement, son mari se défaisait de son attitude rigide et une trêve implicite s'instaurait entre eux. À ce moment-là, plus rien n'existait que la passion charnelle qui les consumait tous deux. Hélas, emportée par l'ivresse, elle redevenait la proie de ses émotions stupides. Lorsqu'ils étaient nus et enlacés, qu'Alejandro l'embrassait et gémissait de plaisir, il lui était trop facile de laisser son esprit s'égarer. D'imaginer que son mari et amant éprouvait davantage que du désir physique pour elle. Or ce n'était pas le cas, il avait été très clair. Leur association temporaire ne lui servait qu'à atteindre son double objectif : la respectabilité et le sexe.

Ils passèrent plusieurs jours dans la capitale, trièrent les affaires personnelles d'Alejandro et sélectionnèrent celles qu'il souhaitait conserver, mais il ne possédait pas grand-chose. Un modèle réduit d'une voiture de course, un bronze de son premier poney de polo et une photo encadrée du président des États-Unis sirotant une cannette de MiMaté. Quant au reste – le mobilier contemporain, de superbes œuvres d'art et une collection de livres rares et anciens —, il déclara qu'il ne voulait rien garder et lui demanda de faire en sorte que l'appartement soit vidé aussitôt après leur départ.

« Les fonds générés par les ventes seront intégralement reversés à ma fondation caritative », avait-il ajouté d'un ton détaché.

Le bruit de l'eau coulant dans la douche ramena Emily au présent. Quelques instants plus tard, son mari sortit de la salle de bains, une serviette blanche lui ceignant les hanches, de minuscules gouttes d'eau scintillant sur sa peau mate, les boucles de cheveux noirs aux reflets bleutés luisant sur sa nuque. Le désir rejaillit instantanément en elle, alors qu'ils avaient passé tout l'après-midi au lit.

Quand il se dirigea vers le dressing, elle contempla les cicatrices marbrant son dos. Désormais, il ne semblait plus se préoccuper de l'exposer à son regard, mais sans pour autant lui avoir donné une explication. Tout le monde en avait, des cicatrices, se dit soudain Emily. Elles n'étaient pas forcément visibles, voilà tout.

Quelques heures plus tard, ils avaient rendez-vous avec un ami d'Alejandro, Salvatore Di Luca, homme d'affaires italien qui viendrait avec sa petite amie du moment, une neuroscientifique dotée par ailleurs d'un physique de top model. C'était sans doute dans l'espoir de se sentir à la hauteur qu'Emily avait laissé Alejandro lui offrir la robe Chanel qu'elle venait d'enfiler.

Une robe toute simple, avait dit la vendeuse ultra sophistiquée. Toute simple, en effet : soie noire, coupe sobre, mais, en réalité, conçue pour mettre les courbes féminines en valeur. Emily avait également accepté les escarpins aux talons d'une hauteur vertigineuse, posés maintenant à côté de la porte de manière à être chaussés au tout dernier moment.

Cependant, son apparence était bien le dernier de ses soucis. Elle avait en effet décidé de ne plus se contenter de réponses évasives aux questions qui la taraudaient. Peu importait que sa relation avec Alejandro ne soit pas destinée à durer. Elle voulait en profiter pour en savoir le plus possible sur l'homme dont elle partageait temporairement l'existence.

Assise devant la coiffeuse, elle appliqua du rouge à lèvres en attendant qu'il ait passé un pantalon et une chemise, puis se leva.

— Tu vas enfin me raconter comment tu as récolté ces cicatrices, Alej ?

Il boutonna l'avant-dernier bouton et haussa les épaules.

— Je t'ai dit que je ne désirais pas en parler.

— Oui, je sais. Mais je veux savoir.

— Pourquoi ? demanda-t-il en plissant les yeux.

— Parce que nous allons dîner avec l'un de tes plus vieux amis et que, à moins que tu veuilles qu'il devine que notre mariage est une farce, il vaudrait mieux que tu ne sois pas un total étranger pour moi.

— Et tu me connaîtras mieux si je te dis ce qui m'a valu ces cicatrices ?

— Oui, je crois. Cela éclairerait un peu la part de passé que tu parais si déterminé à cacher.

Il la dévisagea en silence, le regard dur, durant un long moment. Puis un soupir haché s'exhala de ses lèvres.

— J'ai été agressé, dit-il enfin. Par un individu armé d'un rasoir. Ou, pour être plus précis, par plusieurs individus.

Alejandro la vit tressaillir, comme si elle avait reçu un coup.

— Mon Dieu, murmura-t-elle. Comment est-ce arrivé ?

Pourquoi eut-il cette fois envie de lui répondre ? De lui raconter cette histoire dont il n'avait jamais parlé à personne ? À cause du sexe fabuleux qu'ils venaient de partager ? Ou parce que, à vivre ainsi avec une femme au quotidien, une relation prenait un tour bien plus intime que prévu, et que les barrières de protection dressées autour de soi s'érodaient inévitablement ?

À moins que ce soit simplement parce que c'était Emily et qu'elle avait toujours eu le pouvoir de l'atteindre au plus profond de lui-même. Jusqu'au cœur.

— Je venais de jouer en Argentine et mon équipe avait gagné le dernier match de la saison..., commença-t-il lentement. J'avais même marqué le but décisif.

— Tu devais être heureux.

— Non, pas vraiment ! répliqua-t-il avec un rire amer. Quelqu'un m'avait approché pour que je truque le match, mais j'avais refusé, comme chaque fois que cela s'était produit auparavant.

Il s'interrompit un instant en l'observant.

— Mais la proposition me restait sur le cœur et renforçait mon désenchantement grandissant envers certains aspects de ce sport.

Elle hocha la tête en silence.

— Je prenais un verre dans un bar, un bistrot quelconque, le genre d'endroit où l'on va boire tranquillement une bière, quand un type s'est approché de moi, poursuivit-il.

Un salaud en costume pas net qu'Alejandro avait tout de suite reconnu.

— C'était celui qui avait voulu me convaincre de truquer le match... Il m'a accusé de lui avoir fait perdre beaucoup d'argent. Puis il m'a dit que ma mère n'était qu'une *sale pute* – je le cite —, et qu'il le savait pour avoir *profité de son petit commerce.*

Emily tressaillit de nouveau, et ses pommettes se colorèrent tandis qu'elle serrait les poings.

— Comment a-t-il osé dire une chose pareille ?

Touché malgré lui par sa réaction, Alejandro faillit sourire. N'avait-il pas d'abord ressenti la même indignation, naïvement persuadé que le salopard mentait ?

— Il a même commencé à m'expliquer où et comment la chose s'était passée, avec des détails très évocateurs, et c'est là que je l'ai frappé.

— Tu as bien fait ! Il le méritait !

Certes, et lui-même avait ressenti une immense satisfaction en voyant le type s'effondrer devant lui.

— Oui, mais ses deux gorilles sont arrivés en renfort et me sont tombés dessus. Ils m'ont traîné dehors sans que personne ne réagisse, et derrière le bar, dans une allée obscure et puante, ils se sont amusés tour à tour à dessiner sur mon dos avec une lame de rasoir rouillée, en guise de signature – de façon à ce que je ne les oublie jamais.

— Oh ! Alej...

Elle se précipita vers lui et le prit dans ses bras sans se soucier de froisser sa robe Chanel.

— Lâche-moi ! ordonna-t-il, les mâchoires serrées.

Mais il eut beau chercher à se libérer, elle resserra son étreinte avec une force surprenante et lui massa le dos.

— Non, je ne te lâcherai pas, dit-elle d'un ton farouche. Tu me laisses te toucher quand nous couchons ensemble, eh bien, moi, je veux te toucher maintenant, parce que tu en as besoin.

— Je n'ai pas besoin de ta fichue compassion, riposta-t-il en parvenant enfin à se dégager.

— C'est à moi d'en juger. Alej, s'il te plaît, dis-moi ce qui s'est passé ensuite.

Il se dirigea vers la fenêtre et regarda une superbe Rolls-Royce ancienne se garer le long du trottoir.

— J'ai renoncé au polo le lendemain.

— Pourquoi ? demanda Emily avec calme.

Un couple élégant sortit du véhicule et pénétra dans l'immeuble d'en face.

— Comme je viens de le mentionner, je ressentais depuis quelque temps un désenchantement de plus en plus grand et cette agression au rasoir a été la goutte qui a fait déborder le vase. Les blessures ont mis longtemps à cicatriser, ce qui m'aurait de toute façon obligé à interrompre ma carrière pour un moment, et j'avais reçu un choc terrible en apprenant que ma mère avait été une prostituée. J'avais besoin de changer d'air. D'orientation... Alors j'ai lâché le sport auquel j'avais consacré toute mon énergie, toutes mes pensées depuis quasiment toujours, et je me suis lancé dans les affaires.

— Et personne ne s'est demandé pourquoi ?

Elle ne travaillait pas dans les relations publiques pour rien, songea Alejandro en se détournant de la fenêtre.

— Non. La saison était terminée et Noël approchait. Je suis parti aux Caraïbes et les gens ont cru que j'avais besoin de récupérer. Durant ma convalescence, j'ai reçu un email d'un inconnu qui me parlait d'une idée de nouveau produit, le MiMaté, et qui me demandait si je serais partant pour investir dans son projet. C'est comme ça que ma carrière a démarré en douceur, puis je me suis rendu compte que la célébrité ne m'était pas indifférente même si elle me venait pour d'autres raisons.

— Et tu as oublié ce qui t'était arrivé ? Tu n'as plus eu peur d'être agressé ?

— J'ai pris des cours d'arts martiaux, répondit-il en secouant la tête. J'ai appris à me protéger et à me défendre. Mais je dois préciser que je ne me suis plus jamais aventuré dans une ruelle sombre située à proximité d'un bar.

— Et tu as parlé des accusations de ce salaud avec ta mère ? demanda-t-elle avec calme.

— Non. Ce n'était pas facile à aborder, comme sujet. Alors, j'ai tout refoulé profondément. Tu comprends, après avoir été congédiée par ton beau-père, elle n'avait plus jamais retravaillé. Je lui avais acheté une petite maison à la campagne, avec un jardin où elle faisait pousser ses légumes. Et pendant un temps, elle a paru presque heureuse, puis on lui a diagnostiqué un cancer des poumons. J'ai fait en sorte qu'elle ait une infirmière à domicile, et j'allais la voir régulièrement.

Il s'interrompit de nouveau un instant puis secoua la tête.

— Et même si je me répétais que ça ne pouvait pas être vrai, je ne pouvais pas me débarrasser de l'expression de ce type quand il parlait d'elle. Je me disais que cela ne me regardait pas. J'avais décidé de ne rien dire et puis, la veille de sa mort, elle a tourné la tête vers moi et a chuchoté : « Tu sais, n'est-ce pas ? »

— Elle avait deviné ? demanda Emily, l'air suffoqué.

Alejandro hocha de nouveau la tête.

— Et qu'est-ce que tu as répondu ?

— Je lui ai demandé ce qu'elle voulait dire. « Tu le sais bien, mon fils », a-t-elle murmuré d'une voix à peine audible. « Je le vois à cette expression dans tes yeux chaque fois que tu me regardes. Un vide qui n'était pas là avant. As-tu appris que je faisais le trottoir quand tu étais petit ? »

— Et... ?

Il avait presque oublié Emily.

— Qu'aurais-je pu lui dire, sinon la vérité ? Ensuite, elle m'a tout raconté.

Un goût acide lui emplit la bouche. Le dos raide, il sortit de la chambre et traversa le salon pour se verser deux doigts de whisky, puis en avala une gorgée avant de se retourner vers Emily qui l'avait suivi.

— Tu en veux ?

— Non, merci. J'aimerais que tu continues ton récit.

Un sourire amer aux lèvres, il reposa son verre sur le minibar en bois satiné.

— Son histoire était banale et, en l'écoutant, je ne portais aucun jugement moral sur elle. Une femme n'a pas besoin de vendre son corps dans la rue pour être qualifiée de prostituée, je connais des femmes prêtes quasiment à tout pour un collier de diamants. Mais la version que me donnait ma mère était bien différente de celle à laquelle j'avais eu droit enfant.

— Tu n'aurais tout de même pas voulu qu'elle te dise la vérité quand tu étais petit ?

— Non, bien sûr. Je pouvais comprendre pourquoi elle m'avait caché ce qu'elle faisait. Elle n'était pas la première femme à se servir de son corps pour payer ses factures, mais elle n'était pas forcée de me mentir à propos des circonstances dans lesquelles j'avais été conçu, ni sur l'identité de mon père. Quand nous avons quitté la *favela* et qu'elle s'est fait embaucher comme gouvernante par ton beau-père, elle m'avait dit que nous ne resterions pas longtemps chez lui. Elle m'avait expliqué que mon père était riche et, qu'un jour, il viendrait nous chercher, et que nous vivrions ensemble tous les trois. Que nous serions heureux.

— Et tu l'avais crue ?

— Évidemment ! En général, les enfants croient ce que leur dit leur mère. Et, comme tu le sais, les femmes sont très douées pour le mensonge, n'est-ce pas ? ajouta-t-il, cynique. Mais je n'étais pas au bout de mes surprises. Le pire, ça a été l'ultime déclaration, au tout dernier moment. Il n'y avait pas de père riche et puissant. Pas de père du tout, en fait... Juste l'un de ses anciens clients, un sale type qui la battait.

Il déglutit avant de continuer.

— Mais elle le laissait quand même revenir. C'était un voleur, un escroc qui passait la majeure partie de son temps en prison et s'est finalement tué dans un accident de moto... Après avoir engrossé ma mère.

— Mon Dieu, c'est horrible ! murmura Emily en battant des cils, comme pour retenir ses larmes. Je suis si désolée.

— Horrible et drôle, répliqua Alejandro d'un ton désabusé. Moi qui avais toujours regretté d'être fils unique, j'ai découvert que j'avais un petit frère. Un enfant qu'elle n'avait pas les moyens d'élever et qu'elle a tout bonnement vendu.

— Qu'est-ce que tu as dit ? demanda-t-elle d'une voix blanche. Ta mère a eu un autre enfant et elle l'a *vendu* ?

— Exactement.

— Oh ! Alej...

— Non, l'interrompit-il sèchement. Épargne-moi ta gentillesse et ta compassion, s'il te plaît. Et les larmes, surtout. Ce n'est pas pour ça que je te l'ai dit et l'histoire s'arrête là. Point final...

— Non, je ne crois pas, répliqua-t-elle en soutenant son

regard. Tu as un frère, Alej. Ce n'est pas le meilleur des scénarios, je sais, mais tu as au moins la chance d'avoir un parent – ce qui n'est pas mon cas. Tu as pu le retrouver ?

— Non. Pour la bonne raison que je n'ai rien fait pour. Il a été vendu à une Américaine, c'est tout ce que je sais.

— Mais tu dois bien...

— Je ne dois rien du tout ! J'ai passé l'âge de croire aux contes de fées, Emily. Tu crois vraiment que je pourrais avoir envie de le faire rechercher ? Pour quoi faire ? Organiser une charmante petite réunion de famille ? Il connaît les détails concernant sa naissance et l'histoire de sa génitrice, d'après toi ? Et même à supposer que ce soit le cas, tu penses qu'il aurait envie de célébrer la chose ?

Emily ne répondit pas tout de suite car elle avait les idées trop confuses. Pas étonnant qu'Alejandro soit convaincu que toutes les femmes mentaient. Elle-même ne lui avait-elle pas raconté des mensonges ?

Même maintenant, elle ne lui avait pas tout dit. Par lâcheté.

— Je dois te dire quelque chose, Alej.

Il la gratifia d'un regard sardonique.

— Ne me dis pas que ta mère se prostituait elle aussi ?

— Quand, le jour de notre mariage, je t'ai dit qu'il n'y avait pas eu d'autre homme...

— Te serais-tu rendu compte depuis que tu en avais oublié un ou deux ?

Cette fois, elle eut du mal à ignorer son cynisme. Mais elle pensa à ce qu'il avait vécu et poursuivit d'un ton calme :

— Non. Il n'y a pas eu d'autre homme parce que...

Elle avala sa salive.

— Parce que personne ne pouvait te remplacer, poursuivit-elle. Et que je n'ai jamais ressenti ce que je ressentais pour toi avec aucun autre.

La froideur empreignant les traits d'Alejandro disparut, remplacée par une colère formidable.

— Tu essaies la pitié, maintenant ? Tu crois que, parce que je t'ai révélé mes origines honteuses, je vais me précipiter sur la moindre miette d'affection que l'on voudra bien me jeter ? Que le fils bâtard d'une prostituée et d'un vulgaire cambrioleur va se montrer reconnaissant pour tout ce qu'il pourra grappiller ?

Devant la souffrance et la rage qui ravageaient les beaux yeux verts, Emily se félicita de s'être retenue à temps et de ne pas lui avoir avoué qu'elle l'aimait. Ce n'était pas d'amour ni même d'affection qu'il avait besoin pour l'instant. Mais de rationalité.

— Je me fiche de ton passé, déclara-t-elle posément. Je me fiche de qui était ton père et de ce que ta mère faisait.

Le visage d'Alejandro se ferma complètement.

— Je ne t'ai pas raconté cette histoire pour obtenir ta bénédiction, dit-il. Je n'ai fait que répondre à la question que tu m'avais posée.

10

— Si tu veux vraiment faire carrière dans la politique, il faut d'abord que tu réfléchisses à certains aspects de la situation, Alej.

Alejandro leva les yeux du journal financier et regarda Emily enfiler une culotte de soie rose perle, son corps délectable illuminé par un rayon de soleil matinal, lequel projetait des reflets dorés sur ses longs cheveux blonds. Il refoula le désir qui renaissait en lui. Le désir insatiable qui échappait décidément à son contrôle. Quand il lui avait confié son maudit secret la veille au soir, il s'était attendu à... À quoi ? Il n'en savait trop rien, mais certes pas à une acceptation aussi rapide, aussi totale.

Son ventre se noua. Il avait cru qu'une telle révélation répugnerait Emily. Qu'une expression de dégoût envahirait ses traits. Pas du tout. Elle avait gardé son calme. Même lorsqu'il s'était adressé à elle d'un ton brutal, aucune lueur blessée n'avait traversé ses yeux bleus.

Elle avait chaussé ses tout nouveaux escarpins, et ils étaient allés retrouver Salvatore Di Luca et sa petite amie. Au cours du dîner, elle avait repris son rôle de jeune mariée heureuse et comblée avec une facilité déconcertante, comme s'il ne venait pas de lui révéler une vérité répugnante. Maintenant qu'elle était au courant, peut-être se voyait-elle dans une position plus avantageuse. Alejandro serra les mâchoires. Se laissait-elle peu à peu séduire par les jets privés et les palaces, les bijoux et les vêtements qu'il lui avait offerts ? Avait-elle finalement décidé qu'elle ne renoncerait pas à tout cela sans se battre ? Son amour du confort matériel l'emportait-il sur le fait que son mari était le fils d'une sale brute et d'une prostituée ?

Pourtant, une fois au lit, elle s'était montrée aussi tendre que d'habitude. Après la jouissance, elle l'avait tenu serré contre elle, ses longs doigts fins lui caressant les cheveux avec une douceur exquise. Trop exquise. Il s'était dégagé et avait roulé sur le dos sans dire un mot.

La tendresse d'Emily venait-elle d'un sentiment de pitié envers lui ? s'était-il interrogé en contemplant le plafond dans la semi-pénombre. Croyait-elle vraiment qu'il avait besoin de sa *compassion* ?

— Alej ? Tu as entendu ce que je viens de dire ?

— Ce n'est pas très facile de se concentrer sur quoi que ce soit quand tu fais un striptease inversé devant mes yeux...

Elle remonta la fermeture Éclair de sa robe couleur ivoire aux lignes pures et fluides, venant elle aussi de chez Chanel, et il la vit soudain inspirer à fond comme pour se donner du courage.

— Si tu veux vraiment faire carrière dans la politique, reprit-elle d'une voix posée, tu ne crains pas que des détails concernant ta mère soient révélés un jour ou l'autre ?

— Je ne vois pas comment cela serait possible.

Il secoua la tête, regrettant à moitié de lui avoir dit la vérité sur son passé.

— Cela n'est jamais arrivé, même lorsque j'ai annoncé que je quittais le polo, ajouta-t-il. La plupart de ses clients doivent être morts, à présent, et les autres ne vont pas se vanter d'avoir fait appel aux services d'une prostituée, tu ne crois pas ? À supposer qu'ils fassent le lien.

— Nous ne pouvons pas en être certains, répliqua-t-elle. Lorsqu'un nouveau venu entre dans l'arène politique, toute sa vie est passée au peigne fin. Les journalistes sont très doués pour ça, tu le sais aussi bien que moi.

— C'est un risque que je vais devoir assumer.

— À moins que tu ne prennes les devants.

— Tu peux t'expliquer ?

Elle hésita un bref instant.

— Personne ne devrait être jugé au regard d'actes commis par ses parents, répondit-elle enfin. Tu es un homme bon, Alej, et tu fais de bonnes choses. Tu as créé une fondation...

— Comme je te l'ai déjà dit, je ne te demande pas ton soutien, l'interrompit-il d'une voix dure. Ni ton approbation.

— Et plutôt que de vivre dans la crainte de voir ton passé révélé et divulgué par tous les médias, poursuivit-elle avec fermeté, je veux que tu réfléchisses à la possibilité de faire une sorte de déclaration. Si des révélations concernant ton passé viennent de toi, elles perdront de leur pouvoir. Je ne suis pas en train de dire qu'il faut le faire dès maintenant – mais tu pourrais y penser au moment de lancer ta campagne.

Agacé, Alejandro se retint de serrer les poings. Parce que l'attitude, l'intelligence d'Emily lui rappelaient pourquoi elle l'avait séduit autrefois. Les qualités qui l'avaient attiré, charmé. Sa douceur. Sa compréhension. Son enthousiasme. Mais il s'était hélas trompé sur son compte, et huit années avaient passé depuis.

Repoussant le drap, il se leva et alla prendre son smartphone dans sa poche de veste.

— J'appelle mon pilote pour établir un nouveau plan de vol avec lui, dit-il. Nous rentrons en Argentine.

— Ah bon ? Déjà ?

Il haussa les épaules.

— Pourquoi pas ? Nous en avons terminé avec Paris. Prépare tes bagages et sois prête à partir. Nous décollerons cet après-midi.

Emily se détourna, déterminée à ne pas lui montrer à quel point elle était blessée par son ton autoritaire et glacial. Tout comme elle n'avait rien montré la veille lorsqu'il avait rejeté ses tentatives de le réconforter. Mais à quoi s'était-elle attendue ? À ce qu'un homme aussi marqué et traumatisé par son passé se jette tout à coup dans ses bras ?

Cependant, elle refusait de réagir comme il le souhaitait sans doute. De protester et de lutter contre lui. Elle ne céderait pas à la provocation. Elle continuerait à lui apporter son soutien à sa façon. Discrète et attentionnée.

À bord du jet, Alejandro ne vint pas la rejoindre dans le lit immense. Installé devant son ordinateur portable dans la cabine spacieuse et ultra-confortable, il travailla avec une obstination farouche. De son côté, Emily sombra dans le sommeil et dormit pendant presque tout le vol. Quand elle rouvrit les yeux, elle s'aperçut que son mari s'était endormi dans son fauteuil.

Se glissant hors du lit, elle s'avança vers lui et l'embrassa sur le front. Il se réveilla en sursaut, l'air désorienté, avant de se ressaisir aussitôt. Les yeux brillants, il l'attira dans ses bras et l'installa à califourchon sur lui, puis lui arracha son body de satin. Il ouvrit ensuite sa braguette et pénétra Emily avec une vigueur presque sauvage.

Était-ce tout ce qu'elle représentait pour lui ? se demanda-t-elle tandis qu'il la soulevait avant de la faire glisser sur sa puissante érection. L'instant d'après, elle s'envolait dans l'extase et toutes ses interrogations sombraient dans le néant.

À l'aéroport, une voiture avec chauffeur les attendait pour les conduire à l'*estancia* d'Alej et Emily contempla le paysage avec ravissement. Lors de sa dernière visite éclair en Argentine, elle avait reçu un double choc. Revoir Alejandro et retrouver Joya malade l'avait bouleversée. Tandis que cette fois, tout était différent. Dans son esprit, c'était le chaos, mais elle ressentait néanmoins une satisfaction étrange. En fait, elle *savourait* la compagnie de son mari – et elle était déboussolée par les choses délicieuses qu'il lui faisait au lit.

— On dit qu'elle ressemble au corps d'une femme allongée

sur le dos, dit-il soudain en désignant une montagne se profilant au loin. La courbe d'un sein et le…

— Je n'ai pas besoin d'un cours d'anatomie, l'interrompit-elle.

— OK. Mais si tu changes d'avis, je suis prêt à t'aider, répliqua-t-il d'une voix douce.

Elle rosit et préféra changer de sujet.

— Qu'est-ce qui t'a incité à acheter une propriété ici ? demanda-t-elle.

— Regarde et tu comprendras pourquoi j'ai choisi cet endroit, répondit-il après un léger silence.

Au même instant, le luxueux 4-4 amorça une descente en direction d'une vallée verdoyante. Émerveillée, elle contempla l'*estancia* nichée entre les imposantes montagnes. Des chevaux broutaient en paix dans les verts pâturages que le ruban argenté d'une rivière traversait en serpentant.

Le véhicule s'engagea sur une piste de plus en plus étroite qui menait à une bâtisse toute de pierre et de bois. Le cœur d'Emily battit plus vite. Elle avait devant les yeux ce qui lui avait toujours manqué. Une maison. Une vraie.

— Que c'est beau…, murmura-t-elle.

Quant à l'intérieur, rien à voir avec le luxueux appartement parisien. Il y régnait une atmosphère accueillante et chaleureuse, encore plus précieuse que celle procurée par le luxe et la sophistication. Les meubles solides avaient été conçus pour être utilisés, pas admirés. Les immenses fenêtres ouvraient sur un panorama grandiose : le ciel immense parsemé de petits nuages blancs, la terre riche s'étalant à perte de vue…

Emily imagina soudain des enfants jouant dehors ou se baladant à dos de poney, entendit leurs rires et leurs cris de joie…

— Le personnel vit dans une maison indépendante un peu plus bas, expliqua Alejandro. Ils me laissent tout ce dont j'ai besoin et ne viennent que lorsque je les appelle, c'est-à-dire pas souvent. Cette maison est faite pour la solitude.

Il désigna la cuisine d'un mouvement de tête.

— Je vais préparer du café. Tu peux aller faire un tour à l'étage. Mon cadeau de mariage t'attend dans la chambre.

Surprise, elle le dévisagea un instant.

— Je suis désolée... Je n'ai rien pour toi.

Mais il s'était déjà détourné.

— Aucune importance. Va voir si cela te plaît.

Elle se précipita à l'étage, le cœur battant la chamade, et trouva sans problème la chambre principale qui offrait une vue encore plus somptueuse que celles du rez-de-chaussée.

Sur le lit, elle aperçut un ravissant pantalon d'équitation, un chemisier de soie blanc cassé et, dans une grande boîte ouverte, une paire de bottes en cuir couleur miel. Tout était à sa taille, naturellement.

Les doigts tremblants, elle commença à se déshabiller. Était-il possible qu'Alejandro veuille recréer leur merveilleuse entente d'autrefois ? Ou qu'il désire au moins *essayer*, pour voir si quelque chose était encore possible entre eux ?

Après avoir enfilé le pantalon et le chemisier, elle chaussa les bottes en cuir souple, puis redescendit au rez-de-chaussée où un puissant arôme de café corsé flottait dans l'air.

Alejandro se retourna au moment où elle posait le pied sur la dernière marche et la regarda d'un air indéchiffrable.

Rêvait-elle, ou y avait-il une lueur chaude au fond des sublimes yeux verts ?

— Merci, dit-elle simplement.

Il hocha la tête tandis que son regard l'effleurait de la tête aux pieds.

— Tu es... superbe.

Puis il désigna la cafetière du menton.

— Bois ton café pendant que je vais me changer. J'ai pensé que nous pourrions faire une balade ensemble, alors deux chevaux ont été sellés pour nous. À condition que tu ne sois pas trop fatiguée par le voyage.

— Non, pas du tout. J'ai hâte de sortir, au contraire... Cela fait si longtemps que je ne suis pas montée à cheval...

Après un nouveau hochement de tête, Alejandro disparut à l'étage et Emily but tranquillement son café en l'attendant. Il réapparut bientôt, dans un pantalon lui moulant les hanches et une chemise de soie presque identique à la sienne, ainsi que des bottes de cuir noir. Il était encore plus beau qu'autrefois, songea-t-elle en retenant son souffle.

Il l'emmena dans la cour où les attendaient un étalon noir à la robe lustrée et une belle jument palomino. Le cœur d'Emily fit un petit bond à la perspective de se remettre en selle après toutes ces années passées loin de l'Argentine.

Lorsqu'un palefrenier sortit des écuries et s'avança vers eux, son visage lui parut étrangement familier...

— Je te présente Gaspar, le fils de Tomas, dit Alejandro. Lui et sa femme travaillent pour moi.

Gaspar lui tendit la main en souriant et lui souhaita la bienvenue en espagnol avant de disparaître à nouveau dans les écuries, et d'en ressortir presque aussitôt en tenant par la bride un vieux cheval bai qui hennit de plaisir et trotta vers elle.

— Joya ! s'écria-t-elle avant d'enfouir son visage dans la crinière bien soignée.

Il ne fallait surtout pas qu'elle pleure...

— Mon vieux Joya... Tu as l'air en pleine forme !

Redressant la tête, elle croisa le regard dur d'Alejandro.

— Comment te remercier, Alej ?

Un sourire bref lui répondit, suivi d'une moue imperceptible.

— Tu n'as pas à me remercier. J'ai pris beaucoup de plaisir à suivre le rétablissement de Joya qui est néanmoins trop vieux pour être monté. Alors tu vas devoir te contenter de cette jument. Mais tout d'abord, voyons si tu sais encore te débrouiller, dit-il en l'aidant à se hisser en selle.

Au début, Emily se sentit nerveuse, avant d'exulter rapidement. Elle et la belle jument à la robe claire semblaient s'entendre... d'instinct. Et surtout, elle se sentait en sécurité sous le regard attentif d'Alejandro qui tenait fermement les rênes tandis qu'elle faisait le tour du paddock au pas. Les réflexes lui revenant à une vitesse surprenante, il la laissa bientôt passer au trot puis au galop, avant de monter à son tour en selle d'un mouvement aussi leste que gracieux.

Elle le regarda un instant, fascinée. Alejandro à cheval, c'était la poésie en mouvement. Il semblait faire corps avec le magnifique étalon noir. La même force émanait du cavalier et de sa monture, la même classe.

Ils chevauchèrent pendant une heure et Emily aurait volontiers prolongé la balade, mais Alejandro secoua la tête.

— Ne sois pas trop gourmande, dit-il d'un ton détaché. Cela suffit pour aujourd'hui.

Quand elle mit pied à terre, Emily se demanda de quoi elle se sentait gourmande, au juste. La balade l'avait stimulée et, maintenant, elle avait envie de faire l'amour. Le désir la dévorait, plus intense encore qu'à l'accoutumée.

Après avoir confié les chevaux à Gaspar, ils regagnèrent la maison, et dès la porte refermée sur eux, elle se tourna vers son mari et lui offrit ses lèvres.

Les deux semaines suivantes, Emily eut le sentiment d'avoir enfin trouvé la vie dont elle avait toujours rêvé en secret. Une vie simple et tranquille. Ils se levaient tôt et partaient galoper dans les vastes étendues qui se déployaient à perte de vue autour de l'*estancia*. L'air frais la grisait, à tel point qu'elle se disait parfois qu'elle ne pourrait plus jamais s'en passer. Ils pique-niquaient au bord de la rivière, les pieds dans l'eau claire. Ou allumaient un feu et cuisaient le poisson sur un barbecue improvisé. Et chaque fois que l'occasion s'en présentait, ils se jetaient avec avidité l'un sur l'autre et cédaient au désir qui semblait les dévorer sans répit.

Leurs étreintes devenaient de plus en plus intenses, si bien qu'Emily avait parfois du mal à réprimer les mots qu'elle brûlait de murmurer à son amant. Or elle savait qu'il fallait lui laisser du temps. Ne pas le bousculer. Attendre patiemment que les choses s'installent, que les blessures guérissent. Quant à savoir ce que pensait et ressentait vraiment Alejandro... Elle n'osait pas lui poser la question de crainte de voir s'envoler la magie de ces instants fabuleux.

Jusqu'au jour où Tomas et Rosa vinrent rendre visite à leur fils. Ils passèrent deux jours avec le couple et, à la fin de leur séjour, Emily emmena Tomas voir Joya dans son box.

— Il est heureux, ici, dit le vieux palefrenier avec un grand sourire en flattant l'encolure de Joya.

— Très heureux...

— Comme vous.

— Oui, répondit-elle. Je suis heureuse.

— Moi aussi, dit Tomas avec calme. Je suis heureux de voir *el señor* Sabato enfin installé et marié. Et de penser que s'il n'était pas venu au ranch de votre beau-père ce jour-là, cela ne serait peut-être jamais arrivé.

Il fallut quelques instants à Emily pour assimiler les paroles de Tomas.

— Mais vous lui aviez envoyé un email, lui rappela-t-elle, un peu perdue.

— Non, non, répliqua Tomas en secouant la tête. C'est *el señor* Sabato qui a pris contact avec moi. Il voulait savoir à quelle heure vous viendriez voir Joya.

Un frisson glacé parcourut Emily, mais elle fit comme si de rien n'était et sortit ensuite de l'écurie avec Tomas en bavardant de tout et de rien.

Quand lui et Rosa furent partis, elle décida d'affronter Alejandro aussitôt parce que si elle attendait, elle perdrait tout son courage. D'autant qu'elle pressentait que leur belle harmonie risquait fort de s'envoler en fumée.

Elle attendit qu'il ait pris une bière dans le réfrigérateur et déclina celle qu'il lui tendait.

— Tomas m'a dit quelque chose d'étrange, tout à l'heure, juste avant de partir, commença-t-elle lentement.

Son mari décapsula la bouteille puis en but une longue goulée avant de la regarder droit dans les yeux.

— Ah oui ?

— Il m'a dit qu'il ne t'avait pas envoyé d'email pour te demander si tu pouvais l'aider à trouver une solution pour Joya. Que c'était toi qui avais pris contact avec lui.

— Et ? fit-il en haussant ses sourcils noirs.

— Pourquoi, Alej ? Pourquoi avoir provoqué cette rencontre ?

— Parce que je désirais te revoir.

Elle se raccrocha à son dernier espoir alors qu'elle savait déjà que tout était perdu.

— M'embaucher, tu veux dire ? Te servir de mes capacités professionnelles pour changer ton image afin de pouvoir te lancer dans la politique ?

Un long silence lui répondit, durant lequel elle comprit qu'il allait la faire souffrir. Cruellement.

— Je n'ai aucune intention de me lancer dans la politique.

Elle eut l'impression d'un effroyable malentendu. Comme s'ils ne parlaient pas de la même chose.

— Bien sûr que si, répliqua-t-elle d'un ton brusque.

— Non.

— Mais tu avais dit…

— Je t'ai dit cela pour obtenir ce que je désirais.

— Pour obtenir ce que tu désirais, répéta-t-elle machinalement. Pardonne-moi, mais je ne comprends vraiment pas de quoi tu parles, Alej.

— Dans ce cas, je vais te l'expliquer.

— Oui, ce serait bien.

Alejandro but une nouvelle gorgée de bière et vit le visage d'Emily blêmir. Un sentiment de culpabilité le saisit, mais il l'ignora. Pourquoi se serait-il senti coupable ? Elle l'avait traité comme un étalon. Elle le traitait *encore* comme tel. Les deux semaines écoulées avaient été délicieuses, certes, mais elle était là pour une seule raison : parce qu'il lui avait offert de l'argent et qu'il l'excitait.

— Tout a commencé en mars, commença-t-il lentement. Au moment où j'ai appris que tu étais à Melbourne à cause du legs de ton beau-père, et je ne peux pas nier que cela a éveillé ma curiosité.

Pas seulement. Le simple fait d'entendre prononcer son nom avait réveillé en lui toutes sortes d'émotions qu'il avait crues mortes à jamais. Notamment la colère et le ressentiment. Mais surtout, lorsque la photo était apparue sur son écran, qu'il avait vu le sourire d'Emily et ses cheveux blonds aux reflets dorés, il avait éprouvé du désir. Aussi puissant qu'autrefois... Celui qui le submergeait dès qu'il l'apercevait.

— D'accord, dit-elle prudemment, l'air toujours confus. Tu étais curieux, c'est compréhensible.

— Je t'ai vue en photo sur Internet et j'ai été... intrigué. Alors j'ai décidé de te revoir. Inutile de te préciser pourquoi, n'est-ce pas ?

Il s'interrompit un instant et la dévisagea en silence avant d'ajouter :

— Ne restait plus qu'à trouver un moyen de te rencontrer.

— Dis-moi que je rêve, Alej, répliqua-t-elle avec calme. Ou plutôt, que je fais un cauchemar.

— Oh ! mais non...

Alejandro s'interdit de se laisser attendrir par le tremblement de la belle bouche pulpeuse.

— J'ai découvert que tu avais créé une modeste agence de relations publiques avec une amie et me suis dit que tu aurais probablement du mal à refuser un projet *très* lucratif s'il t'était proposé sur un plateau. Alors j'ai envisagé de faire appel à tes services, mais d'abord, je devais trouver un motif valable. Je suis sûr que tu imagineras aisément que cela n'a pas été très difficile... Et voilà comment est né Alejandro Sabato, futur ténor de la politique.

Elle entrouvrit les lèvres, l'air incrédule.

— Tu veux dire que… tu n'as jamais eu l'intention de te présenter aux élections ?

Sans se presser, il reposa la bouteille à moitié vide sur le plan de travail.

— Jamais. Les politiciens n'ont jamais fait partie des gens que je préfère. J'ai certes été approché à maintes reprises par certains partis, mais j'ai toujours préféré concentrer mon énergie et mon argent sur ma fondation caritative.

Raide comme un automate, elle se dirigea vers la fenêtre et regarda dehors un long moment sans rien dire.

— Et le mariage ? demanda-t-elle sans se retourner. À quoi te servait-il ?

— Il me garantissait que tu resterais avec moi aussi longtemps que je te désirerais. En fait, j'ai beaucoup aimé l'enthousiasme avec lequel tu t'es investie dans ton nouveau rôle, renforçant ma conviction que toutes les femmes ne rêvent que d'une chose : se faire passer la bague au doigt. D'autre part, ce mariage de convenance me permettait de me débarrasser une fois pour toutes de la réputation de play-boy qui commençait à me peser.

Elle se retourna, le visage encore plus pâle, les yeux immenses.

— Ainsi, tu m'as menti tout le temps ?

Alors que cette accusation ne le troublait pas le moins du monde, Alejandro ressentit un drôle de pincement au cœur.

— Oui, je t'ai menti. Maintenant, tu sais ce que ça fait.

Emily se sentit gagnée par un vertige. La souffrance lui serrait la poitrine, lui déchirait le cœur, en même temps qu'elle se traitait d'imbécile. Elle était tombée tête baissée dans le piège cruel tendu par Alejandro qui ne cherchait qu'à prendre sa revanche.

Il lui avait menti. Dès le début. Mais elle avait fait la même chose, il avait raison. Estimait-il maintenant qu'ils étaient quittes ?

Durant ces quelques semaines, elle s'était leurrée, se laissant aller à des fantasmes absurdes, à de stupides rêves d'avenir. Et lui, il l'avait laissée s'enliser, se moquant sans doute d'elle dans son dos. Il avait dû la trouver si ridicule, si pitoyable...

— Espèce de salaud, dit-elle, les mâchoires crispées.

Au même instant, quelque chose se brisa en elle. N'avait-elle pas appris à ses dépens qu'il ne fallait jamais compter sur un homme pour quoi que ce soit ? Que seuls l'autonomie et le travail étaient fiables et pouvaient lui apporter bonheur et satisfaction ?

— Je suis peut-être coupable de t'avoir menti autrefois, mais je ne l'ai pas fait de sang-froid, enchaîna-t-elle avec colère. Je ne t'ai jamais *manipulé*. De plus, j'avais l'excuse de la jeunesse. Et toi ? Quelle est la tienne ? Parce que tu sais quoi ? J'ai de la peine pour toi, Alej.

— Tu as de la peine pour moi ? répéta-t-il, furieux. Alors que tu m'as épousé uniquement pour de l'argent ?

— Pour quelle autre raison aurais-je épousé un homme comme toi, un type complètement fermé et froid, qui ne fait confiance à personne ? riposta-t-elle. Tu fonctionnes en circuit fermé, tu ne vois que le côté négatif des choses. Tu es incapable de te débarrasser de ton passé et d'apprécier ce que tu as, là, maintenant. Heureusement que je l'ai compris avant de...

— Avant de... ?

Elle secoua la tête. Pour un peu, elle se serait trahie. Mais elle n'allait certainement pas satisfaire l'ego monumental d'Alejandro en lui déclarant son amour ! Désormais, son seul et unique but serait de l'éliminer de son esprit, et de sa vie.

— Cela ne te regarde pas ! Mais permets-moi de te donner un dernier conseil : fais rechercher ton frère et va le voir. Ça t'aidera peut-être à te réconcilier avec ton passé puisque rien d'autre n'a marché. Oh ! et puis tu peux garder ces babioles !

Elle ôta la bague de fiançailles de son doigt, l'alliance en platine sertie de diamants, et les lança sur la table.

— D'autre part, j'aimerais que tu me trouves une voiture

pour me conduire à l'aéroport, où je prendrai le premier vol à destination de Londres. Et ne me propose pas de mettre ton pilote à ma disposition parce qu'il est *hors de question* que je monte à bord de ton satané jet !

11

Lorsqu'elle avait quitté l'*estancia* à bord de la voiture venue la chercher pour l'emmener à l'aéroport, Emily n'avait pas présagé qu'Alejandro lui manquerait autant. Que son absence lui ferait aussi mal.

Depuis son retour à Londres, elle n'avait reçu aucune nouvelle de lui. Ni email ni appel téléphonique, pas même un courrier de son avocat lui annonçant qu'il souhaitait divorcer. Il ne se soucierait sans doute même pas d'engager ce genre de procédure car il obtiendrait de toute façon le divorce dans deux ans pour motif d'abandon du domicile conjugal. Et d'ici là, son statut d'homme marié lui permettrait de se protéger des candidates avides de prendre la place de son ex.

Elle s'en remettrait un jour, se répétait Emily avec obstination. Elle finirait même par mépriser Alejandro de lui avait menti et de l'avoir manipulée. Mais pour l'instant, elle repensait sans cesse à ses baisers passionnés et aux confidences qu'il lui avait faites, à elle et à elle seule.

Comme si cela signifiait quelque chose ! se fustigeait-elle chaque fois qu'elle reprenait bêtement espoir.

En revanche, s'il s'était attendu à ce qu'elle refuse la somme colossale qu'il lui avait versée comme prévu, il avait dû être déçu ! En dépit des protestations de sa grand-tante, Emily puisait allègrement dans cet argent pour l'installer dans un appartement faisant partie d'un complexe de résidences services. Jane commençait à être rassurée, à savourer la perspective de finir ses jours en paix dans un environnement protégé, pour la plus grande joie d'Emily.

En outre, tout allait très bien côté professionnel. Elle et Marybeth avaient désormais un flux régulier de nouveaux clients, ce qui leur avait permis d'embaucher une jeune femme, Sophie, qui s'était intégrée instantanément à leur petite équipe. Évidemment, il ne fallait pas être un génie pour comprendre que l'envolée de leur réputation était liée à la relation d'Emily avec un certain milliardaire argentin. On lui posait d'ailleurs toutes sortes de questions. Où était son mari, par exemple. À l'étranger pour affaires, répondait-elle invariablement. Ensuite, le curieux n'insistait pas.

Néanmoins, son amie Marybeth finit par sortir de sa réserve.

— Tu ne portes plus ton alliance depuis que tu es revenue, dit-elle un jour.

— En effet.

— Tu veux en parler ?

— Non.

Pas question de s'effondrer, même si Marybeth était son amie. D'autre part, Emily ne souhaitait pas l'entendre accuser Alejandro de tous les maux et le traiter de tous les noms. Elle seule en avait le droit.

Mais elle savait qu'elle ne pouvait pas continuer à souffrir le martyre indéfiniment. Elle devait se ressaisir et avancer, même si elle avait l'impression que son cœur était brisé et que cette blessure-là ne cicatriserait jamais. Elle ne deviendrait pas comme sa mère, de plus en plus accro aux tranquillisants pour éviter de regarder la réalité en face. Elle avait aimé et perdu, mais cela faisait partie du jeu. De la vie.

— Et qu'est-ce que tu vas faire, maintenant ? demanda Marybeth.

Emily regarda son amie en rosissant.

— Je me suis remise à l'équitation. J'ai réalisé à quel point ça me manquait.

— Tu plaisantes ?

— J'ai l'air de plaisanter ? Je peux me permettre un cours par semaine. En fait, il y a un centre équestre à Hyde Park qui pratique des tarifs moins élevés que je le pensais.

— Cela te fera du bien, répliqua Marybeth avec un petit sourire espiègle. Et comme ça, tu pourras porter la belle tenue que tu as rapportée de ta lune de miel.

La bise et la pluie lui fouettèrent si rudement le visage durant le court trajet de la limousine à l'immeuble qu'Alejandro frissonna en dépit de son épais pardessus en cachemire. Il parcourut la liste de noms figurant à côté des sonnettes et appuya sur celle correspondant à Emily Green.

Au bout d'un silence qui lui parut interminable, il remonta sa manche pour jeter un coup d'œil à sa montre. Elle ne pouvait tout de même pas déjà dormir à *21 heures*...

— Oui ?

Il sursauta presque au son de la belle voix douce.

— C'est moi, Emily.

Nouveau silence, puis elle ajouta d'une voix plus douce du tout et nettement crispée :

— Qu'est-ce que tu veux ?

Sentir tes bras autour de moi, tes lèvres sous les miennes...

— Il pleut et il fait froid, Emily.

— Merci, je n'ai pas besoin d'un bulletin météo. Et si tu n'aimes pas le temps qu'il fait à Londres, retourne en Argentine – il doit faire meilleur, là-bas !

— Je n'irai nulle part tant que je ne t'aurai pas parlé. Alors il y a deux solutions. Ou tu m'ouvres, ou je vais avoir recours à un moyen moins conventionnel pour entrer, c'est-à-dire défoncer la porte.

— Je te l'interdis !

— Je compte jusqu'à trois. Un..., deux...

Quand l'Interphone grésilla, Alejandro poussa la porte, traversa le hall aux murs bariolés de couleurs vives et, ignorant l'ascenseur, monta les marches quatre à quatre jusqu'à l'étage d'Emily. La porte de l'appartement était entrebâillée. Prudemment, il l'ouvrit, entra, puis la referma et s'avança vers la pièce d'où provenait la lumière qui se répandait sur le plancher de l'entrée.

Debout devant la fenêtre du petit salon, de dos, Emily contemplait les lumières de la ville scintillant sur le ciel nocturne.

— Pourquoi es-tu venu, Alej ? demanda-t-elle sans se retourner. Que veux-tu ?

— Voir ton visage, pour commencer. Ensuite, te parler.

— Pas question. Dis ce que tu as à dire et va-t'en.

— Emily, s'il te plaît.

Il baissa la voix pour ajouter :

— Qu'est-ce que tu cherches à me cacher ?

Lentement, elle se retourna tandis qu'Alejandro la contemplait, le cœur battant très fort dans sa poitrine. Il avait devant les yeux une femme si différente de celle qui l'avait quitté quelques semaines plus tôt. Même son corps paraissait plus mince et ses pommettes plus saillantes. Et elle s'était fait couper les cheveux. Pas trop court, Dieu merci. Elle avait opté pour un carré mi-long qui lui donnait un look plus… moderne. Et ma foi, cela lui allait bien.

— Je ne cherche pas à te cacher quoi que ce soit, mais je ne vois pas la nécessité d'une entrevue avec toi, dit-elle, guindée. Alors dis ce que tu as à me dire et fiche-moi la paix.

Le croirait-elle s'il lui disait qu'il était conscient de l'avoir fait cruellement souffrir et n'avait vraiment pas l'intention de recommencer ?

Dès qu'il s'avança dans la pièce, elle l'arrêta d'un geste.

— Ne t'approche pas de moi.

OK. Il l'avait mérité.

— D'accord.

Soudain, toutes les phrases qu'il avait préparées et répétées dans sa tête s'évanouirent.

— Je suis désolé, Emily.

Un éclat dur traversa les beaux yeux bleus.

— Désolé de quoi ? D'avoir été démasqué ? Désolé que Tomas m'ait mise au courant de ton petit secret plus tôt que tu l'aurais souhaité ? Combien de temps pensais-tu continuer ta petite comédie du play-boy repenti qui veut se lancer dans la politique, Alej ? Tu aurais profité de l'aubaine jusqu'au jour où tu en aurais eu assez de coucher avec moi, je suppose ?

— En théorie, oui...

— Tu n'es qu'un...

— Mais en pratique, ce jour ne serait jamais arrivé parce que je ne me lasserai jamais de toi, Emily. Comment le pourrais-je puisque je t'aime ?

Elle secoua la tête, ses cheveux blonds et soyeux effleurant ses épaules rondes dans le mouvement.

— Je t'interdis de me dire des choses que tu ne penses pas ! rétorqua-t-elle farouchement.

— Tu crois vraiment que je mentirais sur un sujet pareil ? Je t'ai toujours aimée, même si j'ai passé beaucoup de temps à me convaincre du contraire. C'est pour ça que tes mensonges m'avaient blessé encore plus que ceux de ma mère. Les siens n'avaient rien de surprenant, au fond, puisqu'elle affabulait en permanence, ce qui n'est pas vraiment étonnant, vu son histoire. Quant aux propos mensongers de Colette, ils ne m'atteignaient pas réellement. Ma relation avec elle n'avait jamais représenté pour moi qu'une liaison à plus ou moins long terme. Mais de son côté, elle visait plus loin. Alors, quand elle a compris qu'elle n'obtiendrait pas ce qu'elle attendait de moi, elle a écrit ce ramassis de mensonges.

Quand il fit un nouveau pas vers elle, Emily ne l'arrêta pas, cette fois-ci.

— Tu veux bien qu'on recommence de zéro ? Tu veux bien être ma femme, dans tous les sens du terme ? Me laisseras-tu t'aimer et te chérir, aussi longtemps que nous vivrons tous les deux ?

Au fond des magnifiques yeux verts, Emily vit une lueur qui ranima l'espoir en elle, mais sans pour autant effacer la crainte qui continuait de l'habiter. La crainte de se laisser aller à croire ce qu'il disait. De croire que c'était réel. Elle avait si peur de souffrir à nouveau.

— Qu'est-ce qui t'a poussé à venir ?

Alejandro ferma un instant les yeux puis les rouvrit en soupirant.

— Tu as oublié ton collier.

— Mon collier ? répéta-t-elle, confuse.

Il enfonça la main dans sa poche et en sortit un vieil écrin usé qu'Emily reconnut aussitôt.

— J'ai voulu t'appeler au bureau et suis tombé sur Marybeth qui m'a dit que tu aidais ta grand-tante à déménager. Tu m'avais parlé d'elle, de ses inquiétudes financières, alors j'ai deviné que tu t'étais servie de l'argent que j'ai fait transférer sur ton compte pour l'aider.

— Tu as dû être surpris que je ne l'utilise pas pour mes besoins personnels ! rétorqua-t-elle d'un ton sarcastique.

— Non, dit-il avec un sourire amer. Le mépris avec lequel tu as lancé ton alliance et ta bague de fiançailles sur la table a bien montré que tu ne fais pas partie des femmes cupides que l'on rencontre un peu partout. Mais la vraie raison pour laquelle je t'ai appelée et désirais te parler, c'était pour te dire que tu me manquais terriblement.

Il s'interrompit un bref instant puis reprit :

— Tu me manques, Emily. À chaque seconde du jour et de la nuit. Et je veux savoir si c'est possible de tout recommencer. Si tu peux me pardonner pour ce que je t'ai fait et nous accorder une nouvelle chance.

Le cœur battant à tout rompre, Emily le dévisagea en silence. La sincérité étincelait dans les yeux verts, mais elle restait en proie à une incertitude atroce. Elle savait quelle était l'option la plus sûre. Lui dire de s'en aller, parce que l'amour comportait toujours un risque, celui de souffrir, et qu'en restant célibataire, elle se protégerait de la souffrance.

Mais elle aimait Alejandro. Elle l'avait toujours aimé et l'aimerait toujours. Alors, elle se sentait prête à prendre tous les risques pour lui.

— Bien sûr que je peux, chuchota-t-elle.

— Pourquoi ? insista-t-il, son regard pénétrant rivé au sien.

— Parce que moi aussi, je t'aime, Alej. Tu es l'homme de ma vie, tu l'as toujours été et le seras toujours. Et tu n'es pas le seul à avoir commis des erreurs. J'ai eu tort de céder à la pression exercée sur moi par ma mère et mon beau-père. J'ai toujours regretté d'avoir capitulé aussi lâchement parce que...

Il la fit taire d'un baiser. Blottie dans ses bras musclés, sa chaleur virile, Emily sentit que la blessure commençait à se refermer.

— Tu m'invites dans ta chambre ? murmura-t-il en écartant sa bouche de la sienne.

Un long moment plus tard, alors qu'ils reposaient enlacés et nus sur le lit, elle suivit doucement le contour des lèvres fermes du bout du doigt.

— Et ton frère ? Tu l'as retrouvé ? As-tu au moins essayé ?

— Oui, j'ai essayé, dit-il en tournant la tête vers elle. Une équipe d'enquêteurs y travaillent et, pour l'instant, leurs recherches n'ont rien donné. Mais nous le retrouverons, Emily. J'en suis certain.

Il la regarda en plissant les yeux.

— Tu veux bien qu'on en reparle tout à l'heure ? Parce que j'ai quelque chose à faire.

Un peu étonnée, Emily le regarda descendre du lit et fouiller dans sa poche de veste, avant d'en sortir un autre écrin – en bien meilleur état que celui contenant la chaîne et le pendentif de sa mère.

Ensuite, Alejandro mit un genou à terre, souleva le couvercle, laissant voir, sur un coussinet de velours grenat, un magnifique saphir ovale entouré de diamants.

— Qu'est-ce que c'est ? murmura-t-elle.

— Ta bague de fiançailles.

— Mais… j'en ai déjà une…

— Que je t'avais demandé d'acheter sur Internet, répondit Alejandro, la mine sombre.

Il glissa l'anneau d'or au doigt d'Emily.

— Pas terrible, comme gage d'amour. Alors j'ai choisi celle-ci moi-même, principalement parce que le saphir est assorti à tes beaux yeux, et que les diamants sont aussi brillants que ton esprit.

— Oh ! mon chéri…, chuchota-t-elle en lui passant les bras autour du cou. Je l'adore, mais pas autant que je t'adore, toi… Et si tu ne m'embrasses pas rapidement, je crois que je vais défaillir !

Épilogue

— À présent, je laisse la parole à mon mari, Alejandro Sabato, qui a créé avec moi ce centre équestre où nous espérons accueillir tous ceux, filles et garçons, qui en manifesteront le désir.

Un tonnerre d'applaudissements accueillit ses paroles tandis que les enfants assis dans les premiers rangs s'agitaient sur leurs sièges, impatients d'aller rejoindre les chevaux qui les attendaient dans les écuries.

Emily regagna sa place et regarda Alejandro monter à son tour sur l'estrade.

Ce jour-là avait lieu l'inauguration officielle de l'école d'équitation pour enfants défavorisés qu'ils avaient créée tous les deux dans la proche banlieue de Buenos Aires, juste à côté de la toute nouvelle école de polo d'Alejandro. Il envisageait de s'impliquer dans ces deux projets, laissant la gestion de son empire entre les mains de ses directeurs en attendant le jour où son fils ou sa fille serait disposé à prendre la relève – s'il ou si elle le désirait.

— Tu as été formidable, murmura-t-il lorsqu'ils furent remontés en voiture quelques heures plus tard.

Emily tourna la tête vers lui et sourit.

— Toi aussi, mon chéri.

— Tu crois que nous nous lasserons un jour de notre amour, *querida* ? demanda-t-il d'une voix rauque.

— Non. Pas de notre vivant, en tout cas.

Ils retournaient à l'*estancia*, à la simple maison de pierre et de bois qu'elle avait aimée au premier coup d'œil et où elle s'était sentie d'emblée chez elle. Ils s'y étaient installés dès qu'ils l'avaient pu. Emily avait vendu son petit appartement et investi le fruit de la vente dans leur projet de centre équestre. Elle avait également vendu sa part de la société à Sophie, qui s'était avérée une remplaçante très efficace.

— Un peu trop efficace, même, avait confié Emily à Marybeth avec malice. Je ne vais pas te manquer du tout...

— Tu parles ! Tu me manques déjà ! s'était exclamée son amie d'une voix étouffée. Mais je vais passer Noël avec vous, ne l'oublie pas.

— Comme si je risquais de l'oublier ! J'ai déjà commencé à sélectionner des Argentins sublimes pour toi !

Une fois à destination, Alejandro dit au chauffeur qu'il pouvait disposer et Emily alla voir si Joya allait bien, puis elle rentra, toute gaie, à la maison.

— Qu'est-ce qu'on fait, maintenant ? demanda-t-elle à son mari. Nous avons toute la soirée pour nous...

— Devine, répondit Alejandro en commençant à lui déboutonner sa robe.

Quand il la souleva dans ses bras, Emily blottit la tête dans le creux de son épaule et lui mordilla l'oreille.

— Tu ne pourras pas toujours me porter, tu sais ?

— Si, toujours, déclara-t-il avec assurance en l'allongeant sur leur lit.

Elle n'insista pas. Mais un peu plus tard, son mari arrêta soudain de la caresser en fronçant les sourcils.

— Tes seins ont changé, *querida*.

Pour toute réponse, Emily lui sourit.

— Tu es enceinte ? murmura-t-il, l'air incrédule.

Jamais elle n'oublierait l'expression du beau visage d'Alejandro lorsqu'elle acquiesça d'un hochement de tête.

— *Sí*, chuchota-t-elle. Je porte ton enfant, Alej.

Il demeura silencieux un instant puis déglutit.

— Tu es enceinte de combien ?

— Six semaines. Mais nous avons été si occupés que je ne m'en suis pas aperçue tout de suite.

Les yeux brillant d'un éclat inhabituel, il effleura ses lèvres des siennes.

— *Te amo*, murmura-t-il.

Puis il la pénétra, avec un mélange de passion et d'infinie tendresse, tandis qu'Emily lui criait sa joie et son amour, avant de s'abandonner à la jouissance.

— C'est arrivé plus vite que je le pensais, murmura-t-elle plus tard, lovée dans les bras de son merveilleux époux.

Alejandro éclata de ce rire rauque follement sexy qu'elle aimait tant.

— Étant donné le nombre de fois où nous avons fait l'amour, je suis au contraire surpris que cela ne soit pas arrivé plus tôt !

— Peut-être, mais je trouve quand même que nous avons beaucoup de chance. Nous aurions pu ne pas avoir d'enfant du tout.

— Dans ce cas, nous en aurions adopté. Ou bien nous serions devenus parents d'accueil.

— Oui..., murmura Emily, songeuse.

Elle avait raison, songea Alejandro en lui caressant les cheveux. Ils avaient beaucoup de chance. Et il avait rudement bien fait de suivre son instinct et d'aller la retrouver. De lui pardonner comme elle lui avait pardonné.

Grâce à Emily, il était également parvenu à pardonner à sa mère de lui avoir menti et à se départir de tous ses mauvais souvenirs. Parce qu'il voulait pouvoir un jour parler à ses enfants de celle qui chantait parfois en plantant ses légumes et qui faisait le maté comme personne. Et parce que l'on n'était jamais entièrement mauvais, avait-il compris. Ni entièrement bon. La seule ombre planant encore sur sa vie, c'était de n'avoir toujours pas réussi à retrouver son frère. Mais au moins, il avait maintenant un prénom.

Lucas.

— Je vais nous chercher quelque chose à boire ? demanda Emily de sa voix douce.

— Pas question. À partir de maintenant, tu ne bouges plus - je m'occupe de tout, *princesa*.

— Je ne suis ni une invalide ni une vieille dame, Alej, protesta-t-elle en riant.

— Non, tu es mon épouse et la mère de mon enfant.

Il prit le beau visage au teint de porcelaine entre ses mains.

— La femme merveilleuse si chère à mon cœur, la fée qui m'a fait découvrir le sens du verbe *aimer*.

— Comme tu me l'as fait découvrir aussi. Et tant d'autres choses encore.

Le cœur lui martelant les côtes, Alejandro la serra contre lui. Puis il l'embrassa, et son baiser exprima tout l'amour et la tendresse qu'il éprouvait.

SHARON KENDRICK

Un scandale argentin

Traduction française de
LOUISE LAMBERSON

HARLEQUIN

Titre original :
THE ARGENTINIAN'S BABY OF SCANDAL

Ce roman a déjà été publié en 2020.

1

La femme superbe qui se tenait devant Lucas Conway avait les yeux rougis, les traits tirés et blêmes, mais il avait beau la regarder, il ne ressentait rien. Absolument rien.

— Qui t'a laissée entrer ? demanda-t-il d'un ton neutre.

— Ta... ta gouvernante, répondit-elle en réprimant à grand-peine un sanglot.

— Elle n'en avait pas le droit. Je lui avais dit que je ne voulais pas être dérangé. Par personne. Je suis désolé, Charlotte, mais tu vas devoir t'en aller. Tu n'aurais pas dû venir.

Il se leva, car à présent il ressentait bel et bien quelque chose : la fureur qui couvait en lui depuis une semaine. À supposer que le mot « fureur » soit propre à décrire la sensation qui lui avait étreint le cœur en recevant cette lettre, ainsi que le sentiment inhabituel de crainte qui l'avait envahi au fur et à mesure qu'il la lisait et que les souvenirs rejaillissaient en lui. Il s'était rappelé la violence et l'incompréhension. Toutes ces choses qu'il avait refoulées. Qu'il s'était exercé à oublier. Mais parfois, on se retrouve impuissant face au passé qui vous retombe brutalement dessus.

Les lèvres pincées, il contourna son bureau et s'avança vers la jeune femme qui le regardait en écarquillant les yeux.

— Viens, je vais te raccompagner.

— Lucas...

— Charlotte, s'il te plaît, l'interrompit-il en retenant un

soupir. Ne rends pas la situation encore plus compliquée qu'elle ne l'est déjà.

Quand, fermant brièvement ses paupières gonflées, elle hocha la tête, il respira les effluves de son parfum de luxe et vérifia de nouveau qu'il n'exerçait plus aucun pouvoir sur ses sens. Sans dire un mot, il invita son ex à sortir du vaste bureau dont les fenêtres donnaient sur la baie de Dublin.

Une fois arrivée dans le hall d'entrée, elle fit une dernière tentative.

— Lucas, commença-t-elle d'une voix tremblante. Je dois te le dire parce que c'est important et qu'il faut que tu le saches : il n'y a pas d'autre femme, je le sais, et tu me manques. Être avec toi me manque. Nous avons vécu des moments merveilleux, et je... Je t'aime.

Autant éviter qu'elle s'humilie davantage.

— Non, coupa-t-il, catégorique. C'est faux. C'est impossible. Tu ne me connais pas vraiment, et si tu me connaissais, tu ne m'aimerais pas. Je suis désolé. Je ne suis pas celui qu'il te faut, Charlotte. Alors, rends-toi service et trouve-toi quelqu'un d'autre. Un homme capable de t'aimer et de t'apprécier à ta juste valeur.

Elle entrouvrit les lèvres comme pour protester, mais elle dut comprendre à son regard que cela n'aurait servi à rien, car après un hochement de tête, elle se détourna et, perchée sur ses talons aiguilles, se dirigea vers sa voiture de sport.

Immobile sur le seuil, il la regarda partir. Non par politesse, mais pour s'assurer qu'elle quittait bien la propriété dans son beau petit cabriolet gris métallisé dont les roues crissèrent désagréablement sur le gravier.

Lorque le véhicule eut disparu au tournant de l'allée, il leva les yeux vers les nuages lourds.

Si seulement l'orage qui menaçait depuis plusieurs jours éclatait enfin ! Cela allégerait peut-être cette atmosphère oppressante. En attendant, il allait demander des explications à sa gouvernante.

Descendant les marches conduisant à l'entresol où se situait la cuisine, il trouva Tara Fitzpatrick en train de battre vigoureusement quelque chose dans un grand bol. Quand elle leva les yeux à son entrée, une boucle de cheveux auburn lui retomba devant l'œil, et, sans s'arrêter de fouetter sa mixture, elle la repoussa en soufflant dessus, ce qui lui valut une grimace assez comique.

Pourquoi ne se faisait-elle pas couper les cheveux, bon sang ? Et pourquoi persistait-elle à porter cette horrible blouse ? Ce vêtement informe en coton à fleurs bleues et vertes style années cinquante, dans lequel elle flottait littéralement...

— Elle est partie ? demanda sa gouvernante en soutenant son regard.

— Oui, répondit lentement Lucas. Je peux savoir pourquoi vous l'avez laissée entrer ?

Elle hésita, le fouet s'immobilisa dans le bol.

— Parce qu'elle pleurait.

— Évidemment. Comme toutes les femmes habituées à obtenir tout ce qu'elles désirent et qui se voient soudain opposer un refus.

L'espace de quelques instants, elle le dévisagea en silence.

— C'est vous qui lui avez couru après, Lucas.

— Je lui ai peut-être « couru après », comme vous dites, mais cette histoire est terminée, répliqua-t-il en plissant les yeux. Depuis des mois.

Comme elle hésitait de nouveau à parler, cherchant visiblement à s'y prendre avec diplomatie, il songea une fois de plus qu'elle avait quelque chose de féerique avec ses yeux couleur d'ambre, son teint de porcelaine et sa chevelure flamboyante. Et ce corps mince à l'aspect à la fois robuste et fragile.

Elle posa le fouet à côté du bol et secoua son poignet, comme si elle avait mal.

— Vous ne lui aviez peut-être pas dit assez clairement que c'était fini, commença-t-elle prudemment.

— Je n'aurais pu être plus clair. Je le lui ai dit en face, le plus gentiment possible, et j'ai ajouté que, un jour, nous pourrions peut-être entretenir une relation amicale.

Tara fit un petit bruit désapprobateur avec ses lèvres et secoua la tête.

— Là, vous avez fait une grosse erreur.

— Comment ça ? fit-il, contenant son irritation à grand-peine. Quelle grosse erreur ?

— Si vous donnez de l'espoir à une femme, elle s'y accroche de toutes ses forces.

Reprenant son fouet, elle se remit à battre les œufs avec vigueur.

— Peut-être que si vous n'étiez pas aussi follement séduisant, enchaîna-t-elle en souriant, vos ex ne reviendraient pas hanter les lieux avec des airs de chiot perdu.

Cette fois, la critique implicite contenue dans les paroles de sa gouvernante eut raison de la patience de Lucas.

— Et peut-être que si vous étiez restée à votre place, au lieu de vous comporter comme si vous étiez la maîtresse de maison, vous ne l'auriez pas laissée entrer, tout simplement ! riposta-t-il en traversant la cuisine à grands pas.

Stupéfaite, Tara s'arrêta de battre les blancs en neige et regarda Lucas verser les grains de café dans le broyeur de la machine à expresso.

« Si elle était restée à sa place » ?

Depuis qu'elle travaillait pour lui, jamais encore il ne lui avait parlé de cette façon. De cette voix glaciale et cinglante. Avec une telle condescendance. Comme si elle était un sous-fifre, un vulgaire laquais qui avait *osé* interférer dans la vie de son digne employeur !

Une boule se nicha dans sa gorge, tandis qu'une douleur lui traversait la poitrine.

Quelle imbécile ! S'était-elle crue à l'abri de la légendaire froideur de Lucas Conway ? N'était-il pas connu pour ses répliques aussi incisives que brutales ? Pour son manque total de compassion ?

Elle s'était imaginé naïvement que, parce qu'elle cuisinait pour lui, qu'elle repassait ses chemises et entretenait son jardin avec le plus grand soin, il ne la traiterait pas avec le dédain qu'il affichait envers la plupart des femmes. Qu'elle occupait une petite place spéciale dans son cœur… Alors que, de toute évidence, il n'en avait pas.

En outre, l'humeur de Lucas s'assombrissait de jour en jour depuis l'arrivée de cette lettre en provenance des États-Unis. Après l'avoir reçue, il était resté enfermé dans son bureau pendant un long moment, avant d'en ressortir avec une expression torturée et sombre au fond des yeux.

Elle donna un dernier coup de fouet, mais le cœur n'y était plus.

Elle ne devrait pas se laisser affecter par l'arrogance et la mauvaise humeur de son employeur. Elle aurait tort d'attendre des égards de la part de cet homme d'affaires richissime.

À en croire la rumeur, il était par ailleurs un amant hors pair, mais en réalité personne ne savait grand-chose sur lui. Peu de temps après avoir été embauchée, elle-même avait effectué une recherche sur Internet pour en apprendre plus sur ce milliardaire installé dans une charmante banlieue côtière de Dublin, et elle n'avait quasiment rien trouvé. Une chose était certaine : Lucas Conway n'était pas irlandais, et une légère pointe d'accent américain colorait sa belle voix sensuelle. En plus de l'anglais, il parlait couramment plusieurs langues : le français, l'italien, l'espagnol. Mais, à l'inverse d'elle-même, il ne connaissait pas le gaélique. On racontait qu'il avait été chasseur dans un hôtel de luxe en Suisse avant de venir en Irlande et d'y faire fortune. Mais ça, elle n'y croyait pas. Lucas Conway, faire des courbettes devant de riches clients ? Impossible. On disait aussi qu'il avait des origines sud-américaines. Vu ses cheveux noirs et ses yeux verts qui contrastaient avec sa peau mate, cette rumeur paraissait plus fondée.

Elle le regarda placer sa tasse avec soin.

Il collectionnait les petites amies comme d'autres collectionnent les paires de chaussures ou les cravates, et il était réputé pour la brièveté de ses liaisons. Ce qui expliquait sans doute qu'il ait plaqué la ravissante Charlotte lorsque celle-ci, comme tant d'autres avant elle, avait refusé de croire qu'il n'avait ni le désir ni l'intention de renoncer au célibat.

La belle actrice glamour lui avait même envoyé une carte pour la Saint-Valentin et une caisse de champagne le jour de son anniversaire !

Mais après avoir jeté un coup d'œil au contenu de la caisse, Lucas avait juste dit du bout des lèvres qu'il n'aimait pas particulièrement le champagne.

Non seulement les femmes étaient folles de lui, mais les hommes appréciaient sa compagnie. Sans parler des vieilles dames, qui se pâmaient dès qu'il se trouvait dans les parages. Mais rien ne semblait atteindre Lucas Conway. Il demeurait indifférent à l'admiration et aux flatteries. Il gardait ses distances avec tout le monde, comme s'il observait l'univers qui l'entourait avec l'objectivité d'un scientifique.

Cependant, il avait toujours traité Tara avec respect. Il paraissait même lui accorder de l'importance en tant qu'individu à part entière, pas seulement en tant que simple employée travaillant à son service.

Et, soudain, elle se retrouvait rabaissée au rang d'enquiquineuse !

Quelqu'un qui ne savait pas « rester à sa place ».

Était-ce ainsi qu'il la voyait ? Que les autres la voyaient ? Qu'*elle* se voyait ? Comme la pauvre fille de la campagne. Le cas social. L'enfant qui avait grandi dans la honte. Qui, terrifiée d'être découverte, avait fui vers la ville dès qu'elle l'avait pu.

Oh ! laisse tomber ! Elle n'avait qu'à hocher poliment la tête et attendre que Lucas soit parti avec son café. Ensuite, elle préparerait tranquillement son soufflé au fromage, et lorsqu'elle le lui servirait au dîner, l'incident serait oublié.

Mais non, elle n'arrivait pas à laisser tomber. Quelque chose la titillait. Un sentiment inconnu. Une sensation de malaise.

Peut-être était-ce dû à ce temps orageux qui alourdissait l'atmosphère depuis plusieurs jours. À moins qu'il ne s'agisse d'une réaction bien plus primaire, causée par ce qu'il lui était arrivé la veille alors qu'elle descendait Grafton Street ?

Elle avait failli s'évanouir en apercevant Mona O'Sullivan. Déjà autrefois, au temps du collège, Mona était facile à repérer avec ses hauts talons et son trench-coat en cuir quand elle s'avançait dans la rue principale comme si elle avait le monde à ses pieds.

Cette fois, un diamant étincelait à son doigt.

Tremblant de la tête aux pieds, Tara s'était dissimulée sous le porche d'un immeuble, terrifiée à la pensée que Mona l'aperçoive et qu'elle vienne lui poser des questions embarrassantes qui la feraient rougir jusqu'à la racine des cheveux. Des questions concernant ce passé honteux qu'elle s'efforçait désespérément d'oublier. Mais on ne peut jamais oublier le passé. Pas vraiment. Il vous poursuit comme un fantôme, prêt à bondir sur vous au moment où vous vous y attendez le moins.

Elle reposa brusquement le bol sur la table, consciente que les blancs en neige allaient retomber. Mais, tout à coup, elle s'en fichait royalement.

— Dans ce cas, vous devriez peut-être vous trouver une gouvernante qui sache où est sa place.

Lucas se retourna vers elle, l'air un peu perplexe.

— Pardon ?

— Il est trop tard pour les excuses, Lucas.

— Je ne m'excusais pas, répliqua-t-il lentement. Je m'efforçais de comprendre de quoi vous pouviez bien parler.

Elle foudroya Lucas du regard.

— Je parlais de savoir où est ma place, dit Tara en redressant le menton. J'ai voulu être gentille avec Charlotte parce qu'elle pleurait, et parce que j'ai passé pas mal de temps à essayer de faire disparaître ses traces de rouge à lèvres de vos taies d'oreiller. Et parce que le jour où j'ai retrouvé l'une de ses boucles d'oreilles en diamant entre deux lames de parquet, elle est allée m'acheter un énorme bouquet de fleurs pour me remercier. Alors, qu'est-ce que j'étais censée faire quand elle est arrivée tout à l'heure et qu'elle s'est mise à sangloter devant moi ?

— Tara...

— Lui dire de s'en aller ? Vous croyez vraiment qu'elle était en état de conduire avec les yeux pleins de larmes et les épaules secouées par les sanglots ?

Une expression frisant l'incompréhension traversa les beaux yeux verts de Lucas.

— Tara, j'ai l'impression que quelque chose m'échappe, dit-il en posant sa tasse de café sur la table. Qu'est-ce qu'il vous prend, tout à coup ?

À vrai dire, elle n'en savait rien. Peut-être était-ce le regard désapprobateur que Lucas avait posé sur ses cheveux indisciplinés en arrivant dans la cuisine. Aurait-il réagi de la même façon si ça avait été Mona O'Sullivan qui s'était trouvée là, en train de lui concocter un bon soufflé au fromage, avec ses hauts talons et ses courbes ultra-féminines mises en valeur par une large ceinture nouée bien serrée ?

Elle faisait exprès de négliger son apparence, d'accord. Elle l'avait toujours fait. Elle avait compris que le meilleur moyen de se protéger des hommes, c'était de se rendre invisible. Alors, elle s'attendait à quoi ?

— J'ai besoin de changer de situation, dit-elle fermement.

— De quoi parlez-vous ?

Elle hésita un bref instant.

— J'ai besoin de changer d'emploi.

— Vous voulez partir ? Aller travailler ailleurs ? demanda-t-il en plissant les yeux.

— Oui, acquiesça-t-elle, ravie de lui voir l'air aussi dérouté. Je suis ici depuis presque cinq ans. Vous ne vous attendez tout de même pas à ce que je travaille encore pour vous quand j'atteindrai l'âge de la retraite ?

Il la dévisagea un long moment en silence, le regard indéchiffrable.

— Je n'aurais pas dû vous parler aussi brutalement. Et cette fois, ce sont bien des excuses, Tara.

— Vous n'auriez pas dû, en effet. Mais vous m'avez peut-être rendu service, finalement. Il est temps que je bouge et que je me cherche un nouvel emploi.

— Non, vous ne pouvez pas faire cela, répliqua-t-il en secouant la tête.

Un frisson la parcourut.

Ce leitmotiv avait accompagné son enfance : « Tu ne peux pas faire ça, Tara », « Tu ne dois pas faire ça, Tara ». Elle avait servi de bouc émissaire, payant pour les fautes de sa mère et de sa grand-mère. Elle avait dû s'écraser et faire profil bas. Se montrer docile, travailler dur sans jamais se plaindre. Garder ses distances avec les garçons pour ne pas s'attirer d'ennuis.

Et elle avait bien retenu la leçon. Elle n'avait jamais eu aucune relation amoureuse.

Oh ! encouragée par son amie Stella, elle avait bien accepté quelques rendez-vous ! Mais tous avaient été calamiteux. Comme sa brève relation avec ce garçon de ferme, juste avant son départ pour Dublin.

À son arrivée dans la capitale, elle avait passé un seul entretien d'embauche. Avec Lucas Conway. L'agence l'avait prévenue qu'il était réputé pour être difficile et qu'elle ne tiendrait sans doute pas plus d'un mois à son service, mais elle avait démontré qu'ils se trompaient. En plus, elle gagnait un argent fou rien qu'à entretenir la maison, faire la lessive, le repassage, et préparer ses repas quand il n'était pas en voyage pour ses affaires. Ce n'était pas vraiment difficile, comme boulot.

Mis à part un voyage à l'étranger chaque année, elle était restée à Dalkey, dans la belle propriété de Lucas, où elle occupait une chambre fort agréable située au dernier étage, avec une salle de bains privée très bien équipée. Mais pourquoi avoir acheté une maison aussi grande alors que, de toute évidence, son employeur n'envisageait pas de se marier de sitôt ni de fonder une famille ?

Elle se le demandait parfois. C'était quand même un peu bizarre, pour ne pas dire absurde.

— Vous ne pouvez pas m'empêcher de partir, Lucas, déclara-t-elle avec une pointe de défi. J'effectuerai bien sûr mon mois de préavis, cela vous laissera le temps de vous retourner. Et je suis tranquille, vous n'aurez aucun mal à me trouver une remplaçante. Les candidates vont faire la queue devant la porte !

Lucas regarda Tara en se disant que, oui, il devrait peut-être la laisser partir.

Cinq ans plus tôt, il y avait eu une foule de candidates, en effet. Et le même phénomène se reproduirait, d'autant que, depuis, il était devenu encore plus riche. Cependant, Tara Fitzpatrick était pour lui bien plus qu'une gouvernante. Parfois, il avait même l'impression que toute sa vie reposait sur elle.

Non seulement elle ne rechignait pas à la tâche et n'avait pas sa pareille pour repasser une chemise, mais elle avait gagné d'emblée sa confiance. De temps en temps, elle lui cassait un peu les oreilles avec ses histoires, c'est vrai, mais d'un autre côté, elle ne sortait pas comme les jeunes femmes de son âge, si bien qu'elle était toujours disponible quand il avait besoin d'elle. Quand il recevait des invités, elle était toujours ravie de préparer à dîner, et son registre de recettes s'était considérablement étendu depuis qu'il lui avait fait remarquer que l'art culinaire ne se résume pas à la confection de tourtes à la viande et qu'il lui avait offert des cours de cuisine de haut niveau.

En outre, elle ne parlait apparemment jamais de lui à quiconque, ce qui représentait un atout inestimable. Par conséquent, il *ne pouvait pas* la laisser partir. Pas maintenant, alors qu'il s'apprêtait à aller aux États-Unis affronter son passé.

Il avait été contacté par un notaire faisant allusion à un fait inattendu et inhabituel... Le ton pressant de la missive l'avait, de façon inexplicable, empli de terreur. Le voyage ne pouvait être évité, que cela lui plaise ou non.

Il déglutit avec effort.

Cela faisait des années qu'il n'était pas retourné à New York. Trop de souvenirs étaient liés à cet endroit. Des souvenirs amers, douloureux. Aussi avait-il toujours préféré garder ses distances.

Il baissa les yeux sur le jean démodé que Tara portait sous sa blouse.

Trop large, et un peu trop court. Pas étonnant qu'elle n'ait pas eu de petit ami depuis qu'elle travaillait pour lui : elle semblait se ficher complètement de son apparence.

C'était pour cela aussi qu'il la jugeait digne de confiance : elle ne perdait pas de temps à envoyer des SMS, ne regardait pas dans le vague, l'air éploré, parce qu'un amant lui avait brisé le cœur. Et puis, en dépit de sa minceur, elle était résistante, énergique... Non, il ne supportait pas l'idée d'avoir à lui chercher une remplaçante au moment où, à cause de cette satanée lettre, il était rongé par l'inquiétude.

Combien d'argent faudrait-il pour lui faire changer d'avis ?

Il plissa le front, désabusé.

Dans ce domaine aussi, Tara semblait différente de toutes les femmes auxquelles il avait eu affaire. Elle ne rêvait manifestement pas de vêtements de créateurs ni d'accessoires de luxe. Elle ne portait aucun bijou et, pour autant qu'il sache, elle mettait de côté tout l'argent qu'elle gagnait. Hormis une vieille bicyclette d'occasion achetée quinze jours après son arrivée à Dalkey, elle se contentait de toute évidence du minimum. Par conséquent, une augmentation de salaire ne parviendrait sans doute pas à la faire changer d'avis.

Une idée germa soudain dans son esprit, si géniale qu'il se demanda comment il n'y avait pas songé plus tôt.

C'était la solution idéale.

— Avant que vous ne soyez complètement décidée à partir, nous pourrions peut-être envisager d'autres perspectives pour vous ? demanda Lucas avec calme.

— Quel genre de perspectives ? répliqua-t-elle avec méfiance.

Il sourit. De ce lent sourire qui lui servait à obtenir ce qu'il désirait car peu de gens y résistaient, et que les femmes qualifiaient parfois de « ravageur ».

— Nous n'en discuterons pas ici ni maintenant, alors que vous travaillez, dit-il en contemplant les rangées de casseroles en cuivre astiquées avec soin. Nous pourrions dîner ensemble ce soir et en parler tranquillement en sirotant un verre de bon vin ?

— Dîner ensemble ? répéta-t-elle, l'air scandalisé. Vous désirez dîner *avec moi* ?

Ce n'est pas exactement ainsi qu'il l'aurait formulé, mais désir et besoin étaient plus ou moins interchangeables, après tout.

— Pourquoi pas ? répliqua-t-il d'une voix suave. Vous devez manger, et moi aussi.

Elle contempla le contenu du bol abandonné sur la table.

— Mais... Et mon soufflé au fromage ?

— Oubliez le soufflé, Tara. Je vous emmène au restaurant. Celui que vous voudrez, ajouta-t-il, magnanime. Je vous laisse réserver une table pour 19 h 30 ?

Elle le dévisagea en battant des cils avec incrédulité, avant de finir par hocher la tête avec une telle réticence qu'il se sentit presque offensé.

Depuis quand une femme prenait-elle autant de temps pour accepter de dîner avec lui ?

— D'accord, dit-elle lentement, comme si elle s'engageait sur un terrain glissant. Vous avez raison – pourquoi pas ? ajouta-t-elle avec un petit sourire crispé.

2

En laissant le choix du restaurant à Tara, Lucas avait pensé qu'elle opterait pour l'un des établissements les plus réputés de Dublin. Il ne s'était certes pas attendu à se retrouver sur le quai de la Liffey - le fleuve qui traverse la capitale irlandaise d'ouest en est —, et à s'avancer vers un bâtiment qui ressemblait à une usine désaffectée.

— Qu'est-ce que c'est, cet endroit ? demanda-t-il quand ils s'arrêtèrent sous l'enseigne rouge et blanc.

— Un restaurant polonais, répondit-elle en poussant la porte. Vous m'aviez dit de choisir, non ?

Il n'eut pas le temps de répliquer, car un tintinnabulement de clochettes annonça leur entrée dans la salle remplie de convives, et une femme en tablier blanc se précipita vers eux en poussant un cri de joie et prit affectueusement Tara dans ses bras.

Au bout de quelques instants, celle-ci se tourna vers lui et dit en rosissant.

— Lucas, mon employeur...

L'homme qui se tenait derrière le comptoir et s'apprêtait à servir une bière à un client, arrêta son geste pour le dévisager d'un air méfiant.

Si Lucas n'avait pas eu faim, il serait reparti aussi sec. Mais la femme, sans doute la patronne du restaurant, les entraînait déjà vers une table recouverte d'une nappe à carreaux rouges et blancs, au centre de laquelle une bougie fichée dans le col d'une bouteille répandait sa cire sur les flancs de verre.

Quand ils furent assis l'un en face de l'autre, il se pencha au-dessus de la table en fronçant les sourcils.

— Auriez-vous l'obligeance de m'expliquer pourquoi vous avez choisi ce restaurant ?

— Parce que Maria et son mari ont été très gentils avec moi quand je suis arrivée à Dublin et que je ne connaissais pas grand monde. J'adore cet endroit. Il y a de la vie, du mouvement et de la gaieté sur les quais de la Liffey. Et les prix pratiqués ici sont plus que raisonnables.

— C'est moi qui vous invite, Tara, répliqua-t-il un peu sèchement. Et, comme vous le savez, je ne suis pas à court d'argent.

Tara pinça les lèvres et se retint de rétorquer que tout le monde n'était pas milliardaire.

En fait, elle avait été terrifiée à la pensée d'aller dans l'un des endroits que fréquentait Lucas. Tout simplement parce que, dans sa modeste garde-robe, rien n'aurait convenu pour une telle occasion.

Elle se contenta de sourire en faisant passer la bandoulière de son sac sur le dossier de sa chaise.

Elle n'arrivait toujours pas à croire qu'elle était là, avec lui. Avec Lucas Conway, son employeur, l'homme superbe sur lequel tous les regards avaient convergé à leur arrivée.

Elle rejeta ses cheveux en arrière et tressaillit en s'apercevant que, pour une fois, Lucas semblait la regarder comme... Comme une femme.

Il y avait quelque chose de si ironique dans la situation ! Il lui avait proposé de dîner avec lui uniquement parce qu'elle lui avait annoncé son intention de partir. Ne trouvait-il pas lui aussi étrange de se retrouver là, en tête à tête ? Et comment réagirait-il si elle lui disait que ce soir elle était ultrasensible à son charme viril ?

Après cinq années passées à travailler pour Lucas dans l'indifférence – hormis le sentiment d'exaspération qui la prenait parfois vis-à-vis de lui —, un trouble inconnu s'était emparé d'elle. Pourquoi se sentait-elle subitement attirée par lui ? Elle qui se targuait de ne pas ressembler aux femmes qui le dévoraient des yeux avec une convoitise non dissimulée ?

Sans doute était-elle restée indifférente à son charisme sensuel tant qu'elle l'avait considéré comme son employeur, un homme inaccessible. Un milliardaire arrogant et somptueux, ce n'était pas pour elle. Mais ce soir, Lucas Conway lui paraissait délicieusement et dangereusement accessible. Peut-être parce qu'ils étaient assis l'un en face de l'autre, de chaque côté d'une petite table, et qu'elle avait tout le loisir de remarquer des détails auxquels elle ne prêtait pas attention d'habitude.

Son magnifique corps d'athlète, par exemple. Son impressionnante carrure. La simple vue de sa chemise en jean entrouverte à l'encolure lui faisait courir des frissons sur la peau. À la lueur mouvante de la bougie, sa peau mate luisait comme de l'or sombre, et des ombres faisaient ressortir les hautes pommettes et la beauté singulière de son visage.

La bouche soudain sèche, elle sentit ses seins réagirent d'une drôle de façon.

Non, mais qu'est-ce qu'il lui avait pris d'accepter de dîner avec lui ? Pour un peu, on aurait pu croire qu'il s'agissait d'un rendez-vous amoureux !

Lucas allait probablement lui proposer une augmentation de salaire conséquente pour la convaincre de rester à son service. Il croyait que sa décision de partir avait été prise sur un coup de tête. Ce n'était pas entièrement faux, mais en se préparant un peu plus tôt, elle avait résolu de ne pas se laisser influencer. En fait, l'attitude suffisante de Lucas lui avait servi de déclic. Le moment était venu de quitter cet emploi et de donner une orientation différente à sa vie. De sortir de la routine dans laquelle elle était enfermée, même si elle y bénéficiait d'une vie confortable. Il fallait qu'elle s'affranchisse de son passé une fois pour toutes, que celui-ci cesse de définir son existence, sa personnalité. Sinon, elle risquerait de passer à côté de sa vraie vie et d'elle-même.

— Que voulez-vous boire ? demanda-t-elle. Ils ont de la très bonne vodka, ici.

— De la vodka ? fit-il en haussant les sourcils.

— Pourquoi pas ? C'est une tradition. Je n'en prends jamais qu'un verre avant de dîner, et ensuite, je me limite à l'eau. Et puis, ce n'est pas comme si vous deviez conduire...

Le chauffeur les attendait en effet dans un parking situé à proximité du restaurant. Installé confortablement dans la somptueuse limousine, il attendait le SMS du boss.

— D'accord pour la vodka, vous m'avez convaincu, acquiesça Lucas d'un ton neutre.

Dès que deux petits verres emplis de liquide transparent furent déposés sur la nappe, elle souleva le sien.

— *Na zdrowie* ! dit-elle avant de boire sa vodka cul sec.

Lucas lui adressa un léger sourire avant de l'imiter.

— Qu'en pensez-vous ? demanda-t-elle.

— J'en pense qu'un verre me suffira à moi aussi. Et puisque vous semblez en savoir long sur les traditions polonaises, je vous laisse choisir les plats.

— Vous êtes sûr ?

— Certain.

Lucas regarda Tara parcourir des yeux le menu et la laissa commander de la soupe et des choux farcis.

Elle paraissait ravie de décider de la composition du dîner.

À vrai dire, il trouva la soupe à la betterave d'un rouge violacé pas mauvaise du tout. Quand, après avoir goûté au plat principal, il reposa sa fourchette sur son assiette, Tara demanda, l'air inquiet :

— Vous n'aimez pas ?

— C'est intéressant, répondit-il avec un haussement d'épaules. Je n'avais encore jamais mangé de chou farci.

Elle le dévisagea, songeuse.

— Ça ne m'étonne pas… Le chou farci, c'est de la nourriture simple, paysanne. Et vous avez été habitué à la grande cuisine dès votre plus jeune âge.

Ah oui ?

Il faillit éclater d'un rire amer.

C'était incroyable, les suppositions que faisaient les gens ! Adulte, il avait goûté à la plupart des mets les plus raffinés, les plus exquis, il avait dégusté du caviar blanc de la mer Caspienne et des champignons *matsutake*. Il avait essayé les meilleurs restaurants gastronomiques de Paris. Déjà, dans son pensionnat huppé, on servait une nourriture excellente. Il suffisait d'y mettre le prix, voilà tout. Mais les meilleurs repas de sa vie, mesura-t-il soudain, c'étaient ceux que lui concoctait Tara.

D'où sa présence dans ce restaurant polonais populaire.

Alors, pourquoi se laissait-il aller à des pensées qui n'avaient rien à voir avec le besoin de convaincre sa gouvernante de rester à son service ?

Contrairement à d'habitude, Tara avait laissé ses boucles cascader sur ses fines épaules, et la lueur de la bougie avivait encore leur teinte flamboyante. Ce soir-là, il y avait quelque chose de particulièrement féminin en elle, de fragile. Peut-être cette impression venait-elle du fait qu'elle portait une robe au lieu de ses éternels jeans ou leggings.

Même si cette robe aurait pu être plus ajustée et ne mettait pas spécialement ses formes en valeur, néanmoins c'était une robe bleue toute simple. Le décolleté rond dévoilait sa peau claire parsemée de minuscules taches de rousseur dorées et attirait le regard vers ses petits seins haut perchés.

De façon absurde, il se demanda à quoi ressemblaient ses mamelons.

Il avait bien fait de se contenter d'un seul verre de vodka. Décidément, il était temps que l'orage éclate ! D'autant plus que, dans ce fichu restaurant, il n'y avait pas l'air conditionné, naturellement.

Agacé, il souleva son verre d'eau et le vida d'un trait, puis le reposa sur la table et s'appuya au dossier de sa chaise.

— Résumons la situation, commença-t-il lentement. Vous désirez partir, et moi je ne veux pas que vous partiez.

— Je comprends, et c'est très aimable à vous de me le...

— Un instant, l'interrompit-il avec impatience. Avant de m'expliquer pourquoi vous souhaitez vous en aller, laissez-moi au moins vous dire ce que j'ai à vous proposer.

Elle baissa les yeux et repoussa le riz avec sa fourchette, plissant le front.

— Ce n'est pas une augmentation de salaire qui résoudra le problème, répliqua-t-elle sans le regarder.

— Ainsi, nous avons tous les deux un problème ?

— Je n'ai pas dit cela. Cela n'a rien à voir avec vous. Il s'agit de moi.

Après avoir hésité un instant, elle ajouta :

— J'ai besoin de changement, c'est tout.

— Eh bien, c'est exactement ce que j'ai à vous proposer : du changement.

— Que voulez-vous dire ? demanda-t-elle en redressant la tête.

— Et si je vous disais que je vais devoir quitter Dublin pour un certain temps parce que je dois me rendre aux États-Unis ?

— Pour vos affaires ?

— En partie. J'envisage d'investir dans l'immobilier là-bas. J'ai besoin de diversifier mes placements – du moins, c'est ce que me disent mes conseillers financiers.

Une lueur de curiosité traversa les yeux couleur d'ambre.

— Cela n'a rien à voir avec cette lettre, alors ?

Lucas se figea.

— Quelle lettre ?

— Celle..., commença Tara en rosissant. Celle qui est arrivée d'Amérique la semaine dernière.

Qu'avait-elle remarqué ce jour-là, au juste ? Avait-elle vu que cela lui avait fait un choc terrible ?

En fait, elle avait dû voir beaucoup de choses durant ces cinq années. Raison de plus pour la garder. Pas question d'introduire une nouvelle personne chez lui sans savoir s'il pouvait vraiment lui faire confiance.

— J'envisage un séjour de six mois au minimum, et je pense louer un appartement sur place.

Il se fendit d'un sourire.

— Et c'est là que vous intervenez, Tara.

— Que j'interviens ? répéta-t-elle, l'air ahuri.

— Je voudrais que vous m'accompagniez à New York...

Pause.

— Que vous continuiez à travailler comme gouvernante pour moi – avec augmentation de salaire à la clé, cela va sans dire.

— Vous me payez déjà très généreusement.

Il fallait qu'elle soit un peu stupide pour faire remarquer ce genre de choses à son employeur...

Il secoua la tête avec impatience.

— Le coût de la vie est plus élevé à New York qu'ici. Et cela vous donnera l'opportunité de vivre une nouvelle expérience. Chacun y trouvera son compte, Tara.

Au lieu de l'excitation à laquelle il s'attendait, celle-ci le dévisagea avec méfiance, les paupières mi-closes. Ce qui l'amena à baisser malgré lui les yeux sur ses lèvres au dessin pur et délicat, détail qu'il n'avait encore jamais remarqué jusque-là – parce qu'il ne s'était jamais trouvé ainsi en face d'elle, tout simplement.

Il respira son parfum subtil, à nul autre pareil, s'émerveilla de son teint si clair, parfait, que faisaient encore ressortir les quelques minuscules taches de rousseur concentrées sur le petit nez légèrement retroussé.

— New York...

— Vous venez de dire que vous aviez besoin de changement – quoi de mieux que de s'immerger dans l'atmosphère bouillonnante de Manhattan ? Vous y êtes déjà allée, d'ailleurs, non ? L'hiver dernier, au moment de Noël…

Elle acquiesça d'un hochement de tête.

— Et ce n'était pas bien ? Vous vous êtes amusée ?

Tara hocha de nouveau la tête en silence.

Elle était allée passer une semaine à New York avec son amie Stella, qui travaillait comme nounou à Dún Laoghaire, à proximité de Dalkey. Elles avaient fêté Noël là-bas et s'étaient amusées comme des folles. Sauf le jour où elle était tombée à la patinoire du centre Rockefeller, devant l'immense sapin de Noël, et s'était égratigné les deux genoux.

— Nous y avons passé des moments formidables.

— Alors, qu'est-ce qui vous empêche d'accepter ma proposition ?

Elle pinça les lèvres.

Son projet était de *s'éloigner* de Lucas Conway, pas de continuer de travailler pour lui en changeant d'environnement. Elle avait besoin de se libérer de l'influence de cet homme puissant préoccupé de ses seuls intérêts. Lucas ne se souciait pas de ce qui était le plus important pour elle. Uniquement de ce qui était le plus avantageux pour lui.

En même temps…

Elle fixa son verre d'eau.

Si l'on considérait la situation de manière objective, ne lui offrait-il pas une opportunité en or ? Un séjour dans l'unique ville dont elle avait déjà eu un aperçu, sans avoir à se chercher un nouvel emploi ? En vivant quelque temps aux États-Unis, ne trouverait-elle pas l'inspiration voulue pour découvrir de nouvelles possibilités et décider quoi faire de sa vie ensuite ?

Cependant, elle ne pouvait se résoudre à dire oui à Lucas parce que quelque chose avait changé entre elle et lui.

Se faisait-elle des idées ? S'imaginait-elle l'espèce de tension qui était née entre eux depuis qu'ils étaient attablés face à face, et même depuis l'instant où Lucas l'avait invitée à dîner avec lui ?

En tout cas, quand elle plongeait son regard dans le sien, son cœur s'emballait. Ça, c'était évident. Comme les réactions inconnues de son corps. Ses mamelons paraissaient entravés par l'étoffe, une chaleur sournoise se répandait en elle, frémissait entre ses cuisses. Elle devait faire un effort surhumain pour se concentrer sur la conversation au lieu de se demander ce qu'elle ressentirait si Lucas l'embrassait.

Peut-être ces sensations étaient-elles causées par la fausse intimité qui régnait dans la salle éclairée par des bougies. Elle avait été stupide de mettre une robe et de se laver les cheveux comme s'il s'agissait de... d'un rendez-vous galant. Elle se sentait presque vulnérable, à présent ! Elle avait perdu la barrière de protection dont elle s'entourait d'habitude quand elle travaillait pour lui et vaquait à ses tâches quotidiennes.

De son côté, il continuait de l'observer d'un air interrogateur et impatient.

— Alors ? demanda-t-il en haussant un sourcil noir.

Tara se mordilla la lèvre. Peut-être serait-il plus prudent de demander à Stella ce qu'elle en pensait.

— Je peux prendre le temps d'y réfléchir ?

Lucas Conway n'avait pas l'habitude qu'on le fasse attendre. À en juger par l'expression de surprise qui passa fugacement sur ses traits, il ne devait pas non plus s'attendre à ce qu'une employée *réfléchisse* avant d'accepter d'accompagner son riche employeur à Manhattan avec augmentation de salaire à la clé.

— Combien de temps vous faut-il ?

— Quelques jours ? Vous aurez peut-être changé d'avis, d'ici là ?

— Si vous continuez à tergiverser ainsi, ça pourrait arriver, en effet, riposta Lucas sans dissimuler son mécontentement. Si vous êtes d'accord, je propose que nous demandions l'addition.

— Oui, bien sûr, acquiesça-t-elle en se levant. Mais je dois d'abord passer aux toilettes.

N'arrivant toujours pas à croire que Tara n'avait pas accepté sa proposition avec empressement, Lucas la suivit des yeux, contemplant les mollets les plus joliment galbés et les chevilles les plus fines qu'il ait vus de sa vie.

Il voulut détourner les yeux, mais son regard remonta de lui-même sur ses courbes délicieusement féminines, ses boucles cuivrées ondoyant sur ses fines épaules. Sa robe légèrement froissée semblait caresser son postérieur rond, musclé par le travail et la pratique de la bicyclette. Sidéré, il s'aperçut que la partie la plus virile de son anatomie réagissait à l'unisson de ses pensées.

S'agissait-il d'une simple réaction physique ? La réapparition de Charlotte lui avait-elle rappelé que cela faisait longtemps qu'il n'avait pas eu de relation sexuelle ?

Il se remémora leur séparation, lorsqu'il avait commencé à s'ennuyer avec elle. En dépit des indéniables talents de la somptueuse actrice en matière de sexe, il avait de plus en plus l'impression de coucher avec une statue. Et depuis, il n'avait désiré aucune autre femme. Il n'avait pas senti la moindre étincelle, alors qu'il croisait régulièrement des créatures superbes prêtes à tomber dans ses bras.

Agacé par ces pensées, il sortit son smartphone de sa poche pour consulter sa messagerie.

Lorsque Tara réapparut devant lui, elle avait dû tenter de dompter ses boucles rebelles, parce qu'elle avait l'air presque coiffée. L'éclat de ses yeux, le mélange d'énergie et de fraîcheur qui émanait d'elle firent naître en lui une sensation inconnue, une sorte de pincement au cœur…

Décidément, tout échappait à son contrôle ! Rien ne se passait comme il l'avait prévu !

— Vous avez demandé l'addition ? demanda-t-il, plus sèchement qu'il ne l'aurait voulu.

— Oui, répondit-elle en souriant. Et je l'ai réglée.

— Vous avez réglé l'addition ? répéta-t-il lentement.

— Je vous l'ai dit : les prix sont très raisonnables, ici. Et je vous devais bien cela, puisque nous sommes venus dans votre voiture.

Il la dévisagea un instant en silence.

Quand une femme l'avait-elle invité pour la dernière fois ? Pas récemment, en tout cas. Pas depuis l'époque où il n'avait pas un sou et où de riches héritières lui tournaient autour sans dissimuler leur convoitise. Après qu'il avait dû quitter son pensionnat pour gosses de riches parce qu'il n'y avait plus d'argent à la maison. Mais son orgueil l'avait empêché d'accepter la charité de femmes intéressées uniquement par sa virilité. Il s'était débrouillé seul, se nourrissant parfois de restes laissés par les nantis ou se passant de toute nourriture.

Tara Fitzpatrick se trompait tellement sur son compte !

Quand ils sortirent enfin du restaurant, après des effusions aussi démonstratives qu'à leur arrivée, il regarda d'un air sombre la limousine s'arrêter devant eux sur le quai. Mais quand il s'assit à côté de Tara à l'arrière, les souvenirs amers s'envolèrent comme par magie, remplacés par une sensation plus franche, entêtante. Fermant un instant les yeux, il savoura les effluves du parfum délicat auquel se mêlait une senteur de femme. Tournant à demi la tête vers Tara, il eut soudain envie de passer les doigts dans son épaisse chevelure bouclée. Une cuisse fuselée se trouvait proche de la sienne – sans que Tara l'ait fait par provocation, il était prêt à le jurer. Mais ce détail lui parut d'un érotisme singulier qui aviva encore le désir qui le consumait.

Il serra les mâchoires.

S'il s'était agi d'une autre femme, il n'aurait eu qu'à tendre la main pour la caresser, jusqu'à ce qu'elle gémisse de plaisir et le supplie de la prendre là, à l'arrière du véhicule.

Mais il s'agissait de Tara Fizpatrick, sa gouvernante. Elle *travaillait* pour lui. Elle faisait son lit et préparait ses repas. Elle repassait ses chemises et entretenait à merveille son jardin. Elle était une employée, pas une future maîtresse, et il souhaitait qu'elle l'accompagne à New York.

Il regarda droit devant lui et s'efforça de se ressaisir tandis que la limousine progressait avec majesté dans la circulation.

Il ne se passait rien de spécial, se répétait Tara, le cœur battant à tout rompre et les épaules raides. Elle avait dîné avec son employeur, et alors ? Il venait de lui proposer de l'accompagner en Amérique et de continuer à travailler pour lui, point final. Et puis, c'était la première fois qu'elle se trouvait à bord de sa limousine, aussi ferait-elle mieux d'apprécier ce luxe au lieu de gamberger comme une imbécile.

Mais elle avait du mal à savourer le confort, la douceur et le moelleux du cuir anthracite, tandis que le véhicule roulait à travers Dublin. Elle ne pouvait penser qu'à une seule chose : au fait que Lucas paraissait différent ce soir, et à la façon dont ses propres réactions envers lui paraissaient avoir subi une transformation radicale.

D'employeur exigeant, il semblait s'être métamorphosé en homme. En homme qu'elle avait du mal à ne pas dévorer des yeux. Pour la première fois, elle comprenait le comportement des femmes vis-à-vis de lui. Soudain, elle concevait que des créatures aussi raffinées que sexy aillent jusqu'à s'humilier pour tenter d'obtenir une place dans le lit de cet homme.

Mais elle ne voulait pas du changement qui s'opérait en elle. Elle désirait que tout redevienne comme avant, quand elle supportait tout juste Lucas Conway, et parfois avec beaucoup de mal.

La limousine s'engagea dans l'allée privée conduisant à la maison, mais au lieu d'être soulagée d'être arrivée, elle se trouvait en proie à une étrange déception.

Le cœur battant la chamade, elle chercha la poignée...

— Laissez-moi faire, dit Lucas, d'un ton amusé.

Il se pencha au-dessus d'elle et appuya sur un bouton.

Évidemment. Tout était électronique dans ce genre de véhicule !

La portière s'ouvrit sans bruit tandis qu'elle sentait encore le frôlement du bras de Lucas contre le sien.

Elle déglutit.

Il l'avait touchée. Pas intentionnellement, bien sûr, mais elle avait senti comme une caresse légère, qui avait fait courir un frisson sur sa peau.

À l'extérieur, l'atmosphère lui parut encore plus étouffante. Si seulement il pouvait pleuvoir ! Cela apaiserait l'étrange tension qui l'étreignait, aussi pesante que celle qui semblait palpiter dans l'air.

Elle fouilla fébrilement dans son sac et entendit un bruit de pas derrière elle. Lucas la rejoignit au moment où elle glissait la clé dans la serrure.

— Vous tremblez, Tara, dit-il quand elle ouvrit la porte et s'avança dans le hall d'entrée.

— Il fait frais, ce soir, répliqua-t-elle sans réfléchir.

En temps normal, il l'aurait gratifiée d'une remarque ironique, mais là, non.

Parce que rien n'était plus normal.

Ni l'un ni l'autre n'allumèrent le plafonnier quand la lourde porte fut refermée.

Quelque chose flottait entre eux, un je-ne-sais-quoi de troublant, d'indéfinissable. Elle ressentait la proximité de Lucas avec une acuité extraordinaire. Les yeux brillants, il la dévisagea en silence tandis qu'elle soutenait son regard en retenant son souffle. L'espace d'un bref instant, elle crut qu'il allait l'embrasser. La prendre dans ses bras, écraser sa bouche sous la sienne.

Mais il n'en fit rien.

Évidemment. Avait-elle perdu la tête ?

Il alla simplement appuyer sur l'interrupteur, et la lumière inonda la pièce. D'un coup, l'atmosphère changea, comme si une bulle avait éclaté.

Un sourire dur au coin des lèvres, il hocha la tête, comme si le trouble qu'elle ressentait lui était des plus familiers.

— Bonne nuit, dit-il d'une voix bizarre.

Au moment où il lui tourna le dos et s'avança vers l'escalier, un coup de tonnerre retentit au loin, la faisant presque sursauter.

3

Les jours suivants furent atroces. Tara était incapable de prendre une décision. Elle avait eu beau faire plusieurs fois la liste des pour et des contre, elle aboutissait immanquablement au même résultat : il fallait accepter la proposition de Lucas et partir en Amérique avec lui. Quand elle finit par appeler Stella, celle-ci s'écria qu'elle serait folle de ne pas sauter sur l'occasion d'aller passer quelques mois aux États-Unis dans d'aussi bonnes conditions.

— Pourquoi hésiter ? insista son amie. Tu as adoré New York lorsque nous y sommes allées à Noël.

Tara demeura silencieuse.

Comment avouer à Stella que quelque chose avait changé entre elle et Lucas Conway et que désormais l'atmosphère vibrait de sous-entendus à connotation franchement sexuelle ? Pouvait-elle vraiment laisser entendre que le milliardaire le plus sexy de Dublin était attiré par une femme comme elle ?

Mais elle ne rêvait pas, quelque chose avait bien changé. Il y avait une sorte de malaise entre eux. Le lendemain du dîner au restaurant, quand elle lui avait apporté le petit déjeuner, elle avait remarqué les traits tirés de Lucas et s'était demandé s'il avait aussi mal dormi qu'elle. Sans la regarder, il lui avait annoncé qu'il partait pour Berlin en fin de matinée et qu'il reviendrait dans deux jours. Avant d'ajouter qu'il apprécierait que, à son retour, elle lui donne une réponse claire et définitive.

— Oui, bien sûr, avait-elle répondu, crispée.

En fait, elle savait déjà quelle décision elle *devait* prendre. Alors, pourquoi ne pas lui dire dès maintenant qu'elle regrettait, qu'il était très gentil de lui avoir proposé de l'accompagner à New York, mais qu'elle ne pouvait pas accepter ?

Parce qu'il lui demanderait des explications. Et que répondrait-elle ? Qu'elle ne pouvait partir avec lui à cause du désir physique qu'elle ressentait pour lui ?

Impossible de dire une chose pareille, elle se rendrait complètement ridicule ! C'était plus facile de repousser le moment de prendre une décision définitive.

Après le départ de Lucas, elle continua à travailler comme d'habitude. Dans ses moments de loisir, elle allait nager pour se détendre dans la piscine située elle aussi à l'entresol, et elle entreprit de nettoyer le jardin avant l'arrivée de l'hiver.

Elle fit également des cupcakes pour une association caritative qui offrait le petit déjeuner aux plus démunis et accompagna Stella à Phoenix Park avec ses petits protégés.

En rentrant, elle trouva un message de Lucas annonçant qu'il rentrerait tard le jeudi soir et que, par conséquent, ce n'était pas la peine de lui préparer à dîner.

Ce fichu orage n'éclatait toujours pas. Il faisait maintenant si lourd qu'on avait l'impression de ne pas pouvoir respirer normalement. Elle avait beau se tremper les bras dans l'eau, se remonter les cheveux sur le sommet du crâne, elle transpirait à grosses gouttes et ne parvenait pas à se rafraîchir.

Le jeudi soir, elle se lava les cheveux et alla se coucher, guettant le bruit du moteur de la limousine partie chercher Lucas à l'aéroport Elle avait pris sa décision concernant la proposition de Lucas, heureusement. Parce qu'elle n'aurait jamais pu l'accompagner en Amérique si elle continuait à fantasmer comme une idiote sur ce qu'ils pourraient…

Il n'était pas très tard, mais fatiguée par l'atmosphère pesante et ses nuits agitées, elle s'endormit presque aussitôt la lumière éteinte… Avant d'être réveillée en sursaut par un craquement énorme suivi d'une détonation assourdissante.

Complètement désorientée, elle se redressa vivement sur son séant, mais l'éclair qui zébra soudain le ciel, visible par la fenêtre aux volets non fermés, la ramena aussitôt à la réalité. L'orage. Enfin ! On allait pouvoir respirer.

Un coup de tonnerre retentit, plus fracassant encore que le précédent, puis un nouvel éclair illumina la chambre, suivi aussitôt d'un autre claquement tonitruant qui la fit tressaillir.

L'orage devait être juste au-dessus de la maison !

Au même instant, la pluie se mit à marteler les vitres, donnant immédiatement une délicieuse impression de fraîcheur.

Elle se rallongea et demeura immobile, les yeux grands ouverts à écouter la pluie, lorsque soudain elle discerna un nouveau bruit. Pas un coup de tonnerre, plutôt un bruit de verre brisé.

Elle se raidit puis bondit du lit, le cœur battant à tout rompre, pieds nus sur le plancher ciré.

Et si c'était un cambrioleur ? La propriété était située dans un quartier résidentiel chic... Ne racontait-on pas que les malfaiteurs profitent souvent de circonstances exceptionnelles pour opérer ?

Enfilant sa robe de chambre, elle en serra la ceinture en se demandant si elle devait réveiller Lucas.

Évidemment ! À condition qu'il soit rentré. Mais aller frapper à sa porte, après ce dîner...

Il ne portait pas de pyjama, elle était bien placée pour le savoir puisqu'elle faisait ses lessives. C'était ça, le problème : d'un côté elle savait beaucoup de choses sur lui, et de l'autre pas assez.

Tout doucement, elle ouvrit la porte de sa propre chambre et s'avança dans le couloir sur la pointe des pieds.

Elle pencha la tête de côté et tendit l'oreille.

Étaient-ce bien des pas, dans l'escalier, ou les bruits normaux qui peuplaient la grande maison chaque nuit ? Difficile à dire, avec le vacarme fait par la pluie. Se penchant au-dessus de la rampe, elle aperçut un rai de lumière au bas de la porte de la chambre de Lucas, à l'étage inférieur, et descendit lentement les marches.

Elle arrivait devant sa porte lorsqu'une silhouette apparut en haut de l'escalier, venant du rez-de-chaussée.

Lucas, vêtu en tout et pour tout d'un jean délavé qu'il venait manifestement d'enfiler car le dernier bouton de la braguette n'était pas fermé. Le torse nu, ses magnifiques abdominaux et pectoraux exposés dans toute leur splendeur, ses bras musclés, sa peau hâlée...

Elle sentit son cœur s'emballer, avant de se rendre compte que Lucas la dévisageait en fronçant les sourcils.

Furieuse de se laisser troubler par la vision qui s'offrait à ses yeux, alors qu'elle était censée vérifier que tout allait bien dans la maison, elle redressa épaules et menton.

— Lucas ! dit-elle dans un souffle. C'est vous.

— Bien sûr, que c'est moi ! Qui vous attendiez-vous à rencontrer, le Père Noël ? rétorqua-t-il sèchement. Et qu'est-ce que vous faites à rôder dans la maison au beau milieu de la nuit, comme un spectre ?

— Je... J'ai entendu un fracas épouvantable venant d'en bas et je me suis dit que... qu'un cambrioleur essayait peut-être de s'introduire dans la...

— Et vous pensiez intimider un individu potentiellement dangereux avec quoi, au juste ? Votre regard ?

Il s'interrompit un instant, l'air furieux.

— Vous avez perdu l'esprit, Tara ?

Oui. C'était exactement l'impression qu'elle avait depuis leur dîner au restaurant. Mais elle ne pouvait pas vraiment lui parler des obsessions qui tournaient en boucle dans sa tête.

— Qu'est-ce que c'était, ce bruit ? demanda-t-elle en redressant le menton d'un cran supplémentaire. Vous l'avez entendu aussi et vous êtes descendu voir, si je comprends bien ?

Lucas retint un juron.

Les réactions de son corps étaient des plus malvenues, mais il avait un mal fou à refréner l'ardeur de sa libido. La robe de chambre de Tara, aussi ample que ses blouses à fleurs, n'avait vraiment rien de sexy, pourtant il lui suffisait de la regarder pour que le désir pulse dans ses veines.

Depuis cette soirée étrange, leur dîner dans ce restaurant improbable, il ne se reconnaissait plus. Il avait carrément l'impression de ne plus être lui-même. À Berlin, il avait été très occupé, notamment à acheter des lots de voitures électriques qu'il envisageait de louer à des entreprises à un taux élevé. Il avait rencontré à plusieurs reprises le ministre allemand des Transports, qui l'avait invité à une réception dans un château fabuleux où de superbes blondes servaient des bocks de bière mousseuse. Mais tout en discutant affaires ou en bavardant de choses et d'autres avec les gens qui se trouvaient là, il avait continué d'entendre une ritournelle infernale résonner dans son esprit : la voix de Tara, accompagnée d'images torrides dans lesquelles son corps à la peau claire apparaissait en gros plan, étendu sur son lit, abandonné, offert...

Comment pouvait-il être obsédé par des visions aussi précises de cette femme que, jusqu'à tout récemment, il regardait à peine ?

Revenant au présent, il se rendit compte qu'elle le dévisageait d'un air interrogateur.

Qu'est-ce qu'elle venait de lui demander, déjà ?

Ah oui, le bruit...

— Vous aviez laissé une fenêtre de la cuisine ouverte, et le vent a fait tomber une figurine qui s'est brisée.

— Mon Dieu... Je vais aller ramasser les morceaux !

— Non. Vous vous en occuperez demain, répliqua-t-il fermement. Vous n'allez pas ramasser des éclats de porcelaine à une heure pareille, vous risqueriez de vous blesser. Et de toute façon, je suppose que les dégâts sont irréparables.

Traversée par des émotions inattendues, Tara hocha la tête en silence.

La statuette était liée à des souvenirs plus ou moins agréables. Elle l'avait posée sur l'étagère parce qu'elle pensait la nettoyer le lendemain, comme elle le faisait régulièrement.

— Vous teniez à cet objet ?

L'espace d'un instant, elle faillit lui parler de la statuette de saint Christophe – le patron des voyageurs – que sa mère avait emportée avec elle en partant en Angleterre, vers des horizons qu'elle imaginait plus cléments. Mais à quoi bon expliquer ce genre de choses à Lucas ? En plus, il pourrait lui poser des questions embarrassantes. Et puis, son passé, sa vie, cela n'intéressait personne, et lui moins encore que tout autre. Alors, mieux valait se taire.

Sentant les larmes lui monter aux yeux, elle se détourna.

— Tara ? fit Lucas d'une voix incroyablement douce.

Zut, avait-il vu qu'elle était sur le point de pleurer ?

Agacée, elle s'essuyait les yeux, quand, stupéfaite, elle sentit une grande main chaude se poser sur son avant-bras.

Ce n'était qu'un banal geste de réconfort, mais cela suffit à faire naître un courant brûlant qui se propagea dans tout son être. Elle avait grandi dans une maison où tout contact physique était désapprouvé, pour ne pas dire proscrit, et personne ne l'avait touchée ainsi depuis des années.

Était-ce pour cette raison que son corps s'embrasait ? Qu'une délicieuse chaleur liquide se répandait partout en elle ? Elle avait l'impression de fondre. Un halètement franchit ses lèvres tandis qu'il la faisait doucement pivoter vers lui et la prenait dans ses bras.

Pour la réconforter, tout simplement.

Sauf que ce qu'elle ressentait n'avait rien à voir avec du réconfort. C'était comme se retrouver au paradis. Goûter à un univers auquel elle n'avait jamais vraiment cru. Lucas était si grand, si musclé, si chaud et si viril qu'elle trouva tout naturel de poser la tête dans le creux de son épaule.

Le temps sembla s'arrêter. Combien de temps restèrent-ils ainsi enlacés ? Quelques secondes ? Une minute ? Peut-être davantage. Jusqu'à ce que Lucas lui soulève le menton pour la regarder. Il la dévisagea un instant en silence, les yeux étincelants de reflets émeraude, et l'air étrangement désorienté. Comme s'il la voyait pour la première fois.

— Vous feriez mieux de retourner dans votre chambre, dit-il d'une voix rauque.

Une audace inconnue s'empara d'elle.

— Pourquoi ? demanda-t-elle dans un souffle.

La question flotta un instant entre eux.

— Vous le savez très bien.

En effet. Même si elle n'avait aucune expérience en la matière, elle savait que Lucas la désirait exactement de la même façon qu'elle le désirait. Elle le sentait dans la tension qui émanait de son corps athlétique, elle le comprenait à l'éclat sauvage de son regard.

D'instinct, elle baissa les yeux sur sa bouche sensuelle et ne put résister à la tentation. D'instinct, elle leva les bras et referma les doigts sur la nuque de Lucas.

Il tressaillit et poussa un juron étouffé.

— Allez vous coucher, Tara.

— Pourquoi ? répéta-t-elle en caressant ses boucles soyeuses.

— Je suis votre employeur…

— Non, pas là, pas maintenant. Sauf si vous me demandez tout à coup d'aller vous préparer une collation ou de vous repasser une chemise.

Lucas sourit, se sentant vaincu.

C'était plus fort que lui. Sa gouvernante paraissait déterminée à le surprendre, à faire s'écrouler toutes ses certitudes. Avec son teint de lis et ses boucles aux reflets acajou qui ruisselaient sur ses épaules, elle semblait surgir tout droit d'un tableau préraphaélite. Il y avait quelque chose d'éthéré en elle, de vulnérable, de surréel, et pourtant, la chaleur de son corps mince pressé contre le sien, sa bouche si proche de la sienne, tout en elle l'excitait follement. Il ne pouvait pas résister plus longtemps au désir qui le consumait.

Il pencha la tête en se demandant s'il ne rompait pas une règle essentielle. Un code moral implicite. Puis il se traita d'imbécile. Bien sûr qu'il enfreignait les règles ! Mais le fait de le savoir ne changeait rien. Surtout quand il l'embrassa et qu'elle répondit à son baiser avec une fougue égale à la sienne.

Les lèvres de Tara étaient d'une douceur inimaginable, sa bouche avait un goût de fleurs. Il brûlait de lui arracher cette horrible robe de chambre et de la prendre là, contre le mur du couloir.

Mais il n'en fit rien. Il voulait savourer cet instant, au cas où il n'y aurait pas de seconde fois.

Fermant les yeux, il glissa la langue entre les lèvres pulpeuses et caressa celle de Tara, avant de l'entraîner dans un ballet d'un érotisme torride. Sa libido rugit, exigeant l'assouvissement.

Lorsqu'il écarta la bouche de la sienne, il fut frappé par l'éclat de ses yeux. Des reflets d'un roux mordoré y jouaient, en harmonie avec la couleur de ses cheveux.

Son cœur se mit à tambouriner contre ses côtes, le prenant complètement au dépourvu.

Quand avait-il ressenti un désir aussi puissant ? Aussi dévastateur ? Son excitation était-elle exacerbée par le fait d'avoir affaire à une femme qui ne ressemblait en rien à celles qu'il fréquentait d'habitude ?

Il allait lui prendre la main pour l'emmener dans sa chambre quand, cédant à une impulsion subite, il la souleva dans ses bras et donna un coup de pied dans la porte, qui s'ouvrit toute grande.

— Lucas ! protesta Tara.

— Qu'y a-t-il ? Tu n'aimes pas l'approche virile ?

Quand elle secoua la tête, la lumière fit chatoyer sa chevelure qui parut s'enflammer.

— Je n'apprécie pas que tu donnes un coup de pied dans la porte alors que c'est moi qui suis chargée de la nettoyer !

Cette fois, il éclata franchement de rire – alors même qu'il n'avait pas coutume d'associer humour et sexe. Mais son rire cessa lorsque, dénouant la ceinture de la robe de chambre, il découvrit que, au lieu d'être nue en dessous, Tara portait un T-shirt informe d'un gris quelconque qui lui arrivait à mi-cuisse.

— Je m'attendais à quelque chose de plus sexy, dit-il, pince-sans-rire, en faisant passer le T-shirt par-dessus la tête de Tara.

— Je... Je suis un peu à court de lingerie sophistiquée, ces temps-ci, murmura-t-elle.

Une fois encore, il perçut de la vulnérabilité dans sa voix en dépit du ton désinvolte et non dépourvu d'humour. Aussi reprit-il sa bouche avec fièvre en même temps qu'il déboutonnait sa braguette. Il s'attendait à ce que Tara l'aide, mais il fut soulagé qu'elle le laisse faire. Parce que, si elle l'avait touché maintenant, il n'aurait pas fait long feu.

Se débarrassant de son jean, il tira rapidement la couette et étendit Tara sur le drap blanc avant de s'allonger sur elle.

Était-il conscient de ce qu'il faisait ? se demanda-t-il confusément. Mais les jambes de Tara se mêlèrent aux siennes, lui faisant oublier tout ce qui n'était pas ce corps mince, doux et chaud. Et quand il glissa la main entre ses cuisses, il la trouva si prête qu'il faillit laisser échapper une plainte.

Émerveillée, Tara s'abandonnait aux sensations incroyables que les caresses de Lucas faisaient naître en elle.

Ainsi, c'était cela, la chose dont on parlait avec un tel dédain quand elle était enfant ? La chose scabreuse et scandaleuse susceptible d'entraîner des conséquences terribles ?

Il écarta la bouche de la sienne et descendit sur son cou, sa gorge, lui arrachant un gémissement de plaisir. Elle ferma les yeux tandis qu'il commençait à lui cajoler les seins, sa langue experte léchant une pointe sensible avant que ses lèvres impérieuses ne l'aspirent goulûment.

Un long tremblement la parcourut.

Son amant explorait ses seins avec un art divin, la faisant haleter sans retenue. Il continua son exploration plus bas, s'aventura sur son ventre, une hanche puis l'autre.

Soudain, elle eut envie de le caresser intimement elle aussi, mais elle se sentait trop timide pour s'y essayer. Trop craintive. Lucas serait sans doute déçu par son inexpérience. Il la repousserait brusquement, et tout serait terminé.

Allait-elle rester passive de peur de passer pour une idiote ? Ou bien, pour la première fois de sa vie, allait-elle oser faire ce dont elle avait envie, sans se soucier des principes stricts qu'on lui avait inculqués autrefois ?

Sans plus attendre, elle laissa glisser sa main sur le dos musclé, puis se hasarda sur les abdominaux parfaits.

Lucas comprit-il qu'elle allait s'aventurer plus bas ? Était-ce pour cela qu'un son rauque et terriblement sexy s'échappa de la belle bouche sensuelle ?

Le cœur battant à tout rompre, elle contempla sa puissante érection.

Étrangement, elle ne ressentait aucune crainte à la perspective d'être pénétrée pour la première fois de sa vie. Tout à coup, cet acte lui paraissait *naturel*.

Tout doucement, elle effleura le membre viril du bout des doigts, mais Lucas secoua bientôt la tête en chuchotant :

— Si tu continues comme ça, tu risques de rester sur ta faim...

Repoussant sa main, il roula sur le côté et prit sur la table de nuit un petit sachet gris argenté qu'il déchira à la hâte. Après l'avoir enfilé d'un geste précis, il se rallongea sur le dos et la souleva dans ses bras pour l'installer à califourchon sur lui.

La sensation de l'érection nichée à l'orée de son sexe arracha un nouveau halètement à Tara tandis que Lucas jouait avec ses seins, la soumettant à une torture exquise.

— Je suis tout à toi, Tara, dit-il d'une voix rauque. Prends-moi.

Elle n'eut pas le temps de lui dire qu'elle ne savait pas comment faire, car il la souleva à nouveau par les hanches et la fit descendre sur son membre excité, qu'elle sentit s'enfoncer profondément en elle.

Elle prêta à peine attention à la douleur qui la traversa tout à coup. La sensation de ses muscles intimes se resserrant autour de la puissante érection était trop intense, trop incroyable. Gagnée par une émotion indicible, elle ferma les yeux.

Quand elle les rouvrit, Lucas la contemplait avec une expression incrédule mêlée de… Regret ? Colère ?

— Tu es vierge ? demanda-t-il d'une voix gutturale.

— Oui… Enfin, jusqu'à l'instant, murmura-t-elle.

Il dit quelque chose qu'elle ne comprit pas. En italien, peut-être. En tout cas, il ne s'agissait pas de mots doux.

La tenant par les hanches, il la dévisagea en silence durant quelques instants.

Il allait se retirer, rouler sur le flanc et descendre du lit en lui ordonnant de sortir de sa chambre…

Non. Toujours enfoui en elle, il la fit basculer sur le dos et repoussa délicatement les boucles moites de ses joues et de son front. Puis il plongea son regard étincelant dans le sien.

— Je ferais mieux de prendre le contrôle des opérations, tu ne crois pas ? demanda-t-il lentement.

Elle hocha la tête en retenant son souffle.

Il pencha la tête et l'embrassa avec plus de passion encore qu'auparavant, puis il recommença à bouger en elle, et les sensations qui naquirent au tréfonds de son être furent stupéfiantes. Elle flottait dans un univers inconnu et étrange où rien n'existait hormis les coups de reins de Lucas, ses mains, sa bouche experte dévorant la sienne.

Le rythme s'accélérait peu à peu, leurs corps dansaient ensemble. Ils ne faisaient plus qu'un…

À sa grande surprise, elle fut emportée par un orgasme d'une intensité inouïe.

Elle n'avait aucune expérience en matière de sexe, mais elle lisait la presse féminine et savait que la première fois il est rare d'accéder à la jouissance totale. Or, ce qu'elle ressentait ne ressemblait en rien à ce qu'elle avait pu imaginer. C'était un véritable ouragan, une extase qui la possédait tout entière. Et lorsqu'elle redescendit sur terre, elle pressentit que rien ne serait plus jamais comme avant.

Les doigts enfoncés dans les épaules musclées de Lucas, elle l'embrassa dans le cou tandis qu'il accélérait encore la cadence. La plainte rauque qui s'échappa des lèvres de son amant se propagea en elle, dans les moindres cellules de son corps, avant qu'il ne s'affaisse sur elle, le souffle court.

Elle referma les bras sur son dos moite, gagnée par une sorte d'ivresse.

Elle aurait voulu que ces instants ne finissent jamais. Mais elle savait pertinemment qu'une relation d'employeur-employée de cinq années ne pouvait pas se transformer en quelques minutes. Elle avait changé en profondeur elle-même, certes, mais pas le rapport de forces qui existait entre elle et Lucas Conway.

4

Tara contempla le désastre en soupirant.

Les arbustes et les fleurs avaient perdu feuilles et pétales. On aurait dit que le jardin avait été piétiné par un géant malveillant.

Elle leva machinalement les yeux vers le ciel où moutonnaient quelques petits nuages blancs.

Lucas était-il là-haut, en route vers l'Amérique ? Avait-il déjà commencé à l'oublier ?

Sans doute, à en juger par l'échange verbal qui avait suivi leur étreinte passionnée.

ça avait été la pire conversation de sa vie. Pire encore que lorsqu'elle avait découvert la vérité sur ses origines – pas de la bouche de la personne qui aurait dû la lui dire, mais de celle de l'infernal trio de petits tyrans, un matin glacé, dans la cour de l'école de Ballykenna.

Soupirant de nouveau, elle se détourna de la fenêtre et repensa pour la vingtième fois au moins à la façon dont Lucas s'était écarté avant de rouler sur le flanc et de s'éloigner le plus possible d'elle en disant d'un ton froid et détaché que cela n'aurait jamais dû se produire.

Sur le moment, elle était restée silencieuse. Allongée sur le grand lit, complètement nue, encore traversée par des ondes de plaisir délicieuses, elle se sentait soulagée – oui, soulagée ! – de ressentir enfin ce que les autres femmes ressentaient, et de savoir que son corps fonctionnait normalement. Durant quelques instants de folie, avant que Lucas parle, elle avait même pensé qu'elle devrait peut-être l'accompagner à New York, finalement. Qu'ils pourraient peut-être avoir une sorte de relation, ne serait-ce que passagère. Mais Lucas était manifestement loin d'envisager de partager quoi que ce soit avec elle. De toute évidence, il voulait être rassuré, l'entendre déclarer qu'elle n'attendait rien de lui et qu'elle était bien consciente elle aussi qu'ils avaient cédé à un moment d'égarement.

— En effet, avait-elle acquiescé lentement. Nous avons perdu la tête…

— Je n'arrive pas à croire que nous ayons pu faire une chose pareille ! s'était-il exclamé avec dépit. J'aurais dû…

— Tu n'as pas à te justifier, l'avait-elle interrompu d'un ton vif. Ni à t'excuser.

Il avait tourné la tête vers elle, l'air surpris. Parce que, *avant*, elle ne lui aurait jamais parlé sur ce ton. Mais tout avait changé, non ? D'ordinaire, ils n'étaient pas allongés dans le lit de Lucas, nus tous les deux…

Alors, ne voulant pas l'entendre exprimer des regrets qui gâcheraient ses souvenirs de sa première fois, elle avait réussi à sourire, dieu sait comment, et à hausser l'épaule, affichant une désinvolture et un détachement qu'elle était loin d'éprouver.

— Les choses ont échappé à notre contrôle, c'est tout. Mais bon, ce n'est pas un drame.

— Mais tu étais vierge, Tara !

— Et alors ? Je devais bien la perdre un jour, ma virginité.

— Oui, mais pas avec…

Il n'avait pas achevé sa phrase et elle s'était demandé ce qu'il avait eu l'intention de dire.

« Pas avec un homme comme moi », sans doute. Un milliardaire ne fréquentant que des femmes superbes et sophistiquées, pas une employée maigrichonne mal fagotée et totalement inexpérimentée en matière de sexe.

— Je sais à quoi tu penses, Tara, mais je n'ai rien à t'offrir, avait-il poursuivi sauvagement.

Parce qu'il prétendait connaître ses pensées ?

Dissimulant sa souffrance et son indignation, elle avait répliqué sèchement.

— Tu crois que je me réservais pour celui que j'épouserais un jour ? Que je voulais troquer mon innocence contre une belle robe blanche et une alliance ? Tu crois que j'ai quitté ma campagne pour me dégotter un mari ? Eh bien, non, ne t'inquiète pas, je n'ai pas la moindre envie de me marier. Sinon, je n'aurais pas choisi de travailler pour un homme qui n'a de toute évidence pas l'intention de renoncer à son cher célibat. De la même façon que je n'attendais absolument rien de ce... ce moment de folie. Tu as raison, cela n'aurait pas dû arriver, et cela ne se reproduira pas. D'autant que tu pars pour New York, n'est-ce pas ? Et étant donné que je reste à Dublin et que je compte bien trouver un nouvel emploi, ça ne risque pas d'arriver !

Cette fois, il n'avait pas tenté de la persuader de rester à son service, et elle s'en était voulu de l'avoir plus ou moins espéré. Le silence de Lucas l'avait même blessée. Ce qui était stupide.

— Écoute..., avait-il commencé, avant de s'interrompre tout à coup pour chercher ses mots.

— Ne précipite pas les choses. Tu peux habiter ici aussi longtemps qu'il le faudra, jusqu'à ce que tu trouves un emploi qui te plaise vraiment. Je serai absent au moins six mois, et je ne veux pas que tu prennes le premier job venu uniquement pour t'en aller d'ici.

Autrement dit, il lui faisait la charité !

Profondément humiliée, elle s'était fendue d'un nouveau sourire crispé, puis elle était descendue du lit en tâchant de rester digne.

— Merci, je t'en suis reconnaissante.

— Tara ?

— Oui ?

Le cœur battant, elle s'était retournée, espérant... Quoi ? Qu'il lui demande de se recoucher ? Alors qu'il la regardait avec une indifférence qui lui faisait atrocement mal ?

— Qu'y a-t-il ?

Il avait haussé les épaules, mais elle avait vu le désir briller dans ses beaux yeux verts. Elle avait rougi, mais heureusement, l'éclairage tamisé la protégeait. Et de toute façon, Lucas avait déjà tourné les yeux vers sa montre posée sur la table de nuit.

— Rien, avait-il répondu d'un ton maussade. Ça n'a pas d'importance.

Sans dire un mot, elle avait ramassé sa robe de chambre et son T-shirt puis avait regagné sa chambre.

Le matin suivant, elle n'avait pas entendu son réveil – ce qui ne lui arrivait jamais —, et quand elle était descendue à la cuisine, elle avait trouvé un mot sur la table.

Tara,

Après ce qu'il s'est passé la nuit dernière, j'ai décidé d'avancer mon départ pour New York de quelques jours. Je suis certain que tu comprendras pourquoi.

Bonne chance pour tout ce que tu entreprendras, tu as été la meilleure gouvernante que j'aie jamais eue, et tu peux compter sur moi pour te fournir des références à la mesure de tes talents.

J'ai fait virer sur ton compte six mois de salaire, alors prends ton temps et choisis bien ton nouvel emploi.

Lucas

Furieuse, elle avait écrabouillé le morceau de papier dans sa main avant de le jeter à la poubelle.

Mais elle savait que la colère et le ressentiment ne la mèneraient nulle part. Elle devait réfléchir lucidement et objectivement et, surtout, s'en aller de cette maison.

Elle alla voir plusieurs agences, éplucha les petites annonces des journaux, mais sans trouver rien d'aussi intéressant que le poste qu'elle avait occupé jusque-là. Elle se présenta néanmoins à deux entretiens, sans grand enthousiasme, et en dépit de ses références dithyrambiques, sa candidature fut refusée.

Elle aurait aimé se confier à Stella, mais elle ne parvenait pas à s'y résoudre. Parce qu'elle craignait que son amie ne soit choquée d'apprendre qu'elle avait couché avec Lucas ? Stella ne pourrait pas être plus choquée qu'elle ne l'était elle-même, songea-t-elle en astiquant le mobilier du salon.

Elle travaillait comme d'habitude, histoire de s'occuper. C'était facile de faire comme si rien n'avait changé, au fond.

Sauf que quelque chose avait bel et bien changé.

Ayant toujours été réglée comme une horloge, elle s'inquiéta au premier jour de retard. Mais le mental est très doué pour se dissimuler la vérité en trouvant toutes sortes d'explications plausibles à un fait dérangeant : elle se dit d'abord qu'il y avait eu tellement de bouleversements dans sa vie ces temps-ci que ce n'était pas étonnant que son cycle s'en ressente. Puis elle mit son retard sur le compte de la baisse brutale de température causée par l'arrivée de l'automne. Elle réussit à se leurrer pendant deux semaines. Mais lorsqu'elle vomit un matin, aussitôt après le petit déjeuner, puis après le déjeuner – et que Stella, passée à l'improviste, la trouva assise dans la cuisine, le visage livide —, elle fut bien obligée de regarder la vérité en face.

— Bon, tu vas enfin me dire ce qu'il se passe ? demanda son amie. Tu veux bien m'expliquer pourquoi tu as une mine épouvantable et pourquoi tu te comportes aussi bizarrement ?

— Je... Je suis enceinte.

Stella la dévisagea un instant en silence, l'air abasourdi.

— J'ignorais que tu fréquentais quelqu'un, finit-elle par répliquer lentement. J'ai été aveugle... Tu ne voulais pas m'en parler ?

Comment raconter cela de manière que son amie comprenne ? Impossible. L'irresponsabilité dont elle avait fait preuve était inconcevable.

— J'ai couché avec Lucas. Et je suis enceinte de lui.

— Tu as couché *avec Lucas Conway* ?

— Oui.
— Tu plaisantes ?
— Non, hélas.
Stella secoua la tête avec incrédulité, ses longs cheveux brun foncé suivant le mouvement.
— Je ne savais même pas qu'il te plaisait... Ni que tu étais son genre de femme !
— Il ne me plaisait pas. Et je ne suis pas son genre de femme.
— Comment est-ce arrivé, alors ?
Tara se mordilla la lèvre.
— Je n'arrive toujours pas à comprendre ce qu'il s'est passé.
— Fais un effort, Tara. Il y a bien une raison... Il s'est forcément passé quelque chose qui vous a...
— Oui. Il m'a fait une remarque qui m'a blessée. Ce qui m'a amenée à penser que je devrais chercher du travail ailleurs.
— Comme je te le répète depuis un bon bout de temps.
— Alors il a déclaré qu'il ne voulait pas que je m'en aille...
— Ne me dis pas qu'il t'a séduite pour te faire changer d'avis ?
— Mais non, évidemment ! protesta Tara.
— Alors, *qu'est-ce* qu'il s'est passé ?
Comment exprimer avec des mots cette chose qui avait flotté entre eux durant le dîner au restaurant ? Cette chose qui avait changé leur façon d'être à tous les deux, qui les avait transformés, d'employeur et employée, en un homme et une femme attirés l'un par l'autre ?
— C'est arrivé, c'est tout. Je ne peux pas te l'expliquer.
Son amie la regarda dans les yeux.
— OK. Et maintenant, qu'est-ce que tu comptes faire ?
Stella venait d'exprimer à haute voix la question la plus importante. Celle qui terrifiait Tara. Mais elle n'avait pas le choix.
— Je vais devoir aller à New York pour le dire à Lucas.

5

Lucas acheva de lire la lettre remise par le notaire sans trahir aucune émotion, alors que l'univers entier basculait autour de lui. Une sensation de malaise l'envahit, la dernière phrase se mit à danser devant ses yeux. Le cœur lui martelant les côtes, il sentit des gouttes de sueur perler à son front. Mais il parvint à garder son contrôle et replia la feuille de papier avant de la remettre dans son enveloppe d'une main qui ne tremblait pas.

— Avez-vous des questions, monsieur Conway ? Des points dont vous voudriez discuter avec nous ?

Certes. Des tonnes de questions. Mais pas de celles que l'on pose à un notaire dévoré par la curiosité. D'autre part, il avait saisi l'essentiel. Brusquement, il avait l'impression qu'un brouillard opaque se levait et que le paysage aux contours confus qui avait jusqu'ici entouré son passé apparaissait dans toute sa clarté. Cela expliquait tellement de choses. Pourquoi son père s'était toujours montré aussi cruel avec lui et pourquoi sa mère...

L'émotion qu'il éprouvait relevait davantage de la colère que de la souffrance tandis qu'il comprenait enfin pourquoi il ne s'était jamais senti à sa place nulle part.

Parce qu'il *n'avait pas* de place. Ses parents n'étaient pas ses parents, et lui-même n'était pas celui qu'il avait cru être. Tout avait changé durant le temps qu'il avait mis à lire cette lettre.

D'un autre côté, rien n'avait changé. Pas vraiment. Il était toujours Lucas Conway, et non Lucas Gonzalez.

Son pouls battait à ses tempes. Il secoua la tête.

Pas question de prendre son nom de naissance, Lucas Sabato. Il était l'homme qu'il avait choisi d'être. Un self-made-man à part entière.

— Nous avons eu du mal à retrouver votre trace après le décès de votre père, reprit le notaire d'une voix onctueuse. Parce que vous avez changé de nom et vous êtes installé en Europe d'une part. Et aussi parce que vous étiez brouillé avec votre famille.

Penché légèrement en avant au-dessus de son bureau, l'homme de loi le regardait d'un air interrogateur, s'attendant manifestement à ce qu'il lui révèle pourquoi il avait dissimulé sa véritable identité pendant toutes ces années.

Or Lucas n'avait pas l'intention de donner d'explications à quiconque. Pourquoi l'aurait-il fait ? Sa vie intérieure n'avait jamais regardé que lui et lui seul. Ses pensées étaient trop sombres pour être partagées avec autrui. Et elles venaient de s'assombrir encore. Alors, mieux valait conserver la façade lisse et sophistiquée qu'il présentait au monde et qui dissuadait les gens de creuser sous la surface.

Cela faisait partie des avantages d'avoir accédé aussi jeune au statut de milliardaire. Sa richesse et sa réussite avaient ébloui à tel point que personne n'avait songé à fouiller dans son passé. Ou plutôt, tous devenaient si obséquieux face à un homme possédant fortune et pouvoir qu'il pouvait diriger les conversations comme bon lui semblait. Il était passé maître dans l'art de l'esquive et des pirouettes verbales. Il n'avait même jamais dit à personne où il était né, contournant les questions des curieux avec le talent qui lui avait permis de devenir l'un des plus jeunes milliardaires d'Irlande. Son accent avait aidé à entretenir le mystère sur ses origines. Mélange d'un reste d'américain new-yorkais policé par les années passées dans un établissement multilingue en Suisse, et des notes douces et chantantes de l'irlandais inévitablement assimilées au fil du temps, il était difficile à identifier.

— Merci pour votre aide, dit-il poliment en se levant.

Il fourra l'enveloppe dans la poche intérieure de sa veste, serra machinalement la main que lui tendait le notaire et ignora le sourire aguicheur de la secrétaire au moment où il passait devant son bureau.

Une fois dehors, il avança rapidement sur le trottoir.

Décidément, l'automne était bien là. Après deux semaines passées en rendez-vous d'affaires, enfermé dans des bureaux ou des salles de réunion, il se rendait compte que la température avait nettement baissé et le vent fraîchi.

Il s'arrêta un instant, songea au fait qu'il allait visiter un nouvel appartement, et soudain la perspective de rester six mois à New York lui apparut sous un jour différent. Mais pourquoi aurait-il modifié ses projets ? Il n'était pas revenu depuis des années pour ne pas prendre le risque de croiser son père, mais l'homme qui avait usurpé ce titre étant désormais mort, pas question de laisser ce salaud continuer à influencer le cours de sa vie. Au contraire, il avait bien l'intention de se réapproprier la ville de sa jeunesse et d'en profiter enfin.

Jetant un bref coup d'œil à sa montre, il décida d'aller rejoindre l'agent immobilier à pied et prit la Cinquième Avenue, avant de lever les yeux vers le Flatiron Building, immeuble de bureaux tenant son nom de sa forme en fer à repasser, qu'il n'avait pas vu depuis ses... Combien, quatorze ans ? Quinze ? C'était la dernière fois qu'il avait passé ses vacances scolaires à New York. Ce retour au bercail s'était terminé dans la violence habituelle quand son père avait levé le poing sur lui, mais il lui avait tourné le dos et était sorti de la pièce en s'efforçant de ne pas prêter attention aux sarcasmes qui pleuvaient sur lui.

— Mauviette ! Tu as peur de te battre ?

Son prétendu père se trompait. Pour la première fois de sa vie, Lucas s'était au contraire senti *trop* capable de se battre et de répondre aux coups de ce salopard. Il avait pris des muscles, cet été-là, et grâce au sport intensif pratiqué dans son pensionnat huppé, il était devenu un athlète accompli.

Il savait très bien qu'il aurait pu mettre Diego Gonzalez K-O d'un seul coup de poing.

S'il ne l'avait pas fait, c'était parce qu'il avait craint de ne pas pouvoir s'arrêter. De continuer à frapper encore et encore la sale brute qui avait fait de sa vie un enfer. Alors il avait continué à avancer sans se retourner.

La seule fois où il était revenu, ça avait été pour les obsèques de sa mère. Lui et son beau-père s'étaient assis de chaque côté de l'allée centrale de l'église, le plus loin possible l'un de l'autre, et n'avaient pas échangé un mot.

Il se souvenait d'avoir contemplé la couronne de fleurs posée sur le cercueil en bois massif, les volutes sculptées sur les flancs brillants de celui-ci, et d'avoir pris conscience qu'il n'avait jamais vraiment connu celle que, à l'époque, il prenait pour sa génitrice. Et il ne s'était pas trompé : il ne l'avait pas connue du tout.

Mais il n'allait pas s'appesantir là-dessus. Il avait passé sa vie à rejeter le passé, et il n'allait pas changer d'attitude.

Revenant au présent, il remarqua une femme immobile sur le trottoir d'en face, attendant comme lui que le feu passe au rouge. La teinte fauve de ses cheveux lui fit penser à Tara, qui faisait désormais partie elle aussi de son passé.

Il avait commis une erreur. Peut-être parce qu'il était déboussolé par la perspective de se retrouver à New York et appréhendait son rendez-vous avec le notaire, pressentant une découverte désagréable. Là non plus il ne s'était pas trompé.

Heureusement, la séparation s'était effectuée en douceur. Tara n'avait pas fait d'histoires. Et puis, elle l'avait dit elle-même, il fallait bien qu'elle la perde un jour, sa virginité.

Mais il avait beau s'efforcer de ne pas penser à leur étreinte fulgurante, il avait du mal. La nuit, ses rêves étaient hantés par le souvenir du corps mince de Tara, de sa peau laiteuse, de la façon dont ses muscles intimes avaient enserré son érection quand il l'avait pénétrée. À chaque fois, il se réveillait furieux et excité, dans un état de frustration intense.

À vrai dire, il n'arrivait toujours pas à croire qu'il avait couché avec sa gouvernante. Celle qu'il avait considérée cinq ans durant comme un élément faisant partie de sa vie. Un élément indispensable, certes, mais une simple employée, qu'il n'avait jamais vraiment regardée comme une femme.

Tara Fitzpatrick n'était à ses yeux qu'une personne qui travaillait pour lui avec zèle et compétence. Or, une fois dans son lit, elle s'était révélée femme à cent pour cent.

Une fois encore, il revécut l'avidité avec laquelle elle était tombée dans ses bras, avait répondu à ses baisers, à ses caresses. Et puis, le choc ressenti en s'apercevant qu'il était son premier amant.

Comment avait-il pu être aussi imprudent, aussi irresponsable ?

Ces pensées dérangeantes furent interrompues par le vibreur de son smartphone. Quand il sortit celui-ci de sa poche et découvrit le nom de l'appelant, il s'immobilisa, incrédule.

C'était à croire qu'il avait pensé si fort à Tara qu'elle l'avait senti...

Calculant rapidement l'heure qu'il était à Dublin, il fronça les sourcils.

22 heures passées ? Elle aurait dû être en train de...

Peu importe ce qu'elle aurait dû être en train de faire, bon sang ! Elle *l'appelait*.

Quel que soit le motif de cet appel, la conversation serait de toute façon embarrassante, aussi valait-il mieux ne pas répondre. Si c'était important, elle lui laisserait un message.

Mais, tout en se disant qu'il avait tort, il ne put se résoudre à ne pas lui répondre en direct. Qui sait, il y avait peut-être eu un vrai cambriolage cette fois-ci ?

— Tara ! commença-t-il d'un ton exagérément enjoué. Quelle surprise !

— Le moment est mal choisi ? Je te dérange ?

Elle paraissait nerveuse. Mauvais signe.

— Non, pas du tout. Je suis à pied dans la Cinquième Avenue, alors tu auras peut-être du mal à m'entendre, avec tout le bruit de la circulation.

— Ah...

— Tout va bien ? Il n'y a rien de grave, j'espère ?

— Non, pas vraiment, répondit-elle lentement.

Comme si elle choisissait ses mots avant de lui annoncer une catastrophe. Ou de lui dire qu'il lui manquait. Ou, pire encore, qu'elle était tombée amoureuse de lui...

— Pas de fuite d'eau à l'entresol, au moins ? demanda-t-il avec une jovialité forcée.

— Non, non, tout va bien de ce côté-là, s'empressa-t-elle de répliquer. Il faut... Il faut que je te parle, Lucas.

Il sentit son cœur sombrer dans sa poitrine.

C'était exactement ce qu'il redoutait. Il avait vécu cela avec tant de femmes, toutes incapables de comprendre que pour lui le sexe ne représentait rien d'autre que du sexe. Tara allait sans doute lui dire qu'elle voulait le revoir, alors que lui désirait tourner définitivement la page.

— C'est ce que nous sommes en train de faire, non ? fit-il, désinvolte.

— Non, pas par téléphone. Il faut que je te voie.

La voix de Tara avait un accent inhabituel, presque désespéré, qui lui fit froid dans le dos.

— Mais je suis à New York, Tara, dit-il, le plus gentiment possible. Et toi à Dublin.

— Non, répliqua-t-elle, la voix plus assurée. Je viens d'arriver à JFK.

Il sursauta.

— JFK ? répéta-t-il, suffoqué. À l'aéroport ? Tu es à New York ?

— Évidemment, répondit-elle, un peu sèchement.

Une foule d'hypothèses lui traversèrent l'esprit, plus terrifiantes les unes que les autres. Une en particulier lui glaçait le sang.

Il adressa un petit signe de tête à l'agent immobilier, une brune bien faite en élégant tailleur gris perle, qui venait d'apparaître devant l'entrée principale de l'immeuble où il devait visiter un appartement.

— Il faut que je te laisse, Tara. J'ai un rendez-vous. Tu peux prendre un taxi à l'aéroport ?

— Évidemment ! répéta-t-elle, d'un ton franchement agacé. Je ne suis pas complètement idiote.

— Alors, retrouvons-nous au bar du Meadow Hotel à 19 heures. Nous pourrons discuter tranquillement.

Après avoir remis son smartphone dans sa poche, il s'avança vers la jolie brune qui lui tendait la main en souriant.

6

Le Meadow Hotel était bien sûr un palace luxueux. Et, naturellement, Tara se sentit déplacée dès qu'elle pénétra dans le hall immense inondé de lumière. En outre, il y faisait terriblement chaud, et avec son pull en laine, elle eut l'impression d'étouffer. Mais bon, on était en automne, et elle avait lu sur Internet que, à cette époque de l'année, la température était en général plus basse à New York qu'à Dublin.

Après avoir convaincu le portier qu'elle avait bien rendez-vous avec quelqu'un au bar de l'hôtel, l'homme au visage sévère l'informa qu'elle devait déposer son anorak et sa valise au vestiaire, où elle fut accueillie par un préposé qui la dévisagea de la tête aux pieds sans dissimuler sa stupéfaction.

Gardant son écharpe autour du cou, comme une ado attardée, elle fourra le ticket dans son porte-monnaie puis traversa le hall, où elle croisa des femmes ultra-élégantes au bras d'hommes plus âgés qu'elles. Elle se sentit encore plus mal à l'aise. À plusieurs reprises, elle dut demander son chemin et fut toisée à chaque fois d'un air incrédule. De toute évidence, tout le monde sauf elle savait où se trouvait le bar...

Lorsqu'elle y parvint enfin, à l'extrémité d'un couloir à l'éclairage tamisé, elle découvrit un lieu où régnait une atmosphère à la fois opulente et décontractée, assortie au style oriental de la décoration. Devant le bar à proprement parler, des hommes d'affaires assis sur de hauts tabourets bavardaient en sirotant leur cocktail. Quand ils se retournèrent brièvement vers elle, elle eut droit à des regards peu flatteurs.

Elle n'était pas le genre de femme à fréquenter un endroit comme celui-là, traduisit-elle sans peine, en choisissant une table basse située un peu à l'écart.

Elle s'assit et consulta discrètement sa montre.

18 h 57. Il n'allait sans doute pas tarder.

— Tara ?

Ouf, il ne lui avait pas fait faux bond ! C'était déjà ça.

Levant les yeux vers lui, elle reconnut les effluves épicés de son eau de toilette et se sentit frémir, troublée.

En parfaite harmonie avec l'environnement sophistiqué, Lucas portait l'un de ses costumes taillés sur mesure, une chemise blanche et une cravate en soie rouge carmin, mais elle ne put s'empêcher de songer au corps viril que dissimulaient ces vêtements élégants.

Son cœur s'emballa.

Malheureuse qu'elle était ! Elle ne voyait plus en Lucas Conway un ex-employeur, mais l'homme avec qui elle avait partagé un moment d'intimité inouï. Celui auquel elle avait été enlacée, peau contre peau. L'amant merveilleux qui avait caressé et léché les endroits les plus secrets de son corps.

Elle avait décidé d'aller lui annoncer la nouvelle de vive voix, face à face. Mais à présent, elle se demandait si elle avait bien fait. Peut-être aurait-il mieux valu qu'elle lui envoie un e-mail, ou un SMS… Subitement, il lui paraissait impossible d'annoncer une chose pareille à Lucas. Surtout là, dans un tel cadre. Dans son univers à lui, un lieu réservé aux gens riches, privilégiés, où une femme comme elle n'avait pas sa place.

— Bonsoir, Lucas.

— Bonsoir, répliqua-t-il avec un petit salut de la tête.

Mais quand il s'assit en face d'elle et que son beau visage se trouva un peu plus éclairé, elle fut sidérée de voir l'expression bouleversée qui empreignait ses traits.

Il avait l'air anéanti. Les petites rides auréolant ses yeux verts paraissaient plus marquées, son regard semblait vide… Comme si le Lucas qu'elle connaissait avait été remplacé par un autre, un étranger indifférent, distant. Mais, en contraste avec cette indifférence apparente, elle percevait la rage formidable qui bouillonnait en lui.

Était-il furieux contre elle parce qu'elle avait débarqué sans prévenir ?

Eh bien, tant pis pour lui, elle ne se laisserait pas impressionner ! Elle n'était pas une ex-maîtresse refusant d'admettre que tout était terminé et le poursuivant à l'autre bout de la planète. Elle était une femme ordinaire qui portait néanmoins son enfant. Aussi allait-elle s'acquitter de son devoir envers lui aussi dignement que possible.

— Je sais que tu ne t'attendais pas à me voir.

— Ça, tu peux le dire, répliqua-t-il en desserrant sa cravate. Tu as déjà commandé quelque chose ?

Inutile de lui avouer qu'elle n'osait pas appeler l'une des serveuses, ni qu'elle craignait de ne pas avoir assez d'argent sur elle pour régler sa consommation.

— Non, pas encore.

— Tu veux essayer un de leurs cocktails maison ? demanda-t-il en souriant.

Elle le connaissait suffisamment pour savoir que ce sourire était forcé et dénué de toute affection. Elle le regarda faire signe à une serveuse, qui se précipita aussitôt vers eux avec empressement.

Il fallait qu'elle soit raisonnable, se raisonna-t-elle. Qu'elle essaie de se mettre à la place de Lucas. Il devait se demander pourquoi elle avait fait le voyage de Dublin à New York et se poser toutes sortes de questions. Et peut-être appréhender ce qu'elle avait à lui dire.

Eh bien, il allait avoir un drôle de choc…

Elle s'éclaircit nerveusement la gorge.

— Non, merci. Je préférerais un verre d'eau.

Le beau visage s'assombrit encore. Pouvait-il avoir deviné ? s'interrogea-t-elle avec un frisson glacé.

Lucas tourna les yeux vers la serveuse.

— Apportez-nous une bouteille d'eau gazeuse, s'il vous plaît.

— Tout de suite, monsieur.

Dès que la jeune femme se fut éloignée en direction du bar, toute ombre de sourire disparut. L'homme assis en face d'elle redevint un parfait étranger dont le regard froid la fit frissonner de nouveau.

— Eh bien ? Vas-tu enfin me dire pourquoi tu es venue sans te donner la peine de me prévenir ?

Elle inspira à fond, expira lentement, regrettant que la serveuse n'ait pas encore apporté la bouteille d'eau. Elle avait la bouche si sèche...

— Je... Je suis enceinte.

De la colère brillait dans les yeux verts. Il y eut un silence. Interminable. Puis Lucas secoua la tête.

— C'est impossible, déclara-t-il sèchement.

À quoi s'était-elle attendue ? À ce qu'il accueille la nouvelle avec des cris de joie ? À ce qu'il accepte la réalité d'emblée, sans poser de questions ?

— Je suis désolée, mais c'est pourtant le cas.

Il se pencha vers elle.

— C'est *impossible*, répéta-t-il en baissant la voix. J'ai utilisé un préservatif.

Elle fut heureuse de voir la serveuse revenir avec la bouteille d'eau, ce qui lui offrait un peu de répit. Mais le silence lui parut terriblement long tandis que la jeune femme versait l'eau pétillante dans deux verres en cristal. Lorsque celle-ci se fut de nouveau éclipsée et que Tara eut retrouvé un tant soit peu de contenance, elle souleva son verre et but quelques gorgées d'eau fraîche.

Puis elle regarda Lucas et hocha la tête.

— Je sais. Mais je sais aussi que ce genre de contraception barrière n'est pas fiable à cent pour cent.

Il la dévisagea un instant en silence, l'air interloqué.

— « Ce genre de contraception barrière » ? Qui emploie encore ce genre d'expression, de nos jours ?

— Je l'ai lue dans un guide pour femmes enceintes.

— Qui date de quand ? Du dix-huitième siècle ?

Mieux valait ignorer le sarcasme. C'était la spécialité de Lucas, et vu la situation, son attitude la blessait encore plus que d'habitude. Cependant, elle n'allait pas se laisser insulter sans réagir, alors qu'il était aussi responsable qu'elle de cette situation. Et que, de son côté, elle n'avait pas l'intention de s'en vouloir.

Son enfant ne souffrirait pas ce qu'elle avait souffert.

Elle reposa son verre sur la table d'une main tremblante.

— Faire de l'ironie ne résoudra rien.

— Vraiment ? Dois-je en déduire que tu détiens une formule magique qui va régler le problème ? Dans ce cas, je suis impatient de la connaître.

— Ce n'est pas la peine d'être aussi... *brutal* !

Lucas se pencha de nouveau, et elle vit le pouls battre frénétiquement sur son cou.

— Je ne suis pas brutal, je suis franc. Je n'ai jamais voulu avoir d'enfant, Tara. Jamais. Dès mon adolescence, tu comprends ? Et mon sentiment n'a pas diminué d'un iota depuis, au contraire !

Elle s'intima de garder son calme.

— Je n'en avais pas vraiment l'intention non plus. Mais il ne s'agit ni de sentiment ni de spéculation. Je suis enceinte, c'est la réalité. Et j'ai pensé que tu étais en droit de le savoir. C'est tout.

Lucas considéra Tara, espérant à moitié que, soudain, elle éclate de rire et dise : « Poisson d'avril ! » Sauf qu'on était en octobre et que Tara n'était pas folle au point de débarquer à New York sans prévenir pour lui balancer un canular. Et qu'elle ne riait pas.

Il réfléchit aux différentes façons de réagir face à cette situation calamiteuse.

Il pourrait lui demander de faire un test ADN et l'interroger en bonne et due forme pour savoir avec qui elle avait couché depuis qu'il lui avait pris sa virginité. Mais ça aurait été stupide. Parce que, il en était certain au fond de lui, il n'y avait eu aucun amant après lui dans la vie de Tara Fitzpatrick.

Autre solution : commander un double scotch. Ce serait une bonne idée, cela lui donnerait le temps de réfléchir.

Mais pas là. Pas au milieu de ces gros bonnets new-yorkais dont quelques-uns l'avaient reconnu et l'observaient de loin avec curiosité. Leur attitude ne le surprenait pas car, avec ses cheveux aux reflets fauves rassemblés grosso modo sur le sommet du crâne, son pull vert pomme et son écharpe à rayures multicolores tricotée durant le premier hiver passé chez lui, Tara détonnait quelque peu dans l'ambiance sophistiquée et feutrée qui régnait dans le bar.

Avait-il honte d'elle ?

Non. Il avait enfreint suffisamment de règles dans sa vie pour être catalogué dans la catégorie des anticonformistes, et il se fichait que sa gouvernante porte un jean plutôt qu'une robe de créateur à l'instar des quelques femmes présentes dans le bar. D'autre part, ne venait-il pas d'apprendre des détails de son passé qui auraient choqué tous ces gens, les auraient horrifiés ? Peut-être auraient-ils même ressenti une joie malsaine en découvrant à leur tour la vérité sordide qui venait de s'abattre sur lui.

— Nous ne pouvons pas parler ici, dit-il en se levant. Viens avec moi.

Tara hocha la tête docilement.

Elle lui obéissait comme elle l'avait fait pendant les cinq années durant lesquelles elle avait travaillé pour lui – avant d'atterrir dans son lit parce qu'il avait cédé à un assaut de passion effrénée surgie de nulle part.

— Où allons-nous ? demanda-t-elle alors qu'ils sortaient du bar.

— J'ai pris une suite ici, dans cet hôtel.

— Lucas...

— Inutile de prendre cet air offusqué, l'interrompit-il en s'arrêtant devant l'ascenseur. Le sexe n'est pas vraiment ma priorité pour l'instant, si c'est à ça que tu penses !

— Tu veux bien parler moins fort ? répliqua-t-elle entre ses dents.

— Il est un peu tard pour la pudibonderie, non ?

— Il ne s'agit pas de pudibonderie. Je ne veux pas que tous les clients de l'hôtel soient au courant de ma vie privée !

Il s'abstint de tout commentaire et l'invita à entrer dans la cabine, puis ils restèrent silencieux tous les deux tandis que l'ascenseur montait jusqu'au dernier étage.

Mais ses pensées continuaient à tourbillonner dans son esprit.

Il n'avait jamais désiré être père, son expérience personnelle l'en avait dégoûté pour toujours. Au moins, il savait pourquoi, désormais. Mais cela ne le rendait pas plus heureux pour autant. Ça ne résolvait rien. Dans un sens, c'était même encore pire qu'avant.

— Nous sommes arrivés, dit-il, tendu, lorsque les portes coulissèrent en silence.

Ils s'avancèrent dans la suite avec terrasse du Meadow Hotel, réputée pour avoir les plus belles vues de Manhattan.

La nuit tombait et les lumières de la ville clignotaient déjà sur le ciel bleu virant au gris mauve...

Toutefois, Tara ne manifesta aucun enthousiasme, elle ne s'extasia pas devant le spectacle unique qui s'offrait à ses yeux. Elle ne paraissait même pas le remarquer. Immobile au milieu de la pièce, elle se tourna lentement vers lui et le regarda droit dans les yeux.

— Je suis venue parce que j'estimais que tu avais le droit d'être au courant.

— Tu l'as déjà dit.

— Et parce que je préférais te le dire en face.

— Mais tu n'as pas songé à me prévenir ?

— Comment aurais-je pu te prévenir sans te dire de quoi il s'agissait…

Elle s'interrompit un instant avant d'ajouter :

— Je voulais voir ton expression quand je te le dirais.

— Et ma réaction t'a déçue ?

— Je suis réaliste, Lucas. Tu as réagi comme je m'y attendais.

S'interrompant de nouveau, elle inspira profondément.

— Mais je veux que tu saches que je n'ai pas l'intention de te demander quoi que ce soit. Je t'informe de la situation, c'est tout. À toi d'en faire ce que tu voudras.

Il tiqua, soudain conscient du rythme saccadé des battements de son cœur. Mais ce qu'il ressentait, ce n'était ni de l'excitation ni de la joie. C'était de la souffrance.

— J'ai besoin d'un cognac, dit-il d'une voix dure. Je vais te faire apporter du thé.

Il avait cru la calmer en lui montrant qu'il se souvenait de ses habitudes, mais elle le foudroya du regard.

— Je ne suis pas venue pour prendre le thé, riposta-t-elle, l'air guindé.

— Très bien. Nous boirons quelque chose plus tard. Tu ne veux pas t'asseoir ?

Tara n'avait pas envie de s'asseoir, elle voulait retourner à Dalkey, chez elle… Sauf que ce n'était pas chez elle. Cependant, elle avait beau n'avoir jamais été que l'employée de Lucas Conway, elle s'était sentie presque comme chez elle dans sa grande maison confortable.

— Je préfère rester debout, si ça ne te dérange pas, dit-elle, les épaules raides. J'ai été assise pendant des heures dans un avion, et j'ai besoin de me dégourdir les jambes.

Une lueur agacée étincela de façon fugace dans les yeux de Lucas, puis il hocha la tête avec indifférence.

— Comme tu voudras. Alors, résumons la situation.

Elle regrettait presque la colère qu'elle avait perçue en lui. C'était moins éprouvant que ce calme, cette indifférence glacée. Ce nouveau Lucas était si différent de celui qu'elle connaissait...

Ou plutôt, de celui qu'elle avait cru connaître. Parce que, au fond, elle ne savait quasiment rien sur lui. Et pas seulement parce qu'il ne se montrait jamais familier ou expansif, mais parce qu'on ne peut pas connaître un homme pour lequel on travaille. Pas réellement. Leurs rapports avaient été superficiels. Elle avait vu différents aspects de son caractère au fil des années, mais elle n'avait jamais été qu'une employée pour lui, et il l'avait toujours traitée comme telle. Pas en égale.

Avait-il jamais considéré ses maîtresses comme des égales ? Probablement pas non plus, à en juger par ce dont elle avait été témoin. Sinon, il n'aurait pas plaqué ses ex sans leur donner la moindre explication, en se contentant de leur offrir un collier de diamants pour faire passer la rupture.

En outre, elle n'était ni sa maîtresse ni sa petite amie. Juste une femme avec qui il avait couché et qui portait maintenant son enfant.

D'instinct, elle posa les doigts sur son ventre encore plat et vit Lucas suivre son geste en plissant les yeux, tel un fauve prêt à bondir sur sa proie.

— Tu es enceinte... de combien ?

Il avait dit le mot « enceinte » comme s'il le prononçait pour la première fois.

Elle eut envie de répliquer que pour elle aussi tout était étrange. Qu'elle se sentait partagée et effrayée face à l'avenir, comme sans doute il l'était de son côté. Mais elle ne pouvait pas lui parler de son désarroi, de ses incertitudes, parce qu'elle devait être forte. Pour son bébé et pour elle-même. Par conséquent, elle ne montrerait aucune faiblesse. Il ne fallait surtout pas que Lucas s'imagine qu'elle cherchait à profiter de lui et comptait sur son aide, financière ou autre.

— De sept semaines.

— Et tu es certaine d'être enceinte ?
— J'ai fait un test.
— Un test fiable ?
Elle s'interdit de s'énerver.
— Je ne suis pas allée acheter un truc périmé dans un magasin qui proposait des soldes, si c'est ce que tu sous-entends. Je suis bel et bien enceinte.
— Tu as vu un médecin ?
— Je... Non, pas encore.
Difficile de lui avouer qu'elle n'avait pas pu se résoudre à aller voir le généraliste sympathique et bienveillant de Dalkey, lui-même grand-père. Qu'aurait-elle répondu lorsqu'il lui aurait demandé qui était le père du bébé ? Elle avait trop peur d'être jugée comme elle l'avait été durant son enfance et son adolescence.
Lucas se dirigea vers le minibar, sans doute pour se verser un verre de cognac, mais il se ravisa et se retourna vers elle, le visage semblable à un masque.
— Bon, qu'allons-nous faire ? fit-il en haussant les sourcils. Tu dois bien avoir quelques idées ? Tu as eu le temps d'y réfléchir, dans l'avion... Tu veux garder ce bébé, j'imagine ?
Une bouffée de colère monta à la tête de Tara, et l'instant d'après elle crut qu'elle allait fondre en larmes.
— Bien sûr que je veux le garder ! Tu me prends pour qui ?
Une expression de souffrance traversa les traits de Lucas, avant de disparaître aussi vite qu'elle était apparue.
— Alors, c'est le mariage que tu vises ? lança-t-il d'un ton sardonique.
— Je n'ai aucune envie de me marier avec un individu qui ne peut dissimuler son dégoût à la perspective de m'épouser !
— Je ne vais pas jouer la comédie, Tara. Ni te mentir. Je n'ai jamais voulu avoir d'enfants, je te l'ai dit. Et par conséquent, je n'ai jamais désiré me marier non plus.
— Et moi, je t'ai déjà dit que je n'attendais rien de toi,

riposta-t-elle sèchement. Et maintenant que j'ai fait ce que j'avais à faire, je vais m'en aller.

— Ah oui ?

Il plissa de nouveau les yeux, l'air presque menaçant.

— Et tu penses aller où, comme ça ?

Elle redressa les épaules.

— Je retourne à Dublin – où veux-tu que j'aille d'autre !

— Tu ne peux pas retourner là-bas, répliqua-t-il en secouant la tête.

— Ah oui ? fit-elle, imitant délibérément l'attitude de Lucas. Tu crois pouvoir m'en empêcher, peut-être ?

Incroyable comme le corps se rebelle parfois et échappe à tout contrôle… Peut-être à cause du long vol en classe économique ou de la nourriture de mauvaise qualité servie à bord. Sans compter les chamboulements hormonaux et les émotions chaotiques. Résultat, elle fut assaillie par une horrible vague de nausée.

Avait-elle blêmi ? Était-ce pour cela que Lucas changeait de visage ?

Il s'avança rapidement vers elle, l'air inquiet.

— Ça va, Tara ? Tu te sens bien ?

— Je crois que je vais vomir, murmura-t-elle.

Il poussa un juron dans une langue qu'elle ne comprit pas, avant de la soulever dans ses bras juste au moment où elle se sentait vaciller.

La dernière fois qu'il l'avait portée ainsi, ça avait été le commencement de tous ses ennuis… Mais au lieu de se diriger vers sa chambre, il l'emmena dans la salle de bains, où elle put se soulager l'estomac. À son grand embarras, Lucas resta à côté d'elle et lui repoussa les cheveux en arrière pour qu'elle soit plus à l'aise.

— Va-t'en, chuchota-t-elle, mortifiée.

— Pas question.

— Je ne veux pas que tu me voies dans cet état.

— Ne t'inquiète pas, répliqua-t-il, pince-sans-rire. J'ai

participé à suffisamment de voyages scolaires en car pour avoir déjà vécu ce genre de situation.

— Ce n'est pas la même chose...

— Arrête de parler.

Sans plus protester, elle laissa Lucas lui tamponner le visage avec une serviette humide. Puis, avec un regard froid, il lui tendit un tube de dentifrice et une brosse à dents.

— Prends tout ton temps. Et appelle-moi si tu as besoin de moi, je serai à côté.

Elle attendit qu'il ait refermé la porte derrière lui avant de se tourner vers le miroir.

Mon Dieu... Elle avait le visage livide, les cheveux dans tous les sens, et ses yeux paraissaient immenses, disproportionnés.

Décidément, les choses ne faisaient qu'empirer. Elle venait de se donner en spectacle alors que Lucas ne voulait pas de sa présence. Ni de la nouvelle qu'elle venait de lui annoncer. Et, pire encore, elle se trouvait à des milliers de kilomètres de Dalkey.

Sans se soucier d'exhiber le vieux débardeur qu'elle portait comme dessous, elle ôta son pull et s'aspergea le visage d'eau froide avant de se laver vigoureusement les mains et de se brosser les dents. Puis, tirant sur l'élastique les retenant encore plus ou moins, elle laissa ses boucles tomber sur ses épaules et sortit de son sachet en cellophane le peigne offert par l'hôtel. Pas vraiment de taille à venir à bout de son épaisse chevelure bouclée, mais elle réussit néanmoins à la dompter un tant soit peu et à avoir l'air plus présentable.

Désormais, elle assurerait, quoi qu'il arrive. Il suffisait de penser à ce qu'avaient vécu sa mère et sa grand-mère, à des époques où avoir un enfant en dehors du mariage était le pire malheur qu'il puisse arriver à une femme. Leur vie en avait été presque détruite, mais elles s'en étaient sorties, et elle aussi s'en sortirait.

Quand elle ouvrit la porte de la salle de bains, elle se retrouva nez à nez avec Lucas qui l'attendait, les traits sombres et dans les yeux une lueur ressemblant fort à de l'inquiétude.

— Comment te sens-tu maintenant ?

— Beaucoup mieux, répondit-elle, crispée.

— Je vais faire venir le médecin.

— Non, ce n'est pas la peine. Je n'ai pas besoin de voir un médecin, Lucas. Les femmes enceintes sont sujettes à ce genre de malaise, surtout en début de grossesse. J'aimerais seulement que tu m'appelles un taxi pour aller à l'hôtel où j'ai réservé une chambre pour la nuit. Et demain, je tâcherai de prendre le premier vol pour...

— Je crains que cela ne soit pas possible, Tara.

— Comment cela ? rétorqua-t-elle en redressant le menton. Aurais-tu l'intention de m'en empêcher physiquement ?

— S'il le faut, je n'hésiterai pas, parce que je manquerais à mon devoir en te laissant partir seule dans New York à cette heure-ci, surtout dans ton état. Tu vas rester ici et aller immédiatement au lit.

— Je ne...

— Oh ! mais si ! coupa-t-il de nouveau d'une voix ferme. Il y a une seconde chambre dans la suite. J'y ai déposé tes affaires. Et inutile de protester.

Elle entrouvrit les lèvres, avant de les refermer.

Il n'aurait en effet servi à rien de protester. Elle connaissait la lueur déterminée qui brillait dans le regard de Lucas pour l'avoir vue de temps en temps, par exemple au beau milieu d'une négociation importante, quand il lui demandait d'apporter des boissons. Il obtenait toujours ce qu'il désirait, il faisait plier les individus les plus coriaces.

Mais qu'avait-il à retirer de la situation présente ? Comment pourrait-il l'améliorer ? Elle avait commis la même erreur que sa mère et sa grand-mère autrefois, et elle savait très bien ce qui l'attendait.

Cependant, cette certitude n'atténuait en rien la fatigue qui se répandait dans tout son corps, l'obligeant à capituler.

— Bon, d'accord. Si tu veux bien me montrer le chemin...

Lucas hocha la tête en direction du couloir et remarqua que Tara gardait prudemment ses distances avec lui. Cette attitude lui provoqua une frustration à laquelle il ne s'attendait vraiment pas. Peut-être parce que, d'ordinaire, les femmes ne protestaient pas quand il les invitait à partager sa suite, ni ne s'efforçaient de le tenir à distance. Au contraire, songea-t-il avec cynisme. Elles auraient été prêtes à tout pour satisfaire ses caprices d'homme fortuné doublé d'un amant réputé pour son savoir-faire.

Depuis son arrivée à New York, il s'était convaincu que sa subite attirance envers Tara Fitzpatrick avait disparu. ça aurait *dû* être le cas. Mais à sa grande stupeur, il découvrait que cette femme détenait le pouvoir de l'atteindre à un niveau des plus primaires. Elle provoquait en lui une réaction atavique. Même dans ce jean démodé et ce débardeur quelconque, elle lui plaisait, elle l'attirait. Il ne pouvait s'empêcher de penser à son corps mince et souple, à la peau claire de ses seins sur laquelle ressortaient les mamelons rose framboise. Il se rappelait l'instant où il l'avait fait glisser sur son érection et où il avait rencontré une résistance.

Sur le moment, le fait qu'elle lui ait caché qu'elle était vierge l'avait indigné, mais son indignation avait été vite remplacée par une satisfaction purement virile à la pensée qu'il était son premier et unique amant.

La bouche sèche, il la regarda s'avancer dans le couloir, ses boucles aux reflets fauves dansant sur son dos, lui rappelant les sensations éprouvées quand il avait enfoui les doigts dans cette chevelure épaisse et soyeuse.

À l'instant où Tara disparut dans la chambre et referma la porte sur elle, le désir fusa en lui avec une intensité stupéfiante. Son érection le lancina, presque douloureuse.

Elle l'excitait – et elle était enceinte.

Un frisson le parcourut, une crainte atroce l'envahit, qui n'avait rien à voir avec celle éprouvée chez le notaire.

Tara Fitzpatrick portait *son enfant*. Et au regard de ce qu'il avait appris ce jour-là, pouvait-il laisser un enfant de son sang grandir dans l'ignorance de ses propres origines ?

Il poussa la porte de la chambre et vit Tara entrouvrir les lèvres en même temps que l'éclat mordoré embrasait son regard.

— J'espère que cette chambre te convient, dit-il lentement. Tu devrais y trouver tout ce dont tu as besoin.

Perçut-elle la pointe de cynisme colorant sa voix ? Était-ce pour cela qu'elle redressa les épaules et le toisa d'un air de défi ?

— Je n'y passerai qu'une seule nuit, de toute façon.

Il eut envie de lui dire qu'elle se trompait, mais il préféra s'en abstenir.

Pour l'instant, il fallait la laisser dormir. Et quand elle se réveillerait le lendemain matin, il aurait décidé de son avenir. Et du sien, songea-t-il sombrement. Parce que, dorénavant, leurs deux vies seraient irrévocablement liées.

7

Tara ouvrit les yeux et fut envahie par une merveilleuse sensation de bien-être.

Jamais elle n'avait dormi dans un lit aussi confortable, ni ne s'était réveillée au milieu d'un tel luxe, d'un tel décor.

Sur trois côtés de la pièce, de larges fenêtres offraient une vue féerique sur les gratte-ciel de New York. Appuyée sur les coudes, elle contempla le paysage environnant qui ressemblait à des constructions de Lego géantes se détachant sur le ciel bleu pâle d'octobre. Elle se redressa sur son séant et s'adossa aux oreillers pour mieux savourer le spectacle auquel elle n'avait pas fait attention la veille au soir, trop fatiguée et trop déboussolée pour remarquer quoi que ce soit.

Mais, à présent, tout la fascinait, tant à l'extérieur qu'à l'intérieur de la pièce. Le plafond recouvert de laque dorée et le parquet blond ciré conféraient à la chambre de l'éclat mais aussi de la douceur. Sur la ravissante commode en bois marqueté trônait un vase contenant des orchidées blanches, si parfaites qu'elles en paraissaient presque artificielles. Elle tressaillit en apercevant soudain sa vieille valise usée dans un coin, en décalage total avec l'opulence qui régnait dans la pièce.

Un verre d'eau était posé sur la table de chevet, sans doute apporté par Lucas. Elle le prit et le but presque entièrement avant de se lever et de se diriger vers la porte de la salle de bains, un espace somptueux tout en marbre ivoire et chrome brillant. Elle fit un brin de toilette et se brossa les cheveux, résolue à faire admettre à Lucas qu'elle *devait* rentrer en Irlande et qu'il ne pouvait pas la retenir de force.

Mais quand elle regagna la chambre, la tentation de se recoucher fut si grande qu'elle s'allongea dans le grand lit, en se disant qu'elle pouvait bien profiter un petit moment de plus de ce luxe. Elle irait retrouver Lucas ensuite…

Elle se réveilla avec la nette impression qu'il y avait quelqu'un dans la pièce. Battant des cils, elle découvrit Lucas debout à côté du lit, qui la regardait tranquillement.

Il portait un jean noir qui moulait ses hanches étroites et ses longues jambes, ainsi qu'une chemise gris souris déboutonnée à l'encolure, laissant entrevoir sa peau mate. Il ne s'était pas rasé, et à en juger par les ombres qui soulignaient ses yeux, il n'avait pas beaucoup dormi. Elle déglutit en se rendant compte que l'intimité de la situation ne l'embarrassait pas plus que cela. Parce que Lucas l'avait connue au plus intime de son corps, de sa féminité. Comme personne avant lui.

La délicieuse chaleur rejaillit en elle, se répandit dans son ventre, entre ses cuisses, tandis que des souvenirs brûlants commençaient à défiler dans son esprit.

En dépit de tout ce qu'on lui avait inculqué autrefois, elle n'avait éprouvé aucune honte en se donnant à Lucas et en s'adonnant au plaisir charnel.

Le cœur battant à un rythme sauvage, elle se redressa sur son séant, serrant la couette sur sa poitrine.

— Bonjour.

Il lui répondit par un petit hochement de tête.

— Tu as bien dormi ?

— Très bien, merci.

— Tant mieux.

Ils se dévisagèrent sans plus prononcer un mot, jusqu'à ce qu'elle ne puisse supporter le silence.

— Il est tard ? demanda-t-elle en fixant le plancher sur lequel s'étirait un rayon de soleil.

— 11 heures un peu passées.

Elle redressa vivement la tête.

— Ah… Il faut que je me prépare. Ce n'est pas la peine de froncer les sourcils, Lucas. Je ne travaille plus pour toi, alors tu ne peux pas me dire que tu ne veux pas que je parte et t'attendre à ce que j'acquiesce sans protester !

Il la regarda en plissant les yeux.

— Je n'ai pas l'intention de t'interdire ou de t'imposer quoi que ce soit…

— Aurais-tu subitement changé de personnalité ?

Ignorant sa remarque et n'appréciant manifestement pas son humour, il poursuivit avec calme.

— Nous devons discuter des dispositions à prendre. Alors, écoute déjà ce que j'ai à te dire, d'accord ?

Au lieu de protester, elle sentit une sensation délicieuse frémir entre ses cuisses au son de sa voix légèrement rauque. Était-elle en train de devenir une obsédée sexuelle ?

Elle se força à se concentrer sur le présent, se répétant qu'elle devait rester sur ses gardes. Parce que Lucas avait de toute évidence un but, et le connaissant, il ne reculerait devant rien pour l'atteindre.

— D'accord.

Il frotta un instant sa joue non rasée.

— Tu veux peut-être du café ?

— Non, merci. Je n'en bois pas en ce moment. Et puis, je crois que tu cherches à gagner du temps. Alors, va droit au but et dis ce que tu as à dire.

Agacé par la perspicacité de Tara, Lucas se retint de serrer les poings.

Il avait oublié que, comme elle travaillait à son service depuis cinq ans, elle le connaissait assez bien.

Mais sans le connaître vraiment. Personne ne savait qui il était. Il avait toujours veillé à ne rien laisser entrevoir des ténèbres qui béaient en lui, l'absence totale de tout lien réel entre lui et les autres. À présent, il comprenait pourquoi il s'était toujours senti déconnecté du monde extérieur. On venait de lui fournir une sorte de justification à sa froideur et à son manque d'empathie. Mais il n'était pas là pour se concentrer sur ses tares ou ses failles. Il s'agissait de trouver une solution à un problème imprévu.

— Tu n'as pas de famille, n'est-ce pas ? demanda-t-il.

— Non. Je te l'ai dit lors de mon entretien d'embauche : après la mort de ma mère, j'ai été élevée par ma grand-mère, et elle aussi est décédée.

Ah bon, elle lui avait confié ces détails ? Peut-être bien, après tout. De son côté, il ne posait jamais de questions personnelles à quiconque, de crainte d'être interrogé à son tour. Il se rappelait juste que Tara l'avait impressionné par sa droiture et sa franchise, et que son allure quelconque avait représenté un atout.

Quel imbécile ! Parce que, là maintenant, elle était tout sauf quelconque, avec son abondante chevelure aux reflets cuivrés ressortant sur la blancheur des oreillers. Ses yeux couleur d'ambre le fascinaient tandis qu'elle l'observait d'un air méfiant.

— Tu ne veux pas t'habiller ? lança-t-il d'un ton brusque. Comme ça, nous pourrions discuter en prenant le petit déjeuner.

— Bonne idée, acquiesça Tara en hochant la tête. Je m'habille et je te rejoins.

Elle ne précisa pas qu'elle n'avait pas faim. Elle était trop soulagée de voir Lucas se détourner et quitter la pièce. Parce que la lueur qui incendiait ses yeux, la façon dont il promenait son regard sur elle l'avaient fait fondre de la tête aux pieds.

Après avoir pris une douche et enfilé le peignoir en tissu-éponge trouvé dans la salle de bains, elle alla retrouver Lucas qui buvait son café dans la salle à manger lambrissée.

— Cette suite est vraiment gigantesque, dit-elle en se dirigeant vers la fenêtre donnant sur les gratte-ciel de Manhattan.

La trouée de verdure que l'on apercevait devait correspondre à Central Park, songea-t-elle, contente de pouvoir se concentrer sur autre chose que Lucas.

— Tu as le temps d'admirer la vue, dit-il lentement. Viens t'asseoir et mange quelque chose.

Elle se retourna et remarqua seulement alors le grand chariot sur lequel étaient posés des plats protégés par des cloches en argent. Elle contempla la cruche en cristal contenant du jus d'orange, le panier couvert d'une serviette blanche, les coquilles de beurre disposées joliment sur un ravier... Alors qu'elle pensait ne pas avoir faim, elle entendit son ventre gargouiller peu élégamment et se rappela qu'elle n'avait pas pris de vrai repas depuis son départ de Dalkey.

Mais quand elle s'avança vers le chariot, Lucas l'arrêta d'un geste impatient.

— Assieds-toi, je vais te servir, dit-il d'un ton sévère. Je ne veux pas te voir t'effondrer comme hier.

Au lieu de répliquer qu'elle pouvait très bien se servir elle-même, elle s'assit docilement et ressentit une joie perverse à voir Lucas lui proposer des céréales, des œufs, des fruits et des yaourts, et ensuite à utiliser les différents couverts étincelants.

Non seulement ce rituel l'aidait à oublier son dilemme pendant quelques instants, mais elle savourait ce renversement inattendu des rôles.

— Je comprends pourquoi tu es aussi mince, dit Lucas d'un ton moqueur. Tu ne manges pas suffisamment.

Sans se troubler, elle étala le beurre crémeux sur une tranche de pain grillé.

— Dans l'un de mes manuels de grossesse, il est préconisé de manger peu et souvent pour éviter les nausées.

— Tu en as lu combien, au juste ?

— J'ai acheté tout ce que j'ai pu trouver. J'ignore tout de la maternité, et je tiens à être le mieux préparée possible.

Il plissa un instant le front, inspira profondément.

— Tu dis que tu veux garder ce bébé…

— Je ne me contente pas de le dire, Lucas, je le pense, l'interrompit-elle en posant son petit couteau à beurre sur son assiette. Et si tu oses me suggérer…

— Je ne voulais pas suggérer quoi que ce soit, l'interrompit-il à son tour, la mine sombre. Et avant que tu ne t'énerves, laisse-moi te dire clairement ce que j'en pense, de manière à ce qu'il n'y ait aucun malentendu. Je suis content que tu aies décidé de garder ce bébé et de ne pas…

— De ne pas quoi ? demanda-t-elle en voyant une moue de dégoût se former sur les lèvres de Lucas.

— Cela n'a pas d'importance.

— Oh mais si ! Ça en a beaucoup, au contraire.

Se rendant compte que ses doigts tremblaient, elle reposa sa tasse et se concentra sur sa respiration.

— Tout a changé, Lucas. Nous ne sommes plus un employeur et une employée.

S'interrompant de nouveau, elle le regarda droit dans les yeux.

— Je ne sais pas comment tu définirais notre relation actuelle. En ce qui me concerne, je suis certaine d'une seule chose, c'est que nous allons être parents et que par conséquent nous devons être francs l'un avec l'autre. Je m'attends à ce que tu dises des choses que tu ne penses pas ou ne ressens pas, Lucas, mais je compte sur toi pour t'efforcer de me dire la vérité.

« La vérité ».

Le terme avait résonné étrangement. Comme une alarme annonçant un danger, songea Lucas tout en soutenant le regard de Tara. Étant donné qu'il avait passé sa vie à nier et à dissimuler ses sentiments, la requête qu'elle venait d'exprimer lui paraissait monstrueuse. D'instinct, il désirait la refuser. D'un autre côté, il se rendait très bien compte qu'il avait affaire à une situation inédite. Il ne pouvait pas acheter Tara, à moins d'être disposé à se délester d'une somme colossale, et de lui annoncer qu'il désirait couper tous les liens avec elle et l'enfant dont il était le géniteur.

Il mentirait en prétendant que cette solution ne le tentait pas. Mais comment pourrait-il faire une chose pareille après avoir découvert l'immonde *vérité* concernant ses origines ? S'il optait pour la rupture totale, ne deviendrait-il pas aussi coupable que sa propre mère ? Voulait-il vraiment qu'un petit être innocent subisse ce que lui-même avait subi ?

— Tu as réfléchi aux différentes manières d'envisager l'avenir ? demanda-t-il d'un ton neutre.

— Non, pas vraiment, répondit Tara en haussant les sourcils. Et toi ?

— Termine ton petit déjeuner d'abord.

Tara se sentait maintenant si nerveuse qu'elle aurait été incapable d'avaler une bouchée de plus. Le regard de Lucas fouillait le sien, la mettant mal à l'aise. D'autant qu'elle avait remarqué que de son côté il n'avait rien mangé, se contentant de boire deux tasses de café.

— J'ai terminé, dit-elle, la voix légèrement tremblante.

Le regard toujours rivé au sien, il posa les mains à plat devant lui sur la table.

— Il semble que plusieurs options s'offrent à nous, commença-t-il d'un ton neutre. Essayons de voir laquelle serait la mieux appropriée pour toi et pour moi.

— Vas-y, dit-elle prudemment. Je t'écoute.

— Je vous aiderai matériellement, toi et le bébé, cela va sans dire.

— Je suis censée danser de joie parce que tu assumes tes responsabilités ?

Un éclat orageux traversa les yeux verts.

— Cette susceptibilité – pour ne pas dire cette agressivité – ne te ressemble guère, Tara.

Sans blague ! Devait-elle lui expliquer qu'elle réagissait ainsi parce qu'elle avait peur de l'avenir, en dépit de son engagement à la soutenir financièrement ? Lucas pouvait le comprendre tout seul, non ? Même lui ? À moins qu'elle ne se fasse des illusions et qu'il ne songe qu'à ses propres besoins.

— Je propose que nous nous concentrions sur le sujet qui nous occupe, dit-elle avec calme. Continue, s'il te plaît.

Il acquiesça d'un hochement de tête, l'air satisfait. Le négociateur reprenait le dessus. Il se retrouvait en terrain connu.

— Tu n'as pas de famille, et... moi non plus, reprit lentement Lucas. Et puisque j'avais déjà prévu de rester six mois à New York, je ne vois pas de raison de modifier mes projets.

Bravo. Il avait résumé la situation en termes concis. Comme si le bébé n'avait rien à voir avec lui. Mais peut-être était-ce en effet sa façon de voir les choses.

Pas de problème, elle n'allait pas le supplier ni poser d'exigences.

— Continue, dit-elle à nouveau, toujours avec calme.

— Tu pourrais rester ici et repartir en Irlande pour accoucher. Cela t'éviterait les regards curieux et les questions embarrassantes.

Son calme la déserta d'un coup. Elle sentit la chaleur lui monter aux joues. D'un mouvement brusque, elle repoussa sa chaise en arrière et se leva.

— Je vois ! lança-t-elle avec colère. Tu voudrais me cacher ici, dans une ville où personne ne me connaît ! Tu as honte de moi, c'est ça ?

— Si je devais avoir honte de quelqu'un, ce serait de moi, rétorqua-t-il, péremptoire. Je t'ai pris ta virginité, bon sang !

Étaient-ce ses hormones qui lui jouaient des tours ? Elle eut l'impression qu'elle allait exploser.

Il était borné, ou quoi ? Il n'avait toujours pas compris ? Il fallait qu'elle lui redise qu'elle avait été plus que consentante ?

— Je ne suis pas une pauvre victime innocente qui serait tombée dans les serres d'un don Juan irrésistible.

— Merci pour le compliment, fit Lucas, pince-sans-rire.

Elle contempla un instant ses pieds nus avant de se redresser crânement.

— Nous étions un homme et une femme qui avaient envie l'un de l'autre, c'est tout, poursuivit-elle d'une voix rauque. Il n'y avait plus ni employeur ni employée – rien que toi et moi. Tu ne vas quand même pas le nier ?

La candeur de Tara stupéfia Lucas, autant que sa propre réaction. Une telle affirmation aurait dû le faire fuir en courant. S'il ne bougea pas, ce fut peut-être à cause de la naïveté avec laquelle Tara s'était exprimée. Elle l'avait atteint dans cet endroit vide et froid qui semblait avoir toujours fait partie intégrante de lui. L'espace d'un instant, il se sentit presque... exposé, comme si Tara allait soudain le percer à jour, voir en lui, à travers toutes les couches de protection qu'il avait accumulées au fil des années. Or, il était inconcevable qu'il lui laisse entrevoir la noirceur de son âme.

Par conséquent, mieux valait se concentrer sur la réaction purement physique de sa libido. C'était plus simple de céder au désir qui prenait possession de lui. De laisser le sexe apaiser le chaos qui régnait en lui depuis son entrevue avec le notaire. Le tumulte infernal qui s'était encore amplifié lorsque Tara lui avait annoncé la nouvelle qui achevait de chambouler complètement son existence.

Il contempla les cheveux indomptables, les yeux aux reflets d'ambre. Le vaste peignoir dans lequel son corps mince était littéralement noyé. Mais au souvenir des rondeurs affolantes qui se dissimulaient dessous, de la douceur de la peau claire, du goût de son sexe, le désir rugit en lui. Soudain, il ne songea plus qu'à une chose : la posséder à nouveau, s'enfouir dans sa merveilleuse chaleur, s'y perdre... Et puis, le pire était déjà arrivé, non ? Alors pourquoi se priver du plaisir qu'ils avaient le pouvoir de s'offrir l'un à l'autre ?

Lentement, il s'avança vers Tara et vit ses pupilles se dilater, en même temps qu'une adorable roseur colorait ses pommettes.

— Lucas ? demanda-t-elle dans un souffle. Qu'est-ce que tu fais ?

— Tu le sais très bien, Tara, dit-il d'une voix rauque.

Un sentiment de triomphe l'envahit en voyant un petit bout de langue rose apparaître, un halètement franchir les lèvres nues de Tara et le désir étinceler dans les yeux. Quand il tendit les bras vers elle et l'enlaça, elle fondit instantanément contre lui et lui offrit sa bouche.

Le baiser dura longtemps, jusqu'à ce qu'elle creuse les reins pour se presser contre son érection, exacerbant le désir qui le consumait. Il laissa glisser ses lèvres sur le cou délicat, la gorge à la peau laiteuse, savourant la façon dont Tara renversait la tête en arrière et laissait échapper une plainte. Grisé par le goût de sa peau, il dénoua la ceinture du peignoir, puis pencha la tête pour embrasser les petits seins ronds et fermes avant d'en lécher goulûment les pointes durcies.

Lorsqu'elle se mit à haleter, il glissa les doigts entre ses cuisses et retint un gémissement. Il la caressa, se délectant de sa délicieuse chaleur, tandis que Tara le suppliait de ne pas s'arrêter.

Il la poussa vers la table, prêt à envoyer valser vaisselle et couverts ainsi que les restes du petit déjeuner, mais il se ressaisit in extremis.

— Allons dans ma chambre, dit-il d'une voix rauque, en lui posant les mains sur les épaules.

Tara dévisagea Lucas en silence, la gorge nouée. Son cœur battait à tout rompre, la chaleur se répandait inexorablement entre ses cuisses.

Elle regrettait que Lucas ait interrompu ses savantes caresses, elle aurait aimé qu'il la prenne là, sur la table. Elle n'avait fait l'amour qu'une seule fois, et elle brûlait de recommencer, de se laisser emporter par le flot de sensations fabuleuses, le courant de passion déchaînée qui l'avait submergée cette nuit-là. Tout à coup, elle ne voulait pas avoir à prendre de décision, mais céder à ses instincts.

Or une telle attitude relevait de la naïveté et de l'irresponsabilité. Impossible de considérer le sexe comme une gâterie qu'elle pouvait s'accorder au gré de ses envies. Les enjeux étaient bien trop importants, et elle et Lucas n'en avaient même pas encore discuté. Il y allait de leur avenir à tous les deux, ainsi que de celui de l'enfant qu'elle portait.

Elle s'écarta d'un pas et rajusta son peignoir.

— Non, déclara-t-elle en renouant sa ceinture d'une main ferme. On s'arrête là.

Suffoqué, Lucas dévisagea Tara en haussant les sourcils.

— Tu parles sérieusement ?

— Oui, affirma-t-elle en soutenant son regard. Parce que tu me proposes quoi, exactement ?

C'était mieux ainsi, il se retrouvait en terrain familier, dans l'univers qu'il connaissait quasiment depuis toujours, où les femmes se croyaient en droit de lui poser toutes sortes d'exigences. Son cynisme habituel lui revint d'un coup.

— Ce que je te propose, Tara, c'est du sexe, purement et simplement. Parce que nous avons toujours envie l'un de l'autre. Tu ne vas pas me dire le contraire ?

Elle demeura silencieuse, mais son regard répondit pour elle. Le désir étincelait dans ses yeux.

— Pourquoi ne pas partir de ce constat ? enchaîna-t-il avec assurance. Tu restes à New York avec moi, et tu es ma maîtresse. Qu'en dis-tu ?

Durant un long moment, elle continua à le regarder en silence, comme si elle réfléchissait au sens de ses paroles.

— Ta maîtresse ? répéta-t-elle enfin lentement.

— Oui. C'est la solution idéale. Je peux m'assurer que tu prends soin de toi, et nous partageons des moments fabuleux.

Il sourit en voyant le pouls battre comme un fou sur le cou gracieux.

— Et comme ça, tout le monde est gagnant, ajouta-t-il.

Ça, c'était le *vrai* Lucas, dans toute sa splendeur, songea Tara en le regardant sourire. Il n'avait jamais été réputé pour ménager ses interlocuteurs, partenaires ou adversaires. En fait, il ne voulait pas l'insulter. Ni même la blesser. Il prenait ce qu'il convoitait, comme d'habitude. Et dans l'immédiat, ce qu'il désirait, c'était du sexe.

Si elle avait été différente, elle aurait pu accepter. Si elle avait eu de l'expérience en matière de sexe, elle aurait pu acquiescer d'un sourire, et ils seraient allés s'ébattre dans la chambre de Lucas. Mais elle n'avait pas d'expérience, et en plus elle avait peur. Peur de se leurrer, peur de voir chez Lucas des émotions ou des sentiments qui n'existaient pas. Peur de succomber à son charme comme toutes celles qu'elle avait vues défiler dans sa vie et dans son lit, avant d'avoir le cœur brisé quand il se lasserait d'elle, comme cela finirait inévitablement par arriver. Car la passion qui brûlait entre eux s'éteindrait certainement aussi brusquement qu'elle s'était allumée.

Elle connaissait bien Lucas, et en même temps, elle le connaissait si peu. Il était le père du bébé qu'elle portait, et pourtant, elle ignorait tout de ce que lui-même avait vécu enfant. Il n'en parlait jamais. De même qu'il ne lui avait pas dit quel rôle il envisageait de jouer dans la vie du petit être qui allait naître. Par conséquent, il serait plus raisonnable de rester avec lui et de discuter de tout cela dans le calme et la sérénité. D'apprendre à le connaître.

Et surtout, elle ne devait pas laisser le désir pervertir son jugement et la transformer en une misérable esclave de ses émotions.

— D'accord, je reste ici, dit-elle posément.

Puis, avant qu'il ne la touche et fasse vaciller ses bonnes résolutions, elle battit en retraite vers la porte.

— Mais pas comme ta maîtresse. Je continuerai de travailler pour toi en tant que gouvernante.

— Pardon ?

— Pourquoi pas ? répliqua-t-elle sans se retourner. C'était le rôle que tu m'avais proposé avant...

— Avant que tu ne passes la nuit dans mon lit ? l'interrompit-il d'un ton ironique.

— Je n'y ai pas passé la nuit, Lucas. Je suis partie un peu après 2 heures du matin.

Elle s'éclaircit la gorge avant de poursuivre.

— Si tu prends un appartement, tu auras besoin de quelqu'un, et personne ne connaît mieux que moi le travail que tu attends d'une employée de maison. Cela nous permettra de mieux nous connaître et de réfléchir aux dispositions à envisager pour l'avenir.

— Super ! riposta Lucas, franchement sarcastique cette fois. Nous allons bien nous amuser !

Il n'essayait pas de la faire changer d'avis.

L'avait-elle espéré ?

Elle refusa de se poser la question, mais elle ne put s'empêcher de se retourner pour voir son expression. Et elle le regretta aussitôt en voyant sa haute silhouette sombre se découper sur la vue panoramique de Manhattan.

Lucas Conway gardait son sang-froid en toutes circonstances, alors que, de son côté, elle se sentait complètement chamboulée, déplacée, et frustrée.

Mais elle n'allait pas le lui montrer.

— Comme je te l'ai dit, déclara-t-elle avec calme, j'aimerais seulement que nous soyons francs l'un avec l'autre. Ouverts, transparents. C'est trop te demander ?

Sans attendre sa réponse, elle se détourna pour échapper au regard moqueur dardé sur elle et, les joues en feu, elle se hâta de quitter la salle à manger.

8

— Qu'est-ce que tu fabriques, bon sang ? s'exclama Lucas avec irritation. Tu as perdu la tête, ou quoi ?

Une mèche bouclée lui tombant devant l'œil, Tara bloqua la porte avec un pied pour l'empêcher de se refermer, puis se pencha pour poser deux énormes sacs de provisions devant lui.

— Je rapporte les courses. Tu ne le vois pas ?

Poussant un juron, il souleva les sacs et les porta à la cuisine.

La colère montait inexorablement en lui, phénomène qui se produisait de plus en plus souvent.

Il déposa les sacs en toile au centre de la grande table avant de se retourner vers Tara, qui l'avait suivi, évidemment.

Quelle tête de mule ! Elle continuait de travailler comme une forcenée ! Peut-être avait-il eu tort de quitter le Meadow Hotel pour s'installer dans cet appartement de manière à permettre à Tara de reprendre ses fonctions de gouvernante. Mais elle avait insisté jusqu'à ce qu'il cède et qu'il achète l'appartement qu'ils avaient visité ensemble.

— Tu ne devrais pas porter de choses aussi lourdes, Tara.

— Tu parles ! Deux sacs de courses ! En Irlande, les femmes de la campagne portent des choses bien plus lourdes, et depuis des siècles.

— Peut-être, mais nous ne sommes ni en Irlande ni à la campagne ! explosa-t-il. Nous nous trouvons au cœur de Manhattan, et nous pouvons sans problème nous faire livrer les courses à domicile. Alors pourquoi ne fais-tu pas appel à ces services ? Il y en a...

— Ah oui ? l'interrompit-elle, le menton haut. Et moi, je ne mets plus jamais le nez dehors, c'est ça ? Je reste cloîtrée au soixante-dix-septième étage d'un gratte-ciel ? Autant vivre sur la planète Mars !

— Cet immeuble est situé dans l'un des quartiers les plus prisés de New York ! riposta-t-il, les mâchoires crispées.

— Je ne le conteste pas, et je ne nie pas que cet appartement est magnifique et confortable, mais si je ne fais pas attention, je ne verrai plus personne, et ce n'est pas comme ça que je vis.

Elle le toisa en haussant les sourcils.

— J'ai découvert un petit supermarché italien pas trop loin d'ici. Et j'aime bien y aller, figure-toi. Je suis même devenue très amie avec la femme du propriétaire, elle m'a proposé de m'apprendre à faire de vraies pâtes.

Se souvenant du restaurant polonais où elle l'avait emmené, il compta silencieusement jusqu'à dix tandis qu'elle commençait à sortir les provisions d'un sac.

— Tu sembles bien t'intégrer, c'est déjà ça, dit-il en regardant le T-shirt remonter, dévoilant une mince bande de peau claire.

Lorsque Tara leva le bras pour ranger un paquet de café en grains dans le placard, la bande s'élargit...

— Oui, acquiesça-t-elle en se penchant de nouveau au-dessus du sac. Et pourtant, la vie d'ici n'est pas très différente de celle de Ballykenna ou de Dublin.

Elle alla mettre un bocal d'olives et une bouteille de jus de fruits dans le réfrigérateur puis baissa les yeux sur le sol en béton ciré.

— Et les New Yorkais sont des gens comme les autres, enchaîna-t-elle en se repoussant une boucle derrière l'oreille.

Il considéra son jean trop large et trop court couleur indigo et son T-shirt en coton d'une teinte indéfinissable.

— Tu vas vraiment devoir faire quelque chose pour améliorer ton apparence, tu sais ?

Les épaules rondes se raidirent. Lentement, Tara se redressa et se tourna vers lui en plissant les yeux.

— Pourquoi ? Elle ne te plaît pas, mon apparence ?

Il désigna sa tenue en faisant la moue, en même temps qu'il se demandait comment il avait bien pu laisser une femme aussi têtue s'installer dans sa vie.

Il ne parvenait toujours pas à mesurer que Tara était enceinte, et pas seulement parce que, n'ayant jamais désiré avoir d'enfant, ce concept lui était totalement étranger. Il n'arrivait pas à y croire parce que, pour l'instant, Tara n'avait rien d'une femme enceinte. Son corps demeurait aussi mince, aussi souple qu'auparavant. Bien qu'il n'en ait pas vu grand-chose depuis ce premier matin où ils avaient bien failli faire l'amour sur la table de la salle à manger de sa suite. Avant que Tara ne se ravise et ne le repousse.

Combien de femmes s'étaient-elles refusées à lui ?

Aucune. Tara Fitzpatrick était la première.

Sa libido régit illico, comme pour se rebeller contre ce constat regrettable. Ils vivaient ensemble depuis bientôt trois semaines, et pas une seule fois Tara n'avait paru regretter sa décision de limiter leurs rapports à une relation platonique.

Au départ, il avait cru qu'elle réagissait ainsi par fierté, ou parce qu'elle comptait lui demander quelque chose avant d'accepter de coucher avec lui. Le mariage, par exemple, même si elle avait dit que ça ne l'intéressait pas. Il avait pensé que l'alchimie qui vibrait entre eux dès qu'ils se retrouvaient ensemble suffirait à émousser ses résolutions. Il avait été persuadé qu'elle serait incapable d'y résister. Mais non. Elle s'en tenait à sa décision. Et son attitude, sa détermination lui inspiraient du respect, sans que cela l'empêche d'en pâtir et de rester longuement éveillé la nuit, dévoré par le désir et le manque.

— Tu ne m'as toujours pas dit ce qui clochait dans mon apparence !

Son accent chantant typiquement irlandais le ramena au présent.

Par où commencer ? Il la regarda refermer la porte du réfrigérateur puis s'emparer de la blouse en vichy bleu et blanc suspendue à la patère fixée à la porte.

— En Irlande, tu préparais le dîner quand je recevais du monde, et j'aimerais pouvoir inviter quelques personnes ici aussi. En fait, j'ai prévu un petit dîner la semaine prochaine.

Il tourna les yeux vers la large fenêtre.

— Histoire de frimer un peu en leur faisant admirer la vue.

— Je sens qu'il va y avoir un mais…, fit Tara en achevant de boutonner sa blouse.

En effet. Et il allait devoir user de diplomatie.

— Cette… chose que tu tiens absolument à porter, commença-t-il en baissant les yeux sur son buste.

Pour la première fois, il remarqua que ses seins semblaient plus volumineux. Ils emplissaient davantage l'horrible blouse…

— Elle n'est pas vraiment appropriée pour servir les invités.

— Tu ne t'en es jamais plaint, à Dublin !

— À Dublin, les gens te voyaient comme quelqu'un d'un peu excentrique, mais ici, tu risques de passer pour une espèce de demeurée.

— « Une espèce de demeurée », répéta-t-elle d'une voix creuse. C'est comme ça que tu me vois ?

Il ne fut pas surpris de la voir pâlir. En revanche, il fut stupéfait de constater que la réaction de Tara le mettait mal à l'aise.

— Non, absolument pas, et je ne voulais pas t'insulter, s'empressa-t-il de répliquer. De toute façon, il y a une solution très simple.

— Ah oui ? riposta-t-elle en carrant les épaules.

— Bien sûr. Tu vas renouveler ta garde-robe. Je serai très heureux d'assumer tous les frais nécessaires pour que tu aies l'air… plus présentable, disons.

Au lieu de paraître ravie à la perspective d'aller faire du shopping sans regarder à la dépense, Tara parut sur le point de lui balancer l'une de ses reparties dont elle avait le secret…

Mais non. Elle répondit lentement, la voix posée :

— Autrement dit, tu veux que je m'achète de nouveaux vêtements pour que j'aie la tête de l'emploi – quel qu'il soit.

— C'est une façon de voir les choses. Et tu pourrais peut-être également faire quelque chose concernant tes cheveux, pendant que tu y es.

Elle se redressa de toute sa hauteur.

— Si je comprends bien, tu souhaites que je me métamorphose en une autre femme ?

— Tu déformes ce que j'ai dit, Tara. Vois plutôt cela comme une occasion de te mettre en valeur, pour une fois.

— Ce que je vois, c'est que tu avais bien réfléchi à la question ! riposta-t-elle avec colère. En revanche, tu ne t'es même pas donné la peine de me demander ce que le médecin m'a dit hier !

Le reproche était mérité, reconnut-il en soutenant le regard accusateur de Tara. Il n'avait pas encore accepté son rôle imminent de père. Lorsqu'il se trouvait face à un problème qu'il ne voulait pas traiter ou qui lui causait de la souffrance, il l'ignorait, le reléguant dans un recoin obscur de son esprit. Mais dans la situation présente, impossible de recourir au même stratagème, parce que cette fois un enfant était impliqué. Il avait beau faire comme si la grossesse de Tara n'était pas réelle, continuer de croire qu'il se réveillerait un beau matin, ouvrirait les yeux et découvrirait qu'il était le même qu'auparavant, un homme libre de tout engagement...

Ce jour n'arriverait jamais.

Récemment, il avait ressenti de brefs moments de curiosité, des bribes de pensées dérangeantes étaient venues l'importuner la nuit, alors qu'il était allongé dans son lit à se consumer pour Tara.

Il repensait à la dernière phrase de la lettre rédigée par celle qui l'avait voué à une vie misérable.

Sa mère.

Sauf qu'elle n'était pas sa vraie mère. Aucune mère digne de ce nom n'aurait traité son enfant avec une telle négligence, une telle cruauté. Ni n'aurait tenté de justifier son comportement par des excuses pitoyables : plaçant son désir pour Diego Gonzalez avant toute autre considération, elle avait laissé son fils adoptif souffrir dans son coin par amour pour cet homme qui ne voulait pas vraiment d'elle.

Voilà ce que l'on peut faire par amour, résuma-t-il avec amertume.

— OK. Qu'a dit le médecin ?

Au lieu d'apaiser Tara, sa question parut l'irriter encore davantage. Elle y répondit comme si elle avait appris sa tirade par cœur : ils allaient bien tous les deux, elle et le bébé, et elle avait rendez-vous pour une échographie la semaine suivante.

— Tu aimerais peut-être m'accompagner ?

— Nous verrons, dit-il d'un ton évasif en remontant sa manchette de chemise pour consulter sa montre. Il faut que je file, j'ai un rendez-vous. Tu pourrais peut-être en profiter pour organiser ta virée shopping ?

Il avait raison, au fond, reconnut Tara.

D'un autre côté, elle n'était plus sûre de rien. Elle vivait dans un tel état de confusion, ces temps-ci… Effrayée face à l'avenir et incertaine quant au présent. Chaque matin, elle se réveillait en proie à un mélange d'émotions contradictoires qu'elle évitait d'analyser, et la bravade était le seul moyen qu'elle avait trouvé pour tenir le coup dans cette situation étrange. Et ses sentiments envers Lucas n'arrangeaient rien.

Tout serait tellement plus simple si elle ne le désirait pas autant ! Il avait accepté sa décision sans protester, et depuis elle était obsédée par le fait qu'il n'ait pas tout mis en œuvre pour la faire changer d'avis. Elle avait même espéré qu'il vienne tambouriner à sa porte au milieu de la nuit et la supplie de le laisser entrer. Ou qu'il se passe de sa permission et se glisse dans son lit et la prenne dans ses bras. Au fond d'elle-même, elle aurait voulu qu'il recoure à la méthode virile comme la première fois, au mépris de sa volonté d'en rester à une relation platonique.

Or, il la respectait à la lettre.

— Si je fais un effort côté vestimentaire pour avoir un look plus en harmonie avec ton statut de milliardaire, tu accepterais de me rendre un service ?

— Hum, fit-il avec une moue cynique. Tu veux quelque chose en échange. J'aurais dû m'en douter.

— Oui, c'est vrai, mais ce n'est pas ce que tu crois, répliqua-t-elle calmement. Je ne sais rien de toi, Lucas. Est-ce que tu en es conscient ? Tu es le père de mon enfant, et pourtant, tu es quasiment un étranger pour moi.

— Que veux-tu savoir ? demanda-t-il d'une voix dure.

Tout. Mais mieux valait ne pas se montrer trop gourmande.

— Qu'y avait-il, dans cette lettre ?

— Quelle lettre ?

— Tu sais très bien de quoi je parle. Celle que tu as reçue une semaine avant de venir ici.

Après un instant d'hésitation, elle opta pour la franchise.

— La lettre qui t'a mis tellement en colère. De qui venait-elle ?

Voilà ce que c'était que d'avoir une gouvernante, songea Lucas en pinçant les lèvres. Tara en savait déjà beaucoup trop sur lui. Elle l'observait en permanence, elle l'écoutait. Le fait qu'elle soit enceinte de lui l'autorisait-elle à connaître la vérité infamante dont il n'avait jamais parlé à personne ?

La gorge sèche, il contempla ses yeux à la nuance étrange et se rendit soudain compte qu'il avait envie de se confier. De partager son hideux secret avec quelqu'un, et de préférence avec Tara.

— C'était un courrier envoyé par le notaire de mon père.

— De ton père ? répéta-t-elle en battant des cils, l'air confus.

— Oui, il est décédé il y a quelques mois.

— Tu n'as jamais...

— Eh bien, j'en parle maintenant. Je n'avais aucune raison de le faire jusqu'à présent. Et avant que tu ne me poses la question : non, je ne suis pas allé à ses obsèques parce que je le haïssais et qu'il me haïssait…

Il s'interrompit un instant pour se ressaisir mais ne parvint pas à se libérer de la souffrance effroyable qui lui étreignait la poitrine.

— On a trouvé une lettre de ma mère parmi ses affaires. Une lettre qui m'était adressée et qui ne m'était jamais parvenue, bien qu'elle l'ait écrite longtemps auparavant, peu avant sa mort. Mais elle n'avait pas eu l'idée ou la possibilité de la remettre à son propre notaire. Elle l'avait confiée à son mari, qui l'a gardée pendant tout ce temps. Je n'en ai eu connaissance qu'après son décès à lui.

Tara, qui l'écoutait avec attention, plissa le front.

— Alors, tu es né à New York ?

Il secoua la tête en laissant échapper un rire dur et amer.

— Non, j'y ai grandi. J'ignore où je suis né, parce que j'ai appris la semaine dernière que mon père et ma mère n'étaient pas mes vrais parents.

— Tu veux dire que… qu'ils ne te l'avaient jamais dit ? demanda-t-elle en plissant de nouveau le front.

— Non. Ou plutôt, ils m'ont toujours menti. Toute ma vie.

Elle tressaillit.

— Parce qu'ils ne pouvaient pas se résoudre à m'avouer la vérité.

— Elle était si horrible, cette vérité ? chuchota Tara.

Il haussa les épaules, comme si cela pouvait l'aider à se débarrasser d'un poids trop lourd à porter.

— Juge par toi-même. La femme que je prenais pour ma mère avait une bonne quarantaine d'années quand elle a épousé un homme beaucoup plus jeune qu'elle. Elle était une riche héritière originaire de l'Alabama et lui un bel Argentin sans le sou habitué des casinos. La famille de ma mère l'a déshéritée quand elle s'est mariée avec Diego, mais elle avait pris ses précautions et placé de grosses sommes d'argent. Ils se sont installés à Manhattan. Dans sa lettre, elle m'expliquait qu'il voulait un enfant mais qu'elle était trop âgée pour lui en donner un.

Il s'interrompit un instant avant de poursuivre d'un ton cynique.

— Alors, elle s'en est acheté un, tout simplement. Oui, tu as bien entendu, Tara : ma mère m'a *acheté*. Mais quand l'affaire a été arrangée et qu'elle a eu ce qu'elle désirait, elle s'est aperçue que son acquisition était encombrante : elle s'était offert un fils, mais elle découvrait qu'elle n'avait pas la fibre maternelle, tandis que Diego s'apercevait de son côté qu'il n'avait aucune envie de s'embarrasser d'un gamin dont il n'était pas le géniteur. Autrement dit, je les gênais. Mais on ne se débarrasse pas d'un enfant aussi aisément que d'une voiture de sport.

Cette fois, Tara ne posa aucune question. L'air horrifié, elle se contenta de le dévisager en silence.

— Ta mère t'a *acheté* ? chuchota-t-elle enfin.

— Oui. Je suppose que le trafic humain, notamment de bébés, a toujours existé, et à l'époque, les réglementations étaient encore floues. Elle a trouvé une femme désireuse de se séparer de son enfant – à bon prix, naturellement.

— Je ne peux pas le croire...

9

Mais Lucas ne l'écouta pas. Maintenant qu'il s'était décidé à parler, il avait l'impression de ne plus pouvoir s'arrêter.

— Les souvenirs de la petite enfance ne me reviennent que par fragments, un peu au hasard des circonstances, poursuivit-il de la même voix dure. Mais au fur et à mesure que je grandissais, je me suis peu à peu rendu compte que mon père avait paru m'en vouloir dès le début, avant d'en venir à me haïr carrément. Seulement, je n'arrivais pas à comprendre pourquoi. Il s'était retrouvé piégé dans ce mariage avec une femme que, de toute évidence, il n'aimait pas, mais en revanche il tenait trop à son argent pour la quitter. Il ne se gênait pas pour la tromper à tour de bras, sans prendre la peine de cacher ses infidélités. Il était fier au contraire d'exhiber des traces de rouge à lèvres sur ses cols de chemise.

— Et quand il s'est mis à te haïr, que s'est-il passé ?

— Ils m'ont envoyé en pension en Europe, répondit-il avec un haussement d'épaules. Et quand je revenais pour les vacances scolaires...

Il s'arrêta avant de terminer sa phrase. Parce que c'était le plus dur à dire.

— ... Il me battait, conclut-il brièvement.

— Mais il n'a pas pu le faire impunément ? C'est trop grave...

— Oh ! il prenait ses précautions ! Il était prudent – et intelligent. Il choisissait l'endroit où il me frappait, de manière à ce que personne ne voie la marque.

Il entendit Tara inspirer, la vit entrouvrir les lèvres, comme pour dire quelque chose, mais il ne lui en laissa pas le temps. Il devait continuer son récit, se débarrasser du poison qui le gangrenait depuis si longtemps.

— L'été où j'ai pris conscience que j'étais capable de me défendre et d'avoir le dessus, ça a été le dernier que j'ai passé à New York. À partir de là, j'ai rompu tous les liens avec eux.

— Et ta mère ? Tu crois qu'elle savait que Diego te maltraitait ?

— Tu penses vraiment qu'il est possible qu'une mère ignore qu'un enfant est battu dans son foyer, même quand il s'agit d'une immense demeure conçue en dépit de tout bon sens ?

— Oh ! Lucas..., murmura-t-elle, l'air sincèrement désolé. C'est tellement affreux. Je ne peux pas...

— Je ne te l'ai pas raconté pour que tu me témoignes de la compassion, l'interrompit-il d'un ton brutal. Je l'ai fait parce que tu m'as demandé de te parler de moi et que j'ai estimé que tu étais en droit de connaître ces détails. À présent, tu comprendras peut-être pourquoi j'ai dû tourner radicalement le dos au passé pour me construire une nouvelle vie. Après la mort de ma mère, Diego, de plus en plus accro au jeu, a perdu en un rien de temps tout l'argent qu'elle lui avait légué, et j'ai dû quitter mon pensionnat suisse parce qu'il ne pouvait plus assumer mes frais de scolarité. Alors, j'ai trouvé du travail dans un palace à proximité, comme chasseur...

— C'était vrai, alors ! l'interrompit Tara à son tour. J'étais au courant de la rumeur selon laquelle tu avais été chasseur dans un hôtel de luxe, mais je n'arrivais pas à t'imaginer dans ce rôle.

Il sourit franchement pour la première fois depuis de longues minutes.

— Tu serais surprise d'apprendre à quel point ces mois ont été instructifs ! J'ai pu observer les clients qui avaient fait fortune, et j'ai beaucoup appris d'eux. Quelques-uns m'ont même donné des conseils sur la meilleure façon de réussir. Quand je suis arrivé en Irlande, j'ai changé de nom, ce qui a été décisif pour moi. J'ai travaillé comme un fou et économisé en vivant chichement, et j'ai bénéficié d'un peu de chance en cours de route.

Il laissa échapper un rire bref.

— Je l'avais peut-être bien mérité, au fond !

Mais Tara ne paraissait pas curieuse de savoir comment il avait fait fortune. Elle le regardait d'un air concentré, comme lorsqu'elle essayait de résoudre un problème. Face à une nouvelle recette de cuisine, par exemple.

— Oui, tu l'avais bien mérité, acquiesça-t-elle en hochant la tête. Mais revenons à la lettre du notaire.

— Je croyais que nous n'en étions plus là.

— Contenait-elle des informations concernant la femme qui t'a mis au monde ? continua-t-elle, comme s'il n'avait rien dit.

— Je connais son nom.

— Et tu as... fait enquêter sur elle ?

— À ton avis ? riposta-t-il sèchement.

— Tu ne penses pas que tu devrais chercher à en savoir davantage ? Parce que tu pourrais avoir d'autres parents et...

— Je me fiche de savoir si j'ai d'autres parents, grommela-t-il, agacé. J'en ai terminé avec la famille. Tu peux comprendre pourquoi, non ? Et d'ailleurs, le chapitre est clos, je ne désire plus en parler.

Il en voulait à Tara de l'avoir poussé à confier ses sales secrets. Pour un peu, il aurait été prêt à le lui reprocher. En même temps, il sentait le désir rejaillir en lui, comme un antidote à la souffrance causée par l'évocation de ces souvenirs sordides. Après cette confession, il avait de nouveau l'impression qu'un gouffre s'ouvrait en lui, sombre et douloureux. Tara le sentit-elle ? Percevait-elle la faim qui le tenaillait et réclamait l'assouvissement ?

Sans dire un mot, elle franchit le peu d'espace qui les séparait et lui passa les bras autour du cou. Puis, se haussant sur la pointe des pieds, elle avança le visage vers le sien et lui posa un baiser sur la joue.

C'était si doux que cela fit naître en lui une sensation étrange...

Aussi délicieuse que pernicieuse. Il voulait la repousser pour reprendre le contrôle de ses émotions, mais le désir qu'il éprouvait pour elle l'emporta.

Il l'attira dans ses bras et la tint serrée contre lui, le cœur battant à un rythme sauvage.

Jamais il n'avait ressenti une telle passion, une telle fièvre. Le parfum subtil de Tara auquel se mêlait sa senteur de femme l'enivrait. Incapable de résister plus longtemps, il pencha la tête et l'embrassa.

Quand il fut obligé d'écarter les lèvres des siennes pour reprendre son souffle, il lut dans les yeux de Tara la réponse à sa question muette. Et cette fois, elle ne lui demanda pas d'arrêter quand il lui prit la main pour l'entraîner vers sa chambre. Là, il dénoua le ruban retenant les boucles luxuriantes qui se répandirent sur les fines épaules en ondes chatoyant de reflets cuivrés.

— Lucas ?

Il perçut de l'incertitude dans sa voix. Comme si elle attendait qu'il mette des mots sur ce qu'il se passait. Mais il ne le pouvait pas. Ou plutôt, il n'en ferait rien. Il ne lui mentirait pas. Pas à elle.

— J'ai envie de toi. C'est tout.

Il vit une ombre traverser les yeux couleur d'ambre.

Sans doute se demandait-elle si cela suffisait, tout en se rendant compte qu'elle devrait s'en contenter. Après ce qu'il lui avait raconté, elle ne s'attendait tout de même pas à ce qu'il lui parle d'amour, de famille et de bonheur conjugal ?

— Moi aussi, j'ai envie de toi, dit Tara d'une voix tremblante.

— Avant d'aller plus loin, il faut que nous soyons clairs. Je n'ai ni amour ni engagement à te proposer, dit Lucas en la fixant d'un regard dur. Je ne peux pas te promettre de rester avec toi jusqu'à la fin de mes jours. Parce que ce n'est pas mon genre, tu le sais.

Elle secoua la tête.

— Je m'en fiche.

Sans plus attendre, il déboutonna sa blouse avant de lui ôter rapidement son T-shirt et son jean. Quand il se mit à se déshabiller à son tour, elle ne put s'empêcher de se demander à quoi ressemblerait leur enfant.

Auraient-ils un fils ? s'interrogea-t-elle. Un petit garçon qui ressemblerait à son père, hériterait de son charisme et de sa personnalité ténébreuse ? S'en servirait-il lui aussi pour dissimuler ses chagrins ? Ou serait-ce une petite fille aux boucles indisciplinées et dont la teinte ne passerait pas inaperçue, comme les siennes...

Mais lorsque Lucas la souleva dans ses bras pour l'allonger sur le lit et se dressa devant elle dans sa somptueuse nudité, toutes ces interrogations s'évaporèrent. La gorge sèche, elle contempla son impressionnante érection et les muscles jouant sous sa peau mate.

Sans dire un mot, il s'allongea à côté d'elle et l'enlaça, et elle sentit sa merveilleuse chaleur virile se propager en elle.

Étrangement, elle se sentait à présent davantage l'égale de Lucas, et ce constat lui donna l'audace d'explorer son corps puissant. Timidement, puis avec plus d'assurance, elle caressa ses pectoraux puis les abdominaux parfaits, descendit sur la toison brune...

— Tara...

— Oui ?

— Arrête.

— Tu n'aimes pas ?

— Au contraire, j'aime trop, dit-il d'une voix rauque.

— Qu'est-ce que tu veux que je fasse ?

— Que tu écartes les jambes, murmura-t-il en riant, d'un rire de gorge incroyablement sexy.

Le regard soudé au sien, elle fit ce qu'il lui demandait.

Sans plus attendre, Lucas glissa la main entre ses cuisses et commença à la caresser lentement, avec un tel art qu'elle se mit bientôt à haleter sans retenue.

— Lucas...

— Chut. Ne dis rien. Savoure. C'est bon, non ?

— Oui... Oh oui...

Avec délicatesse et habileté, il concentra ses caresses là où elle en avait le plus besoin. Là où elle brûlait pour lui.

Elle souleva les hanches en gémissant.

Le plaisir montait inexorablement en elle, de plus en plus intense. Lucas la conduisait vers des sommets éblouissants... Soudain, elle eut l'impression que tout explosait en elle et autour d'elle. Au même instant, il la pénétra, et elle s'envola dans l'extase en sentant sa semence se répandre en elle, augmentant encore son plaisir.

Un peu plus tard, alors que Lucas était étendu sur elle, elle lui effleura la joue du bout des doigts et retint les mots qui lui venaient aux lèvres.

— Lucas, chuchota-t-elle simplement.

Il tressaillit.

— Tu n'as pas eu mal ?

— Non. C'était... fabuleux.

— C'est la première fois que je faisais l'amour sans préservatif, répliqua-t-il d'une voix étrange.

Elle tourna les yeux vers la fenêtre, s'interdisant de se faire des illusions.

Il avait été clair : pour lui, il s'agissait de plaisir physique, c'était tout. Elle devait demeurer vigilante et maîtresse de ses propres émotions. Il ne fallait surtout pas qu'elle commence à rêver de choses impossibles. Qu'elle se construise une bulle qui éclaterait à la première occasion.

— Tara, dit-il d'une voix douce en lui caressant les reins.

— Oui ? chuchota-t-elle.

— Je me trompe ou, après ce que nous venons de vivre, tu as changé d'avis ?

L'assurance avec laquelle il avait prononcé ces mots lui donna envie de répondre que non, elle n'avait absolument pas changé d'avis. Mais elle ne pouvait pas fuir indéfiniment les conséquences de ses actes. Céder à son désir pour Lucas puis se comporter comme une petite fille capricieuse.

Il ne lui proposerait jamais de vie de couple. Maintenant qu'elle savait ce qu'il avait vécu autrefois, elle pouvait comprendre son refus de tout engagement, et pourquoi il n'avait jamais envisagé de se marier. Ainsi que son attitude envers les femmes, qu'il semblait parfois considérer comme des ennemies. Sa mère biologique l'avait vendu, sa mère adoptive lui avait menti et avait en plus fermé les yeux sur les mauvais traitements que lui faisait subir son mari.

Mais il lui avait promis de subvenir à ses besoins et à ceux de leur enfant. Elle ignorait ce que le futur lui réservait, mais elle avait confiance en Lucas : il ne les abandonnerait pas, elle et le bébé. Il assumerait ses responsabilités, et peut-être arriveraient-ils à construire une relation équilibrée.

À condition qu'elle ne commence pas à nourrir des espérances absurdes. Et pour ne pas trop s'attacher à lui, elle devrait garder une certaine indépendance.

— Oui, je serai ta maîtresse, dit-elle en suivant le contour de ses lèvres du bout des doigts. Mais je ne renonce pas à mon rôle de gouvernante.

— Tu as perdu l'esprit ? demanda-t-il, l'air estomaqué.

Elle lui sourit tranquillement, soutenant son regard incrédule.

— Pas du tout. Je dois travailler. Tu me vois en train de passer mes journées dans les boutiques de luxe ou à me faire chouchouter dans un institut de beauté ? Je n'ai jamais désiré être une femme entretenue, Lucas, et je n'ai pas l'intention de commencer maintenant.

10

— Tu es réveillée ?

La voix de Lucas passa sur ses cheveux, douce, caressante.

— Hum...

Le bruissement des draps satinés la fit tressaillir tandis que son amant l'enlaçait et lui repoussait les cheveux du visage.

Pourvu que ses sentiments ne se lisent pas sur ses traits, pria-t-elle en secret. Les sentiments qu'elle s'efforçait désespérément de cacher, ceux que Lucas avait vus chez d'innombrables maîtresses avant qu'elle-même y succombe à son tour...

Elle était en train de tomber amoureuse de lui. Profondément. Inexorablement.

Le mot « amour » était effrayant, mais c'était le seul qui semblait propre à décrire les émotions qui la submergeaient de plus en plus souvent, la joie qui emplissait son cœur à chaque fois que Lucas apparaissait. Quand il l'embrassait, elle avait parfois l'impression qu'elle allait s'évanouir de plaisir. Et quand il lui faisait l'amour, elle avait du mal à contenir le bonheur qui l'inondait.

Elle avait beau essayer de nier ce qu'elle ressentait, ça n'y changeait rien. Elle ne savait pas trop comment c'était arrivé. Si ce qu'elle éprouvait pour Lucas venait du fait qu'il avait été son premier amant et qu'il l'avait mise enceinte, ou si c'était parce que, sous ses dehors de brillant homme d'affaires, de milliardaire sexy, elle percevait l'être blessé qui souffrait et qu'elle avait envie de réconforter, de protéger.

— Tu n'es toujours pas allée faire de shopping, dit-il d'un ton détaché.

— Je sais, répliqua-t-elle sur le même ton. Je n'ai pas encore eu le temps.

Il saisit une mèche de cheveux et se l'enroula lentement autour d'un doigt.

— Eh bien, tu vas devoir trouver le temps, Tara. Et rapidement. Tu veux que je t'organise un rendez-vous avec une conseillère spécialisée et que je te dépose devant Bloomingdale's ? Comme ça, tu ne pourras plus repousser indéfiniment le moment de passer à l'acte.

Elle le regarda en plissant le front.

— Qu'est-ce que c'est, Bloomingdale's ?

Il haussa les sourcils.

— Tu plaisantes ?

— Lucas, New York est une ville immense. Je la découvre petit à petit, même si, toi, tu la connais manifestement par cœur.

— C'est un grand magasin célèbre situé à Manhattan, un endroit très chic où l'on vient du monde entier. Je t'y déposerai demain ou après-demain en allant au bureau.

— Tu crois que tu pourras avoir un rendez-vous aussi vite ?

— Fais-moi confiance, nous en aurons un sans problème.

Le sourire arrogant en disait long sur l'étendue de son pouvoir...

— Tu n'as pas oublié que tu devais préparer un dîner pour six personnes vendredi, n'est-ce pas ? enchaîna-t-il en lui caressant la taille.

— Non, je n'ai pas oublié. Il ne me reste plus qu'à trouver une idée pour le dessert.

— On s'en fiche, du dessert, répliqua-t-il d'une voix rauque en s'installant entre ses cuisses.

Mais le surlendemain matin, elle était dans un état de nervosité épouvantable à la perspective d'affronter le regard critique de sa *conseillère spécialisée*.

Parce que Lucas ne s'était pas trompé, on leur avait proposé un rendez-vous à l'heure de leur choix. Le nom de Lucas Conway lui ouvrait manifestement toutes les portes...

Une fois installée à côté de lui à l'arrière de la limousine qui se faufilait difficilement dans les embouteillages, elle se sentit presque mal.

— L'air est très confiné, dans cette voiture.

— Je vais régler la clim.

— Non, ça ne changera rien. Ce que je voudrais, c'est marcher à l'air libre.

— Ça va ? demanda-t-il en tournant la tête vers elle.

— Ça ira mieux quand je serai dehors.

— OK. On y va à pied, je t'accompagne.

— Franchement, ce n'est pas la peine. Je peux très bien trouver le magasin toute seule, et je ne voudrais pas que tu sois en retard à ton rendez-vous.

— Tara, commença Lucas d'un ton exagérément patient, inutile de protester, je t'accompagne. Point final.

Se penchant en avant, il toqua à la vitre de séparation pour demander au chauffeur de s'arrêter, puis il aida Tara à descendre du véhicule.

Alors qu'elle s'avançait sur le trottoir en pantalon de jogging, anorak et baskets, une superbe créature glamour la balaya du regard de la tête aux pieds en battant des cils, l'air perplexe. Mais peu importait, c'était fabuleux de marcher ainsi sur le trottoir – en dépit de la proximité des voitures immobilisées sur la chaussée et du concert assourdissant de klaxons.

— J'ai grandi tout près d'ici, dit tout à coup Lucas.

— Où, exactement ?

— Cela n'a pas d'importance.

Elle s'arrêta et se tourna vers lui.

— Je ne suis pas de ton avis. J'aimerais voir l'endroit où tu habitais autrefois.

Lucas retint la réplique exaspérée qui lui montait aux lèvres et obtempéra sans cacher son mécontentement.

S'il s'était agi d'une autre, il aurait refusé catégoriquement. Mais il s'agissait de Tara, et elle était enceinte. Par conséquent, leur relation ne prendrait jamais vraiment fin : d'une façon ou d'une autre, ils resteraient liés à travers leur enfant jusqu'à la fin de leur vie.

Soupçonnait-elle à quel point cette pensée le terrifiait ? Devinait-elle qu'il doutait de lui-même ?

Peut-être. Récemment, il avait remarqué un léger changement dans l'attitude de Tara. Elle adoptait parfois un comportement imprévisible, réagissait de manière excessive, trop émotionnelle. Avait-elle pris conscience qu'il ne serait jamais l'homme qu'elle désirait probablement qu'il soit ? La veille, quand il était rentré, elle avait les paupières gonflées. Lorsqu'il l'avait interrogée, elle avait refusé de lui donner la moindre explication, mais plus tard, en entendant passer à la radio *Danny Boy*, la célèbre mélodie populaire irlandaise, elle avait avoué que son pays lui manquait terriblement.

Au fond de lui, il savait que leur relation ne pourrait pas durer longtemps sous sa forme actuelle. Dans un peu plus de six mois, Tara donnerait naissance à leur enfant, et tout basculerait. Il se rendait très bien compte qu'elle voulait s'assurer qu'il serait à ses côtés, et il n'avait pas l'intention de la laisser tomber. L'aider financièrement ne poserait aucun problème. En revanche, lui accorder le soutien affectif dont elle aurait sans doute besoin, c'était moins évident.

Comment lui promettre d'être celui qu'il ne serait jamais ? Pourquoi entretenir ses espoirs pour les anéantir dès qu'il serait incapable de continuer de jouer la comédie ? Mieux valait se montrer franc dès maintenant et lui dire clairement ce qu'elle pouvait attendre de lui.

Arrivant à proximité d'Upper East Side, le quartier résidentiel chic situé entre Central Park et l'East River, il ralentit le pas et sentit son cœur se serrer tandis qu'il s'arrêtait devant la somptueuse façade entourée d'élégantes grilles ouvragées protégeant une végétation entretenue avec soin.

Vu de l'extérieur, la haute bâtisse avait très peu changé, constata-t-il en contemplant les réverbères anciens qu'il contemplait autrefois depuis la fenêtre de sa chambre d'enfant.

— C'est ici, annonça-t-il avec réticence en levant les yeux vers le troisième étage.

— Waouh, murmura Tara.

Elle desserra sa longue écharpe avant de pencher la tête en arrière.

— Tu devais te sentir minuscule dans une maison pareille...

— Pas vraiment, dit-il avec un sourire amer. Les meubles et les objets peuvent occuper un volume surprenant, et c'est stupéfiant ce que l'on peut faire avec dix-neuf pièces et un budget illimité.

— *Dix-neuf* pièces ? répéta-t-elle en écarquillant les yeux.

Il hocha la tête.

— La salle à manger a été dessinée sur le modèle de celle du palais de Versailles et il y a une salle de bal avec murs et plafonds recouverts de fresques peintes à la main – sans parler d'un couloir assez long et large pour y circuler à bicyclette.

— C'est ce que tu faisais ?

— Seulement une fois.

Sa seule et unique balade à vélo dans le couloir avait servi de prétexte à son prétendu père pour lever la main sur lui. Sa gouvernante d'alors – il en avait eu une quantité impressionnante – avait remarqué les bleus au moment où il se préparait pour la nuit, et elle avait vite accepté l'explication qu'il lui avait donnée, à savoir qu'il était tombé. Plus tard, il avait découvert qu'elle couchait avec Diego.

— Tu dois t'être senti très isolé, dit Tara en le regardant. En ce qui me concerne, j'ai eu une enfance assez solitaire. Ma grand-mère…

— Désolé, l'interrompit-il en baissant les yeux sur sa montre, mais je n'ai vraiment pas le temps de t'écouter. J'ai un rendez-vous dans une demi-heure. La visite touristique est terminée, et l'incursion dans mon passé aussi. Viens, je t'emmène à Bloomingdale's, c'est à dix minutes d'ici.

Le mépris affiché de Lucas blessa Tara plus qu'il ne l'aurait dû. En fait, il n'y avait rien d'inhabituel dans son attitude, c'était elle qui réagissait de manière excessive, reconnut-elle en son for intérieur. Combien de fois devrait-il le lui répéter pour qu'elle comprenne qu'il n'avait aucune envie d'approfondir leur relation ? Ce qu'elle avait vécu autrefois ne l'intéressait pas. Il se fichait bien de savoir ce qui avait fait d'elle la femme qu'elle était devenue. Il tolérait sa présence à cause du bébé et parce qu'il la désirait physiquement. Rien de plus.

Enfin, l'immense façade de Bloomingdale's apparut à l'angle de la 59e rue et de Lexington Avenue, avec ses six étages percés de nombreuses fenêtres et flanquée de drapeaux ondulant dans la brise automnale.

Une jolie brune à l'allure excentrique les attendait à l'endroit indiqué. Elle se présenta en souriant avec chaleur à Tara, avant de se tourner vers Lucas.

— Ne vous inquiétez pas, monsieur Conway, elle est entre de bonnes mains.

— Merci. Je compte sur vous.

Il regarda Tara.

— Je serai de retour à temps demain pour le dîner. OK ?

Incapable de prononcer un mot, elle hocha la tête en silence.

Lucas s'attendait sans doute à ce qu'elle lui sourie et lui dise au revoir gentiment. Docilement. Qu'elle feigne de ne pas remarquer qu'il se comportait avec elle comme si elle n'était rien pour lui. Pourquoi aurait-elle protesté, puisque c'était la réalité ?

— On y va ? demanda Jessica en se tournant vers elle après qu'il fut monté à bord de la limousine garée un peu plus loin.

Jamais Tara n'aurait imaginé vivre une telle expérience.

Ignorant résolument le chaos qui régnait dans son esprit, elle avait l'impression de se transformer en Cendrillon tandis que Jessica lui faisait découvrir les différents rayons joliment éclairés présentant avec raffinement des articles plus somptueux les uns que les autres.

Elle avait prévu de n'acheter que quelques vêtements, mais elle comprit vite que Lucas avait prévenu sa conseillère car celle-ci fit systématiquement la sourde oreille à chacune de ses protestations.

Elle effleura un tissu du bout des doigts en se mordillant la lèvre.

— Je n'ai encore jamais porté ce style de jupe... Je la garderai pour les grandes occasions.

— Oh ! mais il vous en faut plus d'une ! répliqua Jessica avec un grand sourire. Par conséquent, vous pourrez porter celle-ci au quotidien.

En l'espace de deux heures, Tara se retrouva propriétaire d'un assortiment de vêtements magnifiques, notamment un superbe anorak over size gris métallisé à capuche bordée de fausse fourrure argentée, qui, lui dit Jessica, faisait partie de la toute dernière collection d'un styliste prometteur dont les femmes s'arrachaient les créations. Elle l'aida en outre à choisir un manteau mi-long en cachemire bleu nuit en prévision des sorties plus habillées. Pour l'accompagner, une écharpe cobalt fut sélectionnée parmi un éventail de teintes inouïes.

Quant aux robes que Jessica lui fit essayer, jamais Tara n'avait tâté de jersey aussi souples et aussi doux, n'avait porté de robes mettant en valeur son corps mince. Ensuite vint le tour des bottes et des escarpins, suivi du choix d'une paire de ravissantes bottines à talons plats allant à ravir avec un chemisier en mousseline de soie froissée et une courte veste en daim.

Elle eut un instant l'intention de dire à Jessica qu'aucun de ces vêtements ne lui irait plus dans quelques mois, mais elle ne put se résoudre à confier un détail aussi intime à une étrangère.

— J'ai été ravie de m'occuper de vous, madame Conway, dit la jeune femme à la fin de l'expédition.

— Je ne suis pas l'épouse de Lucas Conway, répliqua Tara avec calme.

Mais les paroles de Jessica avaient fait naître en elle un désir irrépressible que cela soit vrai. Que Lucas et elle soient mari et femme.

Parce que sa mère n'avait jamais été mariée, se rappela-t-elle, le cœur serré. Ni sa grand-mère.

Et qu'elle aimerait jouir un jour de la respectabilité dont elle avait toujours été privée, ce qui avait rendu son enfance si difficile.

Mais les mœurs avaient changé, désormais. Personne n'était plus choqué de voir un enfant naître en dehors des liens du mariage.

— En fait, je suis sa gouvernante, poursuivit-elle. Et je me demandais si vous vendiez des blouses et des tabliers.

Jessica ne montra aucun signe d'étonnement, ne la gratifia d'aucun regard choqué ou dépréciateur.

— Bien sûr, répondit-elle en souriant. Suivez-moi.

La matinée s'acheva par une séance au salon de coiffure, où Tara eut l'impression d'être traitée en rock star. On lui apporta même du lait à la cannelle – boisson qu'elle adorait – tandis que le coiffeur visagiste taillait allègrement dans ses boucles indisciplinées.

Le résultat fut... stupéfiant. Vraiment. Bien que désépaissie, sa chevelure était aussi luxuriante qu'auparavant, mais en version plus stylée. Des petites mèches bouclées entouraient son visage, et dans l'ensemble, la teinte de ses cheveux semblait plus intense et leur texture plus lustrée.

Elle quitta le salon vêtue de son nouveau jean tout neuf, d'un pull vert tilleul et de la veste en daim, et en se dirigeant vers la limousine qui l'attendait au bord du trottoir, elle constata avec stupeur que des hommes se retournaient sur elle à son passage !

Décidément, elle allait de nouvelle expérience en nouvelle expérience ! C'était si nouveau, si inhabituel, qu'elle fut gagnée par une sorte de vertige.

Lorsqu'elle pénétra dans l'appartement silencieux un peu plus tard, elle fut contente finalement que Lucas ne rentre que le lendemain soir. Pour la première fois depuis son arrivée, elle avait un après-midi, une nuit et une journée entière à elle. Exactement ce dont elle avait besoin pour préparer le dîner de six convives.

Après avoir déjeuné sur le pouce, elle jeta un coup d'œil à la liste des invités.

Un membre de l'ambassade d'Irlande et son épouse, un homme d'affaires italien et sa petite amie, ainsi qu'une cinquième personne dont le nom n'était pas précisé.

Que ressentirait-elle en servant Lucas et ses hôtes ? Elle jouerait son rôle d'employée tout en sachant que, une fois que tout le monde serait parti, elle partagerait son lit...

Peu importait, c'était mieux ainsi, se dit-elle résolument. Parce que s'ils cessaient d'être amants...

Elle se mordit la lèvre.

Quand ils cesseraient d'être amants, corrigea-t-elle en pensée – car la présence du bébé les séparerait d'une façon ou d'une autre, ou Lucas se lasserait d'elle, c'était inévitable vu ce qu'elle savait de lui. Bref, quand ils ne coucheraient plus ensemble, la rupture serait moins brutale si, après s'être habituée à s'afficher publiquement comme sa compagne, elle se voyait subitement reléguée au rang de simple employée.

Elle avait eu son lot de rejets, merci, elle n'avait pas besoin d'essuyer en plus celui de Lucas Conway.

Passant les doigts sur son pull en cachemire, elle s'installa devant son ordinateur portable, bien décidée à régler la question du dessert. Privée de ses livres de cuisine, elle était en effet obligée de chercher des recettes en ligne.

Et soudain, elle trouva l'idée idéale pour achever le repas dans la tonalité choisie pour l'ensemble.

11

Lucas ouvrit la porte de l'appartement et fut accueilli par de la musique.

De la musique typiquement irlandaise, reconnaissable à son accent à la fois mélancolique et exaltant. Elle provenait de la bibliothèque, comprit-il en s'avançant dans la vaste entrée. Il fronça les sourcils en entendant le rire mélodieux de Tara, suivi du bruit de verres qui s'entrechoquaient, auquel s'ajoutèrent d'autres rires répondant au premier.

Il se dirigea rapidement vers la bibliothèque et poussa doucement la porte.

Les invités étaient tous là, de dos, et écoutaient Tara qui leur parlait tout en versant du champagne dans la flûte de Seamus Hennessy.

L'espace d'un instant, Lucas se demanda si c'était l'éclairage qui lui jouait un tour. Parce que la femme qu'il contemplait avec stupeur ressemblait à Tara, elle avait la voix de Tara, mais...

Mais était-ce bien *Tara* ?

Elle avait les cheveux rassemblés sur le dessus de la tête, mais pour une fois, ils ne retombaient pas un peu n'importe comment en une kyrielle de boucles autour de son visage. Les mèches cuivrées s'enroulaient en spirales lisses et chatoyantes, mettant en valeur le cou gracieux à la peau laiteuse. Il déglutit, parce que le changement n'était pas seulement au niveau de la coiffure.

Tara portait une robe s'arrêtant au genou, et sur le jersey vert foncé moulant la courbe de ses hanches, elle arborait un petit tablier blanc des plus coquins dont la simple vue produisit un effet immédiat sur sa libido, qui réagit au quart de tour.

S'il voulait tenir jusqu'à la fin de la soirée, il allait devoir se focaliser sur les invités et tâcher d'ignorer la métamorphose spectaculaire de Tara, songea-t-il en serrant les mâchoires.

Les invités durent s'apercevoir de son arrivée, car au même instant ils se retournèrent pour le saluer tandis que lui s'excusait de son retard.

Brett Henderson, star internationale du grand écran et peu habitué à ce qu'on le fasse attendre, le gratifia d'un petit sourire ironique.

— Oh ! ne vous inquiétez pas, Lucas ! Nous étions en excellente compagnie ! s'exclama pour sa part Seamus Hennessy en souriant jusqu'aux oreilles.

— Votre absence est quasiment passée inaperçue, renchérit sa femme Erin. Tara s'est merveilleusement bien occupée de nous !

Tara lui adressa alors un petit sourire timide. L'expression émanant de ses traits délicats offrait un tel contraste avec son allure sexy, qu'il fut traversé par un frisson dont l'intensité le choqua.

Il soutint le regard de Tara, regrettant de ne pas pouvoir congédier les invités. Il brûlait de la soulever dans ses bras et de l'emmener directement au lit.

— Tout le monde a quelque chose à boire ? demanda-t-il en souriant à la cantonade. Parfait. Tara, je peux échanger quelques mots avec vous à la cuisine ?

Durant le peu de temps que dura le trajet, il garda le silence. Mais une fois arrivé à la cuisine, il referma la porte derrière lui et se tourna vers Tara.

— Que s'est-il passé ? Je ne te reconnais plus !

Ses hautes pommettes rosirent tandis qu'elle baissait les yeux, avant de les relever et de soutenir son regard.

— Ma tenue ne te plaît pas, c'est ça ?

— Je t'ai dit de t'acheter une nouvelle garde-robe, pas de te déguiser en soubrette sexy qui fait fantasmer tous les mâles !

Le visage aux traits délicats se figea un bref instant.

— C'est un simple tablier, Lucas ! riposta-t-elle d'un ton brusque. Et il faudrait savoir ce que tu veux ! Tu critiquais sans cesse mes blouses, mes jeans, le moindre de mes vêtements, et maintenant, tu me trouves trop sexy ?

Il secoua la tête, confus.

— Il ne s'agit pas de tes vêtements, dit-il lentement. Mais de ta façon de les porter.

— À moins que ce ne soit ta façon de les percevoir. Et ça, c'est ton problème, pas le mien ! Alors, réfléchis, et on en reparlera quand tu sauras ce que tu veux, parce que je n'ai ni le temps ni l'envie de prolonger cette discussion. Et maintenant, si tu veux bien m'excuser...

S'interrompant, elle le foudroya du regard avec un dédain qu'il ne lui avait encore jamais vu.

— ... Il faut *vraiment* que je me remette au travail. J'ai un dîner à servir, figure-toi !

Il aurait aimé la prendre dans ses bras et la faire taire d'un baiser passionné, mais quelque chose l'en empêcha : ce n'était pas seulement de l'orgueil mais de la colère. Et de la jalousie.

Or, il ne faisait pas dans la jalousie, d'habitude... Mais malheureusement, c'était bien ce qu'il ressentait.

Se forçant à dominer ces réactions stupides, il regagna la bibliothèque.

Tara avait le dîner à servir, en effet, et lui des invités à honorer. Seamus et Erin étaient des gens agréables et décontractés, Salvatore di Luca un homme charmant, et sa dernière conquête, qui travaillait pour les Nations unies, avait des choses fort intéressantes à dire sur la situation politique actuelle de l'Europe.

D'ordinaire, ce genre de conversation aurait captivé Lucas, mais cette fois, il avait un mal fou à se concentrer, obnubilé par le comportement de Brett Henderson, qui ne ratait pas une occasion de flirter avec Tara. De son côté, celle-ci ne faisait rien pour le décourager. Avait-elle vraiment besoin de minauder à ce point tandis qu'elle lui disait combien elle avait aimé le dernier film dont il était l'acteur principal ?

Lucas se retint de serrer les poings en voyant l'acteur britannique lui retourner le compliment et lui susurrer toutes sortes de fadaises sur ses lasagnes maison.

Un peu plus tard, quand elle apporta le tiramisu, il ne put s'empêcher de dire d'un ton dégagé :

— Tara possède un charme naïf qui n'appartient qu'à elle.

Elle lui décocha un regard assassin mais retint la réplique qui – il l'aurait parié – lui venait aux lèvres.

Au moment où les invités parlèrent enfin de s'en aller, il se retint de serrer les poings lorsque Brett demanda à Tara si elle voulait bien lui donner son adresse e-mail. Di Luca et sa compagne s'éclipsèrent peu après. Quant à Seamus et Erin, ils ne partirent qu'après avoir obtenu de Tara la promesse qu'elle viendrait au bal traditionnel irlandais qu'ils organisaient à l'ambassade.

Lorsque Lucas referma la porte sur eux, l'appartement lui parut soudain immense et étrangement silencieux.

Où était passée Tara ?

Elle s'activait dans la bibliothèque, comprit-il en entendant du bruit de ce côté-là.

Il l'y trouva en effet en train de rassembler les flûtes en cristal.

— Tu as donné ton adresse e-mail à Brett ? demanda-t-il sans préambule.

— Qu'est-ce que ça peut bien te faire que je la lui aie donnée ou pas ? rétorqua-t-elle en se redressant vivement.

Jamais encore il ne lui avait vu l'air aussi furieux.

— Tu crois peut-être...

Elle secoua la tête avec incrédulité.

— Tu crois peut-être que j'encouragerais un homme alors que j'entretiens une relation physique avec un autre ?

« Une relation physique ». L'expression déplut à Lucas, mais elle était sans doute appropriée à ce qu'ils partageaient.

— Tu t'es conduite de manière assez ambiguë, ce soir.

— Je n'y peux rien si tu vois le mal partout, riposta-t-elle en se penchant de nouveau pour ramasser une cacahuète sur la table. Je me suis montrée amicale, c'est tout.

— Laisse ça, dit-il quand elle posa les flûtes en cristal sur un plateau d'un geste brusque.

Si brusque, même, qu'il fut surpris qu'elles ne se brisent pas.

— Je préfère m'en occuper maintenant plutôt que demain matin.

— Je me fiche...

— Oui, en effet ! l'interrompit-elle sèchement en tournant la tête vers lui.

Et cette fois, ce n'était plus de la colère qui flambait dans ses yeux. Il s'agissait d'une autre émotion, plus intense encore, mais qu'il ne put identifier.

— Tu t'en fiches, tu l'as bien montré ! Mais peut-être que moi, j'en ai assez de la façon dont Lucas Conway régente son personnel ? Tu m'as offert des cours de cuisine pour que je sache confectionner autre chose que des tourtes à la viande. Autrement dit, pour que je sois à la hauteur et prépare des repas dignes de tes invités sophistiqués – alors j'ai renoncé aux tourtes à la viande. Puis un jour, tu as décidé de m'habiller comme ces poupées en papier que l'on trouve dans les magazines pour enfants, et je me suis laissé faire. Parce qu'il ne fallait surtout pas que j'aie l'air d'une demeurée. Mais tu n'es toujours pas satisfait, n'est-ce pas ?

Elle s'interrompit un bref instant, le souffle court.

— Tu ne le seras *jamais*, Lucas, parce que, au fond, tu ne te connais pas toi-même et tu n'as aucun désir d'apprendre à te connaître. Parce que tu es un lâche.

Le silence tomba dans la pièce, lourd, dense.

— Pardon ? demanda enfin Lucas d'une voix glaciale. Tu viens de me traiter de lâche ?

Tara soutint son regard dur et tressaillit intérieurement.

— Tu as très bien entendu ce que j'ai dit.

Impossible de revenir en arrière, à présent.

Elle aimait Lucas. Et elle désirait qu'il cesse de fuir son passé, même si cela devait entraîner la fin de leur relation. De toute façon, comment partager quoi que ce soit d'essentiel avec un homme incapable d'éprouver une émotion ou qui refusait de s'autoriser à en *ressentir* ?

— Tu ne peux pas exister à part entière sans te réconcilier avec ton passé, Lucas, et je ne pense pas pouvoir continuer à vivre comme ça avec toi si tu ne te décides pas à regarder les choses en face. Tu n'as peut-être aucun parent en vie, mais tu ne crois pas que cela mériterait d'être vérifié ? Tu ne veux pas savoir pourquoi ta mère t'a vendu ? Savoir qui était ton vrai père et s'ils sont encore vivants ? S'ils ont eu d'autres enfants et si tu as des frères et sœurs ? Personnellement, lorsque j'ai...

— Non ! coupa-t-il avec un geste rageur. J'en ai soupé des confessions, et je n'ai pas l'intention de perdre davantage de temps à t'écouter, surtout si tu commences à t'épancher ! Je vais être franc, Tara : je suis fatigué, et tu m'ennuies avec tes histoires. Je t'ai répété je ne sais pas combien de fois que je ne voulais pas de ce genre de relation. Si tu ne l'acceptes pas, alors je suis d'accord : nous ne pouvons pas continuer comme ça. Par conséquent, tu pourrais peut-être y réfléchir. Et maintenant, si tu veux bien m'excuser, je vais me coucher. Nous nous reverrons demain matin.

Le cœur lui martelant les côtes, Tara regarda Lucas sortir de la bibliothèque. Elle entendit le bruit de ses pas dans l'escalier, puis dans le couloir conduisant à la chambre principale.

L'espace d'un bref instant, elle songea à le suivre, mais elle se ravisa aussitôt.

Avait-elle perdu l'esprit ? Ils se reverraient « le lendemain matin » – autrement dit, Lucas voulait qu'elle lui fiche la paix.

Il était furieux contre elle, mais pas autant qu'elle l'était contre elle-même. Jusqu'à quand allait-elle continuer à se laisser marcher dessus comme si elle comptait pour rien ? Parce qu'elle n'était pas rien. Elle était importante. Pas seulement pour l'enfant qu'elle portait, mais à ses propres yeux.

Sans faire de bruit, elle alla s'installer dans la seconde chambre, et se sentit bientôt envahie par un affreux sentiment de solitude et d'abandon. Comme elle s'y attendait, elle mit un temps fou à s'endormir et ne trouva le sommeil qu'au moment où l'aube commençait à se lever.

Quand elle se réveilla, un silence total régnait dans l'appartement. Elle se leva et partit à la recherche de Lucas, pressentant qu'il avait quitté l'appartement.

Dans la cuisine, un arôme de café flottait encore dans l'atmosphère. Il avait dû prendre son petit déjeuner et s'en aller.

Elle regarda partout s'il n'avait pas laissé un mot mais n'en trouva nulle part. Complètement désemparée, elle se sentit soudain si faible qu'elle dut s'asseoir.

Cette fois, leur histoire était bel et bien terminée, comprit-elle avec un frisson glacé. Mais bon, le moment de la séparation serait arrivé tôt ou tard de toute façon.

Peut-être devrait-elle être reconnaissante à Lucas d'avoir été franc avec elle ? Il avait raison de ne pas l'encourager à échafauder un avenir chimérique. Le moment était sans doute venu d'arrêter de faire comme si leur relation allait quelque part. Il vaudrait mieux pour Lucas comme pour elle repréciser les limites, définir de nouvelles règles et envisager l'avenir sous un jour plus réaliste.

Elle déglutit.

Le seul moyen d'y parvenir, c'était de mettre de la distance entre eux. Par conséquent, elle devait rentrer en Irlande, là où elle se sentait vraiment chez elle.

Après avoir achevé de faire disparaître les derniers vestiges du dîner de la veille, elle regagna sa chambre et prit une douche dans la salle de bains attenante. Elle se lava les cheveux avec soin, prit le temps de les sécher, consciente de repousser le moment du départ. Ensuite, elle fut encore plus longue à choisir ce qu'elle allait mettre pour le voyage, puis à décider quels vêtements elle emporterait.

La mort dans l'âme, elle contempla le chemisier en mousseline de soie froissée, la jupe en jersey noir et les derbies qui lui avaient plu au premier coup d'œil, les robes en soie, en lainage, les pulls en cachemire d'une douceur inimaginable.

Elle adorait ces vêtements, la sensation qu'elle éprouvait quand elle les portait. Mais ils n'avaient pas de place dans la vie qu'elle s'apprêtait à reprendre. Aussi prit-elle l'anorak gris métallisé, les jeans, le pull le plus foncé, les robes les plus chaudes – et tous les articles de lingerie.

Lorsque ses bagages furent prêts, elle appela un taxi et vérifia qu'elle avait suffisamment d'argent sur elle, ainsi que son passeport. Mais au moment de partir, elle se dit qu'elle ne pouvait pas partir comme ça, sans même laisser un mot.

Se rendant dans la bibliothèque, elle s'empara d'un stylo et du bloc-notes posés sur le secrétaire en acajou. Puis, le cœur lourd, elle commença à écrire.

Lucas contempla la feuille de papier posée en évidence sur le secrétaire et sentit une sensation proche de la souffrance lui étreindre la poitrine.

Non, il ne souffrait pas, décida-t-il avec colère. Il était déçu. Déçu que Tara Fitzpatrick se soit enfuie en son absence, comme une voleuse. Après tout ce qu'il avait fait pour elle...

Sortant son smartphone de sa poche, il sélectionna son numéro. La sonnerie résonna si longtemps dans le vide qu'il crut qu'il allait être renvoyé sur sa boîte vocale, mais soudain, il entendit la voix mélodieuse au doux accent irlandais.

— Allô !

— Tu es à l'aéroport, je suppose ?

— Oui. J'ai réussi à obtenir le dernier billet d'un vol pour Dublin qui part dans...

Elle s'interrompit, sans doute pour consulter sa montre.

— … Vingt minutes.

— Si je comprends bien, tu me fausses compagnie sans même t'être donné la peine de me dire en face que tu partais, dit-il froidement. Et c'est moi qui suis lâche ?

— J'aurais été lâche si je n'avais pas répondu à ton appel.

Suprêmement agacé, il sentit son contrôle légendaire lui échapper.

Qu'est-ce qu'il lui prenait, bon sang ? Allait-il se laisser mener par le bout du nez par cette femme ?

— Pourquoi n'as-tu pas au moins attendu que je sois rentré ? Nous aurions pu en discuter tranquillement, en adultes responsables.

Il entendit un halètement. Mais quand elle lui répondit, Tara lui parut calme et maîtresse d'elle-même. Et distante. Ce qui ne lui ressemblait pas du tout.

— Une fois, tu m'as laissé un mot parce que tu ne pouvais pas te résoudre à discuter d'une chose importante avec moi. Tu t'en souviens, non ? Eh bien, c'est mon tour maintenant, et je le fais exactement pour les mêmes raisons. Je ne voulais pas d'au revoir interminable, ni devoir te donner des explications ou t'entendre m'accuser de nouveau. Je ne veux pas partir avec des mots amers qui repasseraient en boucle dans ma tête et resteraient gravés dans ma mémoire. Nous sommes des adultes responsables, tu as raison. Par conséquent, comportons-nous comme tels et entretenons des rapports civilisés. Je reprendrai contact avec toi quand je serai installée, et si tu le souhaites, tu pourras venir voir notre bébé aussi souvent que tu le voudras.

Elle inspira à fond puis laissa échapper un soupir tremblant qui résonna bizarrement dans le téléphone.

— Tu ne comprends pas ? Je te rends ta liberté, Lucas.

Quelque chose enfla en lui, semblable à un courant de marée montante, sombre et impitoyable.

Comment Tara osait-elle lui « rendre sa liberté » alors qu'elle n'avait aucunement le droit d'en disposer ? Le considérait-elle comme une marionnette dont elle pouvait tirer les ficelles au gré de ses humeurs, au seul motif qu'elle portait un peu de lui en elle ?

La tempête rugit en lui, mais il la dompta.

Il avait besoin de réfléchir lucidement, l'esprit dégagé de toute colère et de tout regret. Tara avait peut-être raison. Peut-être la séparation était-elle la meilleure solution. Le temps et la distance feraient le reste, et une fois que le calme serait revenu, ils parviendraient bien à trouver un arrangement qui leur convienne à tous les deux.

Il n'avait pas désiré cet enfant et la paternité représentait pour lui une notion totalement abstraite, mais il ne tournerait pas le dos à ses responsabilités. Il ne ferait pas comme son père. Il serait présent pour son fils ou sa fille.

Et s'il en était incapable ? N'ayant aucun modèle à imiter, aucun exemple à suivre, il finirait probablement par les abandonner à un moment ou à un autre, elle et l'enfant ?

Les accusations de Tara résonnèrent dans son esprit :

« Tu ne veux pas savoir pourquoi ta mère t'a vendu ? Savoir qui était ton vrai père et s'ils sont encore vivants ? S'ils ont eu d'autres enfants et si tu as des frères et sœurs ? »

Il serra les mâchoires.

Non, il ne voulait *rien* savoir.

Pourquoi l'aurait-il désiré ?

Dans un monde idéal, il serait retourné à la vie qu'il avait menée jusqu'alors. Une existence sans surprises. Sans introspection. Sans Tara qui le défiait de ses beaux yeux couleur d'ambre.

Mais ce n'était pas aussi simple. Comme toujours.

— Envoie-moi un SMS pour me dire que tu es bien arrivée à Dalkey, dit-il avec calme. Et tiens-moi au courant de tes projets. Je reviendrai en Irlande à temps pour la naissance.

12

La pluie fouettait les vitres, le vent mugissait dans la nuit, tel un monstre maléfique. Au loin, Tara entendait des branches craquer, un chien effrayé glapir.

Elle roula sur le côté en frissonnant sous la couette et contrôla sa respiration, mais cela ne l'aida pas davantage à s'endormir. Elle compta à l'envers à partir de cent, sans plus de résultats. Impossible de trouver le sommeil, ne serait-ce que quelques heures.

Elle n'avait pas été épargnée autrefois, mais là, c'était trop dur. Si tomber amoureuse c'était ça, souffrir comme une malade, elle préférait sortir de cet état le plus rapidement possible. La souffrance était intolérable. Elle avait l'impression qu'on lui charcutait le cœur avec un tisonnier chauffé à blanc. La torture était physique *et* mentale. Le souvenir de Lucas la hantait à toute heure du jour et de la nuit. Elle ne pouvait pas supporter de penser qu'il ne faisait plus partie de sa vie. Son visage lui manquait, son corps, son arrogance, ses plaisanteries. Sa merveilleuse chaleur dans laquelle elle s'endormait chaque nuit. Sa fougue et sa passion quand ils faisaient l'amour dans le grand lit...

Furieuse, elle serra les poings à s'en faire mal.

Comment avait-elle pu se livrer à des interprétations romantiques aussi erronées de ce qui s'était réellement passé ? Ils avaient partagé des étreintes fabuleuses, certes, mais rien de plus. Pour Lucas, elle n'était que l'une des innombrables maîtresses qui s'étaient succédé dans son lit. Sauf que, à la différence de celles qui l'avaient précédée, elle avait eu le malheur de tomber enceinte.

Comme sa mère et sa grand-mère.

« Je te le dis, Tara, les hommes ne valent rien. Tous autant qu'ils sont ! »

Sans doute son aïeule avait-elle raison, mais elle était déterminée à ne pas se laisser abattre. Aussi prenait-elle soin de son apparence, faisait sa gymnastique, prenait ses repas à heures régulières et allait à tous ses rendez-vous à l'hôpital – et, dieu merci, sa grossesse se déroulait sans problème. Elle suivait par ailleurs les conseils donnés par Jessica. Elle aimait les quelques nouveaux vêtements qu'elle avait emportés et la sensation qu'ils lui procuraient. Désormais, elle adorait les matières douces et soyeuses, les jeans parfaitement à sa taille. Durant son séjour new-yorkais, elle avait au moins appris une chose : qu'elle n'avait aucune raison d'avoir honte de son corps et qu'il n'y a rien de mal à prendre soin de son apparence.

Mais le soir, dans l'obscurité, elle sanglotait dans son oreiller sans pouvoir s'arrêter. Lucas lui manquait cruellement, charnellement. La plupart du temps, elle finissait par s'endormir, un peu avant l'aube, avant de se réveiller dans la grisaille quasi hivernale, en harmonie avec la tristesse qui l'habitait.

Cependant, elle reprit le dessus grâce à sa résistance et sa force intérieure. Et dès qu'elle se fut adaptée à sa nouvelle vie, les choses commencèrent à s'améliorer. Ou plus exactement, tout changea lorsqu'elle admit que Lucas n'allait pas sonner à la porte un beau matin, un bouquet de fleurs à la main, et la prendre dans ses bras dès qu'elle lui ouvrirait. Elle ne vivait pas un conte de fées avec fin heureuse. Il lui avait dit qu'il reviendrait pour la naissance – autrement dit dans quatre mois —, ce qui lui laissait tout le temps de se le sortir de la tête et du cœur.

Pressée de quitter la maison de Dalkey emplie de trop de souvenirs, elle trouva un nouveau poste de gouvernante chez un couple d'universitaires habitant une grande maison donnant sur le lac Caragh, dans le comté de Kerry. Lors de l'entretien d'embauche avec Dana et Jim Doyle, elle les avait informés d'emblée de sa situation.

— Je suis enceinte et séparée du père de mon enfant. Mais je précise qu'il nous soutiendra financièrement, moi et le bébé.

— Dans ces conditions, avez-vous vraiment besoin de travailler ? avait demandé gentiment Dana.

— Non, mais j'ai toujours travaillé, avait répondu simplement Tara.

Et elle ne pouvait pas s'imaginer passant ses journées à ne rien faire d'autre que fantasmer sur un homme qui ne l'aimait pas et ne voulait pas d'elle.

Quand elle envoya sa nouvelle adresse à Lucas par e-mail, il y répondit aussitôt, demandant si elle ne manquait de rien.

Cette question la mit hors d'elle.

Non, elle ne manquait de rien sur le plan matériel, mais sur le plan affectif...

Elle posa la main sur son ventre et se dit que ses sentiments finiraient par s'estomper. Tout s'estompait avant de disparaître complètement. Elle le savait pour l'avoir expérimenté. Les souvenirs atroces du harcèlement à l'école – et même la cause de ce harcèlement – s'étaient peu à peu effacés de son esprit après son départ de Ballykenna. Et quand ils resurgissaient – ce qui arrivait encore de temps en temps —, elle les bannissait résolument. Il ne lui restait plus qu'à faire la même chose avec Lucas Conway, sinon elle passerait à côté de sa vie et ressemblerait à un fantôme errant à la poursuite d'une chose qui ne lui appartiendrait jamais.

Elle carra les épaules.

Lucas Conway était le père de son enfant, et il assumait ses responsabilités en tant que tel. C'était l'essentiel. Elle se passerait très bien de lui.

Le cœur lui martelant les côtes, Lucas descendit de voiture et referma la portière avant de se retourner vers le bâtiment aux murs blancs.

Il avait presque peur… À moins qu'il ne s'agisse que d'appréhension.

Il leva les yeux vers l'inscription figurant au-dessus de l'entrée : ÉCOLE DE POLO SABATO.

Quelqu'un devait avoir entendu le véhicule arriver, car un homme aussi grand que lui et à la silhouette athlétique apparut au coin du bâtiment et se dirigea vers lui. Il portait un pantalon d'équitation décontracté et des bottes de cuir maculées de poussière, tenue qui contrastait avec le costume en lin blanc et les mocassins cousus main de Lucas.

Mais lorsque l'homme se rapprocha et qu'il put discerner ses traits, il vit des pommettes saillantes et des yeux verts bordés de cils noirs si pareils aux siens qu'il en resta sans voix.

C'était bien son frère aîné qui était en face de lui.

Durant quelques instants, ils se dévisagèrent en silence, gravement. Ils se retrouvaient tous deux confrontés à leur dur passé.

— Alejandro, dit-il enfin, le regard soudé à celui de son unique parent en vie.

— Mes enquêteurs t'ont cherché dans le monde entier, Lucas, répliqua lentement son frère en anglais.

La voix profonde était empreinte d'un accent argentin, sa langue maternelle, ce qui rappela douloureusement à Lucas que son frère avait connu leur vraie mère, lui.

— J'ai changé de nom.

Alejandro hocha la tête et sourit, puis laissa échapper un long soupir de soulagement.

— Tu veux en parler maintenant ? Autour d'une bière, peut-être ? Ou faire une balade à cheval ?

Il éclata de rire, détendant d'un coup l'atmosphère.

— Je ne sais même pas si tu montes à cheval – c'est fou, non ?

Lucas sourit à son tour.

Il n'était pas monté sur un cheval depuis des années, et Alejandro était un ancien champion de polo international, mais pour une fois il se fichait de ne pas être le meilleur. Il ne voulait pas non plus boire d'alcool. Il désirait affronter le passé l'esprit lucide. Entendre les faits tels qu'ils étaient, aussi douloureux soient-ils.

Ils le furent. Salement.

Il s'était cru préparé à la souffrance qui lui tomberait dessus lorsqu'il apprendrait tous les détails concernant son adoption, mais il se rendit compte un peu plus tard qu'il avait été terriblement naïf. Rien ne prépare à la souffrance. On croit savoir à quoi s'attendre *intellectuellement*, mais la vérité vous terrasse avec une force qui vous coupe le souffle.

La balade fut longue, ils chevauchèrent à travers les verts pâturages, se parlant parfois, mais demeurant silencieux la plupart du temps.

Lorsque le soleil commença à inonder le paysage d'or et de pourpre, son frère se tourna vers lui.

— Tu dois avoir soif, maintenant. On va la boire, cette bière ?

Lucas hocha la tête.

— D'accord.

Le retour au galop lui fit du bien. La brise chassa son anxiété et sécha les larmes qu'il sentait rouler sur ses joues.

La voiture d'Alejandro les conduisit à l'estancia où sa femme Emily les attendait avec leur bébé, Luis. Lucas fut accueilli avec une chaleur qui l'émut au plus profond de lui-même. Pour la première fois de sa vie, il se sentait… en famille.

Lorsque Alejandro souleva en l'air son fils riant aux éclats et que la ravissante Emily remua quelque chose dans une casserole d'où montait un arôme délicieux, une sensation inconnue envahit Lucas. D'envie ? De regret ?

Il se rendait compte que lui aussi aurait pu avoir tout cela. Une maison et une famille. Avec Tara, la femme qui l'avait encouragé à venir là, grâce à qui il avait osé soulever le rideau occultant son passé et se retrouver face à face avec son frère.

Il sourit à Emily qui lui tendait une bouteille de bière.

Il aurait pu avoir tout cela, et il était passé à côté.

Cette nuit-là, il dormit mal même si sa chambre et son lit offraient le plus grand confort. Et pas seulement à cause de ce que lui avait révélé Alej. Mais les jours suivants, il eut un aperçu attrayant de son pays natal. Il en vint à le comprendre un peu et à commencer à l'aimer, en grande partie grâce à son frère. Et lorsque le moment de partir arriva, il eut un pincement au cœur en se penchant pour déposer un baiser sur la tête de Luis, avant de serrer Emily dans ses bras et de lui dire au revoir.

Lorsque Alej l'emmena à l'aéroport, ils n'échangèrent pas beaucoup de paroles.

Ils n'en avaient pas besoin. Un lien puissant s'était forgé entre eux. Le lien fraternel qui avait été rompu bien des années auparavant mais qui, miraculeusement, avait réussi à se reconstituer. Et Lucas était certain que son aîné le ressentait autant que lui.

À l'aéroport, Alej le prit dans ses bras, puis Lucas regarda une dernière fois les montagnes qui se profilaient au loin, sachant au fond de son cœur qu'il reviendrait.

— Tu peux venir me voir en Irlande avec ta petite famille, tu sais ?

— J'en ai bien l'intention !

Le vol fut long, mais pour une fois, il ne parvint pas à se concentrer sur son travail alors qu'il pouvait communiquer avec son assistant resté à Dublin.

À l'arrivée, le ciel était gris et bas, l'atmosphère maussade. L'Irlande paraissait si petite, comparée aux vastes étendues qu'il venait de quitter !

La poitrine nouée, il relut l'e-mail envoyé par son assistant un peu plus tôt et indiqua l'adresse à son chauffeur.

Durant tout le trajet, il demeura conscient des battements sauvages de son cœur tandis que les sombres pensées revenaient sans relâche le harceler.

Et s'il n'en était pas capable ? Et si elle ne voulait pas de lui ? Pourrait-il le lui reprocher ?

Il pinça les lèvres.

Cela vaudrait sans doute mieux. Pour elle. Quant à lui...

Ils eurent du mal à trouver la maison, cachée au fond d'une allée feuillue. Il s'agissait d'une belle demeure ancienne construite à proximité d'un superbe lac.

Après avoir soulevé le lourd heurtoir et l'avoir laissé retomber, il entendit le bruit mat résonner à l'intérieur de la vaste maison. Puis il attendit, le cœur battant à tout rompre.

Lorsque la porte s'ouvrit et que Tara apparut, il la regarda en retenant son souffle tandis qu'elle le dévisageait en battant des cils, l'air incrédule.

— Lucas ?

Tara avait les joues plus pleines, mais il n'y avait aucune chaleur dans les yeux couleur d'ambre, ni aucun sourire sur la belle bouche au dessin pur et délicat.

— Qu'est-ce que tu fais ici ?

Il tressaillit à son ton peu amène.

— Je suis venu te voir.

— Eh bien, tu m'as vue. Et tu peux constater que je vais bien.

Quand elle voulut refermer la porte, il leva la main et l'appuya sur le lourd panneau de chêne.

— Tara, dit-il doucement. Ce n'est pas seulement pour te *voir* que je suis venu, et tu le sais.

— Tu aurais pu me prévenir, répliqua-t-elle avec méfiance.

— J'ai pensé qu'il valait mieux venir à l'improviste.

— Mieux pour qui ? rétorqua-t-elle, haussant le ton. Pour toi, bien sûr ! Parce que tu ne penses jamais qu'à toi, n'est-ce pas ?

Elle redressa le menton.

— Tu n'as pas songé que cela pourrait être une mauvaise idée de débarquer comme ça à l'improviste ? J'aurais pu être en train de préparer le déjeuner de M. et Mme Doyle.

Il jugea préférable de ne pas lui dire que, ayant demandé à l'un de ses assistants de se renseigner sur l'emploi du temps des Doyle, il savait qu'ils participaient à une conférence scientifique en Suède et avait profité de leur absence pour venir la voir.

— Tu n'as droit à aucune vie personnelle ? répliqua-t-il en haussant les sourcils.

— Tu es sans doute le mieux placé pour répondre à cette question, Lucas, déclara-t-elle d'un ton ironique. Mais peu importe. La vraie question, c'est : pourquoi es-tu ici alors que tu m'avais dit que tu reviendrais pour la naissance, qui, selon le Dr Foley, ne devrait avoir lieu que dans seize semaines ?

Pour la première fois, il baissa les yeux sur le corps de Tara et fut suffoqué par la sensation qui lui traversa la poitrine.

Il n'avait jamais compris qu'on parle d'épanouissement à propos d'une femme enceinte, d'autant que ce genre de sujet ne l'intéressait absolument pas. Mais à présent, il comprenait ce qu'on entendait par là.

Tara portait un tablier rayé gris et blanc sur une robe en lainage rouge grenat, que ses formes *épanouies*, en effet, remplissaient d'une façon tout à fait nouvelle. Et, excepté l'hostilité émanant de son regard, elle irradiait d'une sorte d'éclat intérieur. Mais c'était la rondeur de son ventre qui faisait battre le cœur de Lucas à un rythme inusité.

L'hésitation n'avait jamais été son fort, mais il pressentit qu'il devait être prudent et choisir ses mots avec soin.

— Je suis ici parce qu'il faut que je te parle. Que je te dise des choses que tu as peut-être besoin d'entendre.

Tara s'efforça de dominer les émotions qui menaçaient de la submerger.

C'était injuste. Lucas lui avait dit qu'il viendrait pour la naissance, et elle avait cru avoir encore du temps pour se détacher de lui, se préparer à le revoir sereinement, sans se laisser aller à des espoirs chimériques.

Mais elle ne pouvait pas dire cela à Lucas. Ni lui montrer qu'elle était incapable de faire face à sa visite surprise, parce qu'il y verrait aussitôt une marque de faiblesse.

Qu'avait-il à lui dire ? Depuis son départ de New York, elle n'avait quasiment jamais eu de ses nouvelles. Parfois, elle pensait qu'il lui avait trouvé une remplaçante et qu'il était trop occupé pour penser à une ex. D'autant qu'il avait dû choisir une superbe New Yorkaise plus conforme à ses goûts.

Eh bien, si c'était le cas, tant mieux. Ça l'aiderait à l'oublier, se répétait-elle à chaque fois.

— Tu ferais mieux d'entrer, il ne fait pas chaud, dit-elle à contrecœur.

Le cœur battant la chamade, elle invita Lucas à la suivre dans le grand hall pavé de tommettes en terre cuite patinées par le temps.

— Tu veux du café ? demanda-t-elle en se retournant vers lui.

Avec un peu de chance, il allait refuser...

— Je veux bien, merci. Ton café m'a manqué, Tara.

— Épargne-moi ce genre de flatterie, s'il te plaît.

— Ce n'était pas une flatterie, répliqua-t-il avec calme. C'est un fait, bien qu'ils aient du très bon café en Argentine.

— En Argentine ? répéta-t-elle, surprise.

— Si tu t'occupais d'abord du café ? proposa-t-il gentiment. Nous bavarderons en le buvant.

Sa propension à renverser les rôles l'irrita, mais la curiosité l'emporta sur l'agacement.

Lucas était allé en Argentine...

Soulagée de pouvoir s'éloigner quelques instants de sa proximité troublante, elle se dirigea vers la cuisine après l'avoir invité à s'installer au salon.

Quand elle l'y rejoignit un peu plus tard après une petite

halte devant le miroir du couloir, il lui tournait le dos. Immobile devant la fenêtre, il contemplait l'immense pelouse bordée de grands arbres, derrière lesquels on voyait miroiter l'eau du lac, et au-delà les collines au doux relief.

Elle parcourut du regard sa haute silhouette athlétique, ses puissantes épaules...

Lorsque Lucas se retourna soudain, elle fut parcourue d'un frisson délicieux, qu'elle réprima aussitôt.

En maîtresse de maison accomplie, elle lui désigna poliment l'un des fauteuils recouverts de velours usé qui, lui avait dit Dana Doyle avec sa décontraction habituelle, étaient là depuis des années. Après lui avoir tendu sa tasse de café, elle s'assit en face de lui sur une chaise à dossier droit puis versa de l'eau bouillante sur son thé.

— Alors, commença-t-elle avec un petit sourire crispé. De quoi voulais-tu me parler ?

L'espace d'un bref instant, le beau visage viril s'assombrit, une expression proche de la détresse envahit ses traits.

Désarçonnée, elle le regarda en silence.

Jamais elle ne l'avait vu ainsi. Mais Lucas Conway n'était pas homme à se laisser abattre. Et puis, elle n'allait pas tenter d'analyser ses humeurs ni essayer de deviner ce qu'il avait dans la tête.

Il baissa les yeux sur la tasse à laquelle il n'avait pas touché, puis la posa sur la table.

— J'ai suivi ton conseil, dit-il d'un ton neutre. Je suis allé en Argentine.

13

— Tu es allé en Argentine, répéta lentement Tara.

— Oui.

Petite pause.

— Et qu'as-tu trouvé là-bas ?

Elle le regardait droit dans les yeux, l'air si distant que Lucas se demanda s'il n'avait pas commis une erreur en venant la voir sans prévenir.

Mais bon, puisqu'il était là...

— Mon frère, répondit-il simplement.

— Tu as un frère ?

— Oui. Il s'appelle Alejandro Sabato – Alej pour ses proches. Et il a une famille. Sa femme, Emily, est anglaise, et ils ont un petit garçon, Luis.

— C'est bien, répliqua Tara, toujours aussi crispée.

Il aurait voulu lui parler de la souffrance atroce qu'il ressentait, lui dire qu'elle lui avait trop manqué, mais il ne pouvait s'y résoudre.

— En fait, il essayait de me retrouver depuis longtemps, mais comme j'avais changé de nom, les recherches de ses enquêteurs n'avaient rien donné. Mais peu importe. Il m'a donné tous les détails que je désirais connaître.

— C'est-à-dire ? demanda-t-elle sans ciller.

Il haussa une épaule.

— Ma mère était une prostituée, et mon père l'un de ses clients, lâcha-t-il tout à trac. Un malfrat qui faisait de fréquents séjours en prison, qui venait la voir dès qu'il en sortait et qui la battait. Il l'avait mise enceinte.

Les yeux de Tara s'assombrirent.

— Alors, comment t'es-tu retrouvé...

— Dans l'un des quartiers les plus chic de New York ? enchaîna-t-il à sa place.

Elle hocha la tête.

— Alej était né à peine un an plus tôt, et ma mère avait déjà assez de mal à nourrir un seul enfant, alors un deuxième... C'est comme ça qu'elle a décidé de me vendre. Je suppose qu'elle l'a fait uniquement parce qu'elle avait désespérément besoin d'argent. Elle est allée voir quelqu'un à Buenos Aires, et ce quelqu'un l'a mise en relation avec une riche Américaine...

— Ta mère ? l'interrompit Tara dans un souffle.

— Non ! Wanda Gonzalez n'a jamais mérité de porter ce nom de son vivant, et je ne vais certes pas lui faire l'honneur de la considérer comme telle maintenant qu'elle est morte.

Lucas éclata d'un rire amer.

— Elle avait précisé qu'elle voulait une mère argentine, de manière à ce que l'enfant ressemble le plus possible à son « père ».

— C'était le cas ? Tu lui ressembles ?

— Non, pas vraiment, répondit-il en secouant la tête. Nous avions la même teinte de cheveux, mais je suis plus grand que ne l'était Diego, plus costaud.

Il éclata de nouveau d'un rire bref et amer.

— C'est comme ça que j'ai grandi entouré de luxe, pendant qu'Alejandro vivait dans un milieu totalement différent. Jusqu'à ce qu'il échappe à une pauvreté abjecte et devienne l'un des plus grands champions de polo.

— Alejandro Sabato, répéta lentement Tara. Oui, j'ai entendu parler de lui.

— Je n'en doute pas. Il était une vraie vedette, à l'époque. Mais je ne suis pas venu ici pour te parler de mon frère, Tara.

— Non ? riposta-t-elle d'un ton neutre.

Décidément, elle ne l'aidait pas. De son côté, il n'avait qu'une envie : se précipiter vers elle, la soulever dans ses bras et l'embrasser encore et encore...

Mais s'il la touchait et l'embrassait, il ne pourrait plus s'arrêter, et ils se retrouveraient rapidement au lit. Ou bien ils feraient l'amour là, dans ce ravissant salon au charme subtil et décontracté.

Or, il refusait de céder au désir qui le consumait. Parce qu'il se trouvait face au défi le plus crucial, le plus risqué auquel il se soit jamais trouvé confronté et qu'il ne pouvait pas se permettre le moindre faux pas.

— Je voulais haïr ma mère, chuchota-t-il. Et j'y ai réussi pendant un certain temps. Elle m'avait vendu, bon sang ! Mais j'ai enfin compris qu'elle y avait été acculée, qu'elle avait pris cette décision pour éviter le pire. Cela n'a pas dû être facile pour elle de se séparer de moi, mais elle l'a fait. Pour moi et pour Alej, pour que nous ne mourions pas de faim. Elle a dû penser que, en agissant ainsi, elle m'offrait une chance inespérée. Elle ne pouvait pas savoir que Wanda était une femme faible et Diego un type cruel.

— Lucas, commença Tara d'une voix radoucie.

Son changement d'attitude, la lueur inquiète qu'il voyait dans ses yeux lui firent un bien fou. Mais il secoua la tête pour l'interrompre, parce qu'il devait lui dire ce qu'il était venu lui dire.

— Si tu ne m'avais pas encouragé à faire des recherches sur ma vraie famille, je n'aurais jamais découvert tout cela. C'est grâce à toi que j'ai retrouvé mon frère. Qu'un lien puissant existe maintenant entre lui et moi. Que je sais que j'ai une belle-sœur et un neveu. Mais quand j'ai fait la connaissance de la petite famille d'Alej, j'ai ressenti une douleur atroce. En plein cœur.

— Lucas ! protesta-t-elle, l'air choqué et incrédule.

— Je me suis rendu compte que j'avais eu l'opportunité de créer moi aussi une famille avec toi, dit-il d'une voix rauque. Et que, à cause de mon orgueil, de mon arrogance et de mon cœur froid et insensible, j'avais tout gâché. Mais je ne peux pas m'empêcher d'espérer que rien n'est perdu... Alors je te demande de bien vouloir m'accorder une seconde chance parce que... Parce que je t'aime, Tara.

Elle secoua la tête comme si elle ne le croyait pas, mais il comprit à son regard qu'elle n'*osait* pas le croire.

— J'aime ta force de caractère, ta détermination, ton énergie, continua-t-il lentement. Et la façon dont tu me tiens tête, même si parfois ça me rend dingue. J'aime ta loyauté, ta franchise, et je sais que ta susceptibilité apparente ne fait que dissimuler un cœur immense et pur.

Envahi par une émotion incontrôlable, il s'interrompit et déglutit.

— La... La première fois que nous avons fait l'amour, j'ai vécu une expérience qui ne ressemblait à rien de ce que j'avais connu avant toi. Ce que tu m'as...

— C'est pour cela que tu as disparu le lendemain matin et t'es envolé pour New York ?

— Oui, parce que ce que j'avais éprouvé me fichait la frousse, reconnut-il. Je me sentais vulnérable, ce qui ne m'était pas arrivé depuis des années. Tu as complètement chamboulé mon univers, Tara. Et tu continues. Quand je t'ai dit la vérité concernant ma vraie mère et mon géniteur, je t'ai observée. Tu n'as paru ni horrifiée ni choquée. Tu n'as pas exprimé la moindre crainte que notre enfant ait pu hériter de mauvais gènes.

À ces mots, elle tressaillit.

— Je sais que je me suis conduit comme un imbécile, poursuivit-il, mais je ne savais pas comment réagir autrement. Alors que, maintenant, je sais : je te demande de me pardonner, et je voudrais te dire que depuis que tu es partie la vie me paraît complètement vide. Te dire que je veux t'épouser et passer toute ma vie avec toi. Donner à notre enfant tout l'amour et la sécurité dont il aura besoin. Créer une famille. Une vraie. Celle que ni toi ni moi n'avons eue. À condition que... Que tu penses pouvoir m'aimer toi aussi un jour. Mais ça, c'est à toi de me le dire.

Tara venait de recevoir un tel choc qu'elle ne put prononcer un mot.

Lucas venait de lui dire qu'il l'aimait et qu'il voulait l'épouser. Alors qu'il ignorait tout d'elle, de ses secrets.

Elle avait bien essayé à plusieurs reprises de lui parler de son passé, mais au fond elle avait été soulagée qu'il l'interrompe à chaque fois. Elle en avait même profité pour tout enfouir encore plus profondément. Elle avait été aussi lâche que lui, finalement.

— Je ne suis pas la femme que tu crois, dit-elle lentement.

— Tu es tout ce que...

— Non, à ton tour de m'écouter, Lucas. C'est important.

Incapable de soutenir le regard perçant qui fouillait le sien, elle se leva et se mit à arpenter le salon à l'atmosphère douillette où il faisait si bon lire ou tricoter.

— Ma mère était infirmière en Angleterre quand elle est tombée enceinte d'un homme dont je ne connais pas le nom, commença-t-elle en marchant. Leur histoire a dû être très brève, et il a vite disparu sans laisser d'adresse. Alors elle est revenue en Irlande avec moi, et j'ai été élevée par ma grand-mère pendant que maman allait travailler. Nous vivions chichement, dans un petit cottage situé à la périphérie de Ballykenna, et un jour – j'avais deux ans –, on a découvert que ma mère avait un cancer du sein.

— Tara...

— Laisse-moi terminer, l'interrompit-elle fermement. Son cancer s'est avéré très agressif. Je souffrais sans doute moi aussi de la situation, mais je ne me rappelle pas grand-chose, ou j'ai peut-être refoulé mes souvenirs. Elle est morte rapidement, et je suis restée seule avec ma grand-mère.

Tara déglutit avec peine.

— C'était une femme froide, rigide et aigrie. J'ai mis longtemps à comprendre ce qui l'avait rendue ainsi. Pourquoi elle haïssait autant les hommes et me faisait porter des vêtements trop grands et laids.

Elle déglutit à nouveau.

— Et pourquoi les autres enfants se moquaient de moi dans mon dos.

— Pourquoi ?

Maintenant qu'elle avait commencé, elle devait aller jusqu'au bout.

— Ma grand-mère avait été religieuse, et elle était tombée amoureuse d'un prêtre. À l'époque, leur liaison avait causé un énorme scandale parce qu'ils avaient eu un enfant – ma mère. On a bien essayé d'étouffer l'affaire, mais, évidemment, tout le monde savait. Et je crois que j'ai hérité d'une part de la culpabilité de ma grand-mère. C'est pour cela que j'avais peur des hommes et du sexe. Avant de te connaître et de tomber folle amoureuse de toi...

Dans une sorte de brouillard, elle vit Lucas se lever et s'avancer vers elle. Et quand il la prit dans ses bras et l'attira contre lui, elle se mit à sangloter comme une enfant.

Un barrage avait cédé, elle pleurait toutes les larmes de son corps. Pour toutes les femmes qui avaient dû subir le jugement et la condamnation d'autrui, qui avaient été rejetées, bannies de la société. Pour sa pauvre mère qui ne connaîtrait jamais son petit-enfant.

Mais sa tristesse s'apaisa, remplacée par un profond sentiment d'acceptation, de gratitude d'être en bonne santé et de porter un enfant. Un petit garçon ou une petite fille qui...

Elle redressa la tête et chercha le regard de Lucas.

Il la contemplait en silence, l'amour étincelant dans ses beaux yeux verts.

— Je t'aime, Lucas, chuchota-t-elle. Je t'aime tellement. Et moi aussi, je veux passer le reste de ma vie avec toi.

Sans dire un mot, il resserra son étreinte.

Cela suffisait. Toute autre parole était superflue.

Épilogue

Tara sentit les lèvres chaudes de son mari lui effleurer le ventre, la faisant frissonner.

— Lucas, murmura-t-elle en s'étirant avec volupté, nous allons être en retard pour le dîner...

— Nous avons jusqu'à 21 h 30, chuchota-t-il. Tu sais bien qu'ils dînent tard, en Argentine.

— Oui, mais quand même, nous devrions commencer à nous préparer, protesta-t-elle faiblement en caressant les épaules musclées de Lucas.

— Il faudrait que tu sois un peu plus convaincante, Tara...

Quelques minutes plus tard, elle haletait et murmurait son prénom tandis qu'il la pénétrait avec passion.

La jouissance les emporta rapidement tous les deux, puis, bien qu'encore en proie à la douce léthargie qui succède au plaisir, elle se força à s'arracher à sa merveilleuse chaleur virile et se dirigea vers la salle de bains pour prendre une douche en songeant à la soirée qui les attendait.

Lucas vint la remplacer sous le jet puissant tandis qu'elle retournait dans la chambre enfiler sa robe en jersey de soie noire et les escarpins assortis, avant d'aller voir si Declan dormait bien à côté de son cousin.

Penchée devant le berceau, elle sentit son cœur frémir d'amour et de joie.

Ils avaient tellement de chance...

Leur mariage avait eu lieu à Dublin peu avant la naissance

de leur fils. La cérémonie avait été mémorable à plus d'un titre. Notamment parce que Stella, sa demoiselle d'honneur, avait repoussé les avances de Salvatore di Lucas – une première pour le milliardaire italien – et aussi parce que l'invité d'honneur, Brett Henderson, avait proposé de chanter quelque chose au cours de la cérémonie. Une chanson dont le thème était *l'amour qui change tout*.

— Il est toujours amoureux de toi, c'est évident, avait dit lugubrement Lucas quand elle lui avait montré l'e-mail du célèbre acteur en réponse à leur invitation.

— N'importe quoi ! avait-elle répliqué en riant. Je crois plutôt qu'il aime les femmes à l'accent irlandais – auquel cas, il aura le choix le jour de notre mariage ! Si nous refusions, nos amis ne nous le pardonneraient jamais, Lucas. Et puis, tout le monde appréciera le thème de sa chanson, non ?

Là, Lucas n'avait rien trouvé à répondre.

Ils avaient attendu que leur fils adoré ait six mois avant de s'envoler pour l'Argentine, invités par Alej et Emily à passer leur lune de miel avec eux et leur fils dans leur belle *estancia* et à y rester aussi longtemps qu'ils le souhaiteraient. Dès qu'elles avaient fait connaissance, Tara et sa belle-sœur s'étaient entendues à merveille, et Tara était heureuse de voir les liens se resserrer entre les deux frères. Lucas apprenait par ailleurs à connaître son pays natal et avait repris son vrai nom.

Lucas Sabato faisait construire un centre d'accueil réservé aux femmes seules avec enfants à proximité de Buenos Aires, où du personnel compétent et chaleureux les aiderait à se sortir des situations difficiles qu'elles vivaient. De façon à empêcher que d'autres petits innocents soient abandonnés parce que leur mère n'avait pas les moyens de les élever.

Et ce soir, ils allaient dîner avec Emily et Alej sur la terrasse, sous le ciel étoilé.

Elle entendit un bruit de pas derrière elle et sentit la caresse des lèvres fermes et chaudes de son mari sur son cou. Il lui passa un bras autour de la taille, et ils demeurèrent silencieux en regardant leur fils dormir paisiblement à côté de Luis.

— C'est incroyable, dit doucement Lucas.

— Qu'est-ce qui est incroyable ?

— Je n'avais rien, et maintenant, j'ai tout.

Elle se retourna vers lui, interloquée.

— Parce qu'on n'a rien quand on est milliardaire ? Je ne pense pas que tout le monde serait d'accord avec toi...

— Tout l'argent du monde n'est rien, comparé à ce que je ressens quand je vous regarde, toi et Declan, répondit-il avec un haussement d'épaules. Tu m'as tout donné, Tara : le courage de rechercher ma famille, un fils superbe. Mais surtout, tu m'as offert ton amour, et ça, ça n'a pas de prix.

Il lui souleva le menton.

— Tu es tout pour moi, Tara Sabato – en es-tu consciente ?

— Et toi, tu es tout pour moi, murmura-t-elle en battant des cils pour empêcher son mascara de couler. Grâce à toi, j'ai une vraie maison pour la première fois de ma vie, et le cœur de cette maison, c'est toi et Declan. Et je t'aime. Plus que moi-même. Tu le sais, n'est-ce pas ?

Lucas contempla les magnifiques yeux aux reflets mordorés de la femme qu'il admirait plus que toute autre. La femme forte et intelligente, courageuse et si belle. Son égale. Sa compagne. Sa vie.

Il sourit et essuya avec tendresse la larme souillée de mascara qui roulait sur la joue de Tara.

— Oui, je le sais, ma chérie, dit-il en plissant les yeux. Mais je ne me lasserai jamais de t'entendre le répéter.